Kunstgeschichte
für junge Leser

Horst W. Janson/Dora Jane Janson

Kunstgeschichte für junge Leser

Von der Höhlenmalerei
bis zur Moderne

Aktualisiert von Anthony F. Janson

DUMONT

2. Auflage 2000
Aus dem Amerikanischen von M. und B. Cichy

Umschlaggestaltung: Groothuis + Consorten, Hamburg
Satz: Greiner & Reichel, Köln
Druck und buchbinderische Verarbeitung: Clausen & Bosse, Leck
Printed in Germany
ISBN 3-7701-5289-1

Inhalt

Am Ursprung der Malerei

Alle Menschen träumen, ob sie wollen oder nicht. Auch Tiere träumen. Ohren und Schwanz einer Katze zucken manchmal im Schlaf. Hunde jaulen, knurren oder schnappen in die Luft, als wenn sie rauften. Selbst wenn sie wach sind, haben Tiere ›Gesichte‹, so daß sich das Fell auf dem Rücken einer Katze scheinbar grundlos sträubt, wenn sie in die Dunkelheit starrt. Auch wir bekommen eine Gänsehaut, wenn wir etwas Schauerliches ahnen.

Hier wirkt die Einbildungskraft. Wir Menschen sind nicht die einzigen Lebewesen, die Phantasievorstellungen haben, aber nur wir vermögen einander davon zu erzählen. Wenn wir miteinander darüber sprechen, machen wir eine Geschichte daraus, und wenn

1 Tintenklecks auf gefaltetem Papier. Mit etwas Phantasie kann man zwei laufende Tiere erkennen.

wir einen Bleistift nehmen und sie aufzeichnen, machen wir ein Bild.

Unsere Einbildung kann auf die vielfältigste Weise angeregt werden. Wenn wir zum Beispiel krank und untätig im Bett liegen, kann es passieren, daß ein Sprung in der Zimmerdecke, den wir einige Zeit betrachtet haben, plötzlich die Formen eines Tieres oder eines Baumes annimmt. Die Kraft unserer Einbildung ergänzt die in Wirklichkeit fehlenden Linien. Auch ein Tintenklecks auf einem zusammengefalteten Papier (Abb. 1) kann uns an die verschiedenartigsten Dinge erinnern, obgleich seine Formen ein Zufallsprodukt sind. Die Psychologen wissen das und verwenden Kleckssteste zur Erforschung unserer Denkweise, denn jeder von uns wird, je nach seiner Veranlagung, in ein und denselben Tintenklecks verschiedene Bilder hineinsehen.

Die magische Bilderwelt des Höhlenmenschen

Vor einigen zwanzigtausend Jahren, in der älteren Steinzeit, als die ersten der uns bekannten Malereien entstanden, lebten die Menschen in Höhlen und hatten keine größere Sorge als die, wie sie sich genügend Nahrung verschaffen könnten. Da sie sich nicht darauf verstanden, Tiere zu halten oder Landwirtschaft zu betreiben, waren sie für ihren Lebensunterhalt von der Jagd abhängig. Wenn diese wenig ergiebig war, mußten sie hungern. Zwar gab es alle nur möglichen Vögel, Fische und Kleintiere, die sie fangen konnten, aber das allein reichte nicht zum Leben. Deshalb mußten sie danach trachten, größere Tiere, etwa einen Hirsch oder ein Bison, zu erlegen, deren Fleisch ihnen für einige Zeit Nahrung lieferte. Doch fürchteten sie sich vor ihnen, weil sie nur die allerprimitivsten Waffen besaßen. Da sie Metall überhaupt nicht kannten, waren alle ihre Geräte aus Holz, Knochen oder Stein angefertigt. Und sie mußten zu Fuß jagen, weil sie das Wildpferd noch nicht zum Reiten abgerichtet hatten. Kein Wunder also, daß das Denken der Höhlenmenschen immer von der Vorstellung der für die Ernährung so wichtigen Jagd auf Großwild und von deren Gefahren ausgefüllt war. Weil sie so viel über diese Dinge nachdachten, ist es nicht überraschend, daß weitaus die meisten ihrer Malereien solche Tiere zeigen und diese immer ungewöhnlich kraftvoll und lebenswahr erscheinen.

Wie aber hat der Höhlenmensch gelernt, solche Bilder zu schaffen? Wir wissen es nicht genau. Aber da die Malereien immer auf rauhen und buckligen Höhlenwänden stehen, scheint es möglich, daß der Anreiz zum Malen von eben solchen Buckeln ausgelöst wurde, genauso, wie ein Tintenklecks in uns Vorstellungen wecken kann. Irgendein hungrig auf die Wand seiner Höhle starrender Steinzeitmensch mag sich eingebildet haben, daß ein bestimmter Buckel einem Tier gleiche. Vielleicht hat er dann mit einem Stück Holzkohle seinen Umriß nachgezeichnet und die nicht vorgebildeten Teile ergänzt. Schließlich lernte er, solche Zeichnungen allein und ohne Hilfe von vorhandenen Formen anzufertigen.

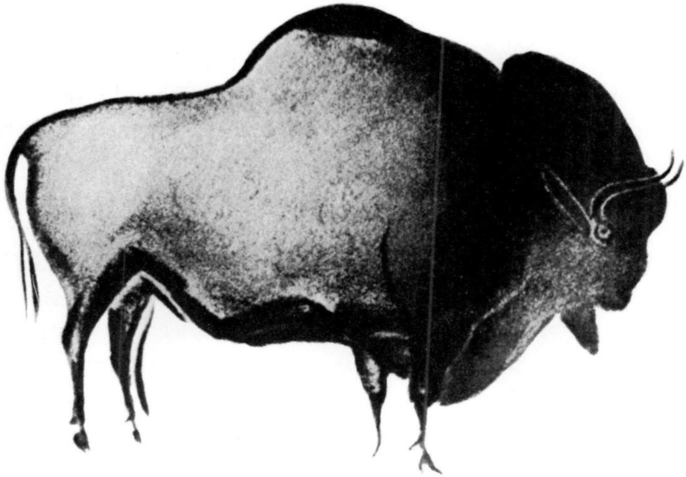

2 HÖHLENMALEREI DER ALTSTEINZEIT (Nachzeichnung). Stehender Bisonbulle. Um 20 000 v. Chr. Höhle Font-de-Gaume, Frankreich.

3 HÖHLENMALEREI DER ALTSTEINZEIT. Um 20 000 v. Chr. Höhle von Lascaux, Frankreich. Diese Tierdarstellungen unterscheiden sich von denen in Font-de-Gaume und Altarmira: Es sind Hirsche, Wildpferde und wilde Rinder. Bis auf wenige, die zu einer Gruppe gefaßt sind, überschneiden sich die Bilder willkürlich. Die Maße sind sehr unterschiedlich; einige haben Lebensgröße.

Während Abb. 2 eine Nachzeichnung einer Höhlenmalerei ist, zeigt uns Abb. 3 den tatsächlichen Zustand einer bemalten Höhlenwand. Wir bemerken, daß die Tiere wahllos und ohne Ordnung zusammengestellt sind, daß aber jedes von ihnen leicht zu erkennen ist, sobald man es für sich allein betrachtet. Da die Bilder nicht als Dekorationen gedacht waren, haben die Höhlenmenschen eins über das andere gemalt. Das Fehlen jeder schmückenden Absicht ist nicht nur aus dem Durcheinander der Bilder zu schließen, sondern auch aus der Tatsache, daß in jeder der ausgemalten Höhlen tiefes Dunkel herrscht und sie fast ausnahmslos schwer zugänglich sind.

Wenn die steinzeitlichen Künstler ihre Bilder nur zur Freude gemalt hätten, dann hätten sie diese sicher am Eingang der Höhle angelegt, wo sie jedermann sehen konnte. Sie sind aber derart verborgen, daß sie erst in unserer Zeit und durch Zufall wieder aufgefunden wurden. Die Höhle von Lascaux etwa, von deren Malereien uns Abb. 3 einen Ausschnitt zeigt, wurde 1940 durch einige Jungen entdeckt, die mit ihrem Hund durch die Gegend streiften. Dieser war plötzlich verschwunden, und auf der Suche nach ihm fanden

4 RINDENMALEREI. Känguruhjagd. Zeitgenössisch. Western Arnhem Land, Nordaustralien. Die Zeichnungen der Eingeborenen bezeugen das Weiterleben steinzeitlicher Kunst bis in unsere Tage. Ihre magische Bedeutung ist offensichtlich: um sie auf die Jagd mitnehmen zu können, wurden sie auf Rinde gemalt. Eine Art Röntgenbilder, führen sie dem Jäger Knochen und innere Organe des Tieres vor Augen.

sie unter Dornengestrüpp und Unkraut ein Loch, durch das er in die Höhle gefallen war.

Der Sinn dieser Bilder muß eine Art Jagdmagie gewesen sein, weil manche der Tiere mit Speeren oder Pfeilen dargestellt wurden, die in ihrem Körper stecken. Die Höhlenmenschen waren offenbar der Meinung, daß das Malen und ›Töten‹ eines wirklichkeitsgetreuen Bildes gleichbedeutend mit dem Erlegen des Tieres selbst wäre. Vielleicht haben sie das Bild auch mit Steinen beworfen oder mit ihren Speeren nach ihm gestochen. Daraus mögen sie Kraft, Sicherheit und mehr Aussicht auf Erfolg für ihre Beutezüge gewonnen haben. Sobald sie ein Bild ›getötet‹ hatten, beachteten sie es nicht mehr. Sie glaubten, daß man ein gemaltes Tier genau wie ein wirkliches nur einmal erlegen könnte. Für die nächste Jagd mußten sie erst ein neues Bild schaffen, um es ›töten‹ zu können.

Es ist erstaunlich, daß die Höhlenmenschen soviel Sorgfalt auf ihre Tiermalereien verwendeten, die offensichtlich nur einmal gebraucht wurden. Vielleicht waren sie der Meinung, daß der magische Zauber um so besser wirke, je genauer das abgebildete Tier dem wirklichen Vorbild entsprach. Vielleicht geschah es auch, weil sie an diesen Bildern als Zielscheiben lernen wollten, wo man das Tier treffen mußte.

Jedenfalls gehört sehr viel Geschick dazu, solch überzeugende Bilder zu schaffen; es wird unter den Höhlenbewohnern einige gegeben haben, die dafür eine ursprüngliche Begabung mitbrachten. Vermutlich erlaubte man diesen, zu Hause zu bleiben und zu malen, während die anderen jagten. Schon vor zwanzigtausend Jahren war der Künstler also etwas Besonderes, wenn auch in erster Linie durch die Zauberfähigkeit, die man ihm zuschrieb.

Das alles erscheint uns heute fremd, denn wir verwechseln die Dinge nicht mehr mit ihren Abbildern. Aber auch unsere Gefühle können manchmal durcheinander geraten, ohne daß wir eine vernünftige Erklärung dafür finden. So kommt es zum Beispiel vor, daß Menschen nach einem plötzlichen Streit die Photographie eines anderen, den sie geliebt haben, zerreißen. Sie wissen zwar genau, daß sie damit niemandem Schaden zufügen können, aber es gibt ihnen eine tiefe innere Genugtuung. Wir brauchen uns also nicht darüber zu wundern, daß der Mensch der älteren Steinzeit, der viel weniger über den Unterschied von Denken und Fühlen wußte als wir, Abbild und Wirklichkeit vermengte. Kunst ist immer ebenso stark an die Dinge selbst wie an die Einstellung des Menschen zu den Dingen gebunden. Gewöhnlich prägen Wissen und Fühlen gemeinsam ein Bild, und dieses unterscheidet sich von einem anderen, weil es dem Schöpfer des einen mehr darauf ankommt, das darzustellen, was er sieht und weiß, während ein anderer Maler das wiedergibt, was er fühlt.

Ägypten: Bilder für die Toten

Die Höhlenmalereien haben uns vieles über das steinzeitliche Leben, aber auch über die Auswirkung unserer Vorstellungskraft gezeigt. Wir sagen *unserer*, weil der Denkvorgang der Höhlenmenschen von unserem eigenen gar nicht so sehr verschieden gewesen sein kann, sonst würden wir die Bilder nicht so gut verstehen. Der Unterschied zwischen uns und dem Höhlenmenschen liegt nicht in unserem Vorstellungsvermögen, sondern in den Dingen, über die wir nachdenken und die uns anregen. So können uns die im Laufe der Zeit entstandenen Bilder vielleicht auch erklären, wie es dem Menschen möglich wurde, das mühselige Dasein der Steinzeit zu überwinden und sich über Jahrtausende hinweg Schritt für Schritt in das zu verwandeln, was er heute ist.

Wenn wir von diesen Wandlungen sprechen, nennen wir sie *Geschichte*. Es gibt viele Möglichkeiten, sie zu deuten. Vielleicht ist die einfachste, die Hauptunterschiede zwischen uns und dem Steinzeitmenschen aufzudecken. Wenn dieser körperlich viel kräftiger war als wir, so war sein Leben dafür auch weit gefahrvoller – und viel weniger abwechslungsreich – als das unsere. Die großen Tiere, denen er nachstellte, waren in Wirklichkeit seine Herren, denn er hing völlig von ihnen ab. Wenn die Tiere fortzogen, mußte er ihnen folgen; so konnte er niemals feste Behausungen errichten, sondern mußte sich mit primitiven Unterschlupfen begnügen. In der Steinzeit war die Jagd die einzige Art menschlicher Zusammenarbeit, zu der die Maler ihr Teil durch den magischen Zauber beisteuerten. Heute aber sind wir auf tausendfältig komplizierte Weise untereinander verbunden, und jeder hängt vom anderen in viel stärkerem Maße ab als zu Zeiten der Höhlenmenschen.

Diese moderne Lebensweise ist nur deshalb möglich, weil wir viel methodischer sind als die Menschen der Steinzeit. Wir schauen in die Zukunft. Wir planen unsere Schritte voraus, während das Leben der Höhlenmenschen genauso planlos war wie ihre Malereien. Man empfand das Bedürfnis nach Ordnung erst, als man erkannte, daß es

5 ÄGYPTISCHE WANDMALEREI. Menschen, Boote und Tiere. Um 3500 v. Chr. Hierakonpolis, Oberägypten. Gegenüber den Bildern der Höhlenmenschen fällt die flächige, bilderbogenartige Darstellung auf. Es fehlen die Schatten; die vereinfachten Figuren wirken wie ›Kurzschrift‹. Sie sind über die ganze Wandfläche ohne Anhäufung oder Überschneidung verteilt. Der Sinn für Ordnung ist ein neues wichtiges Moment.

Möglichkeiten gab, die Nahrungsquellen zu beherrschen, anstatt sich selbst durch diese lenken zu lassen. Zuerst lernten die Menschen einige jener Tiere zu zähmen und zu züchten, die sie bisher gejagt hatten. Sie wurden Hirten, die mit ihren Schafen, Ziegen und Rindern oder Kamelen umherzogen, um Weideplätze zu suchen.

Andere Menschen entwickelten ein sehr viel zuverlässigeres Ernährungssystem. Sie zähmten nicht nur Tiere, sondern kultivierten auch Pflanzen, deren Samen sie sammelten, und zogen sich ihre eigenen Ernten heran. Dazu freilich waren ein mildes Klima und eine gute Bewässerung nötig. Aus diesem Grunde haben sich die ersten Bauern an den Ufern der großen Flüsse, etwa am Nil in Ägypten, niedergelassen. Wir müssen diese alten Ägypter etwas näher betrachten, weil die Geschichte Europas und Amerikas bei ihnen beginnt. Denn als sie ihr

Getreide anzubauen begannen, haben sie zugleich den Samen einer Lebensform gesät, die sich zu unserer eigenen entwickeln sollte.

Abb. 5 zeigt uns einen Ausschnitt von der ältesten ägyptischen Malerei. Sie wurde vor fast sechstausend Jahren auf der Wand eines Tempels oder Grabes in Hierakonpolis geschaffen, einem Ort an den Ufern des Nils. Einige sehr lebendig gestaltete Tiere sind dargestellt. Menschen kämpfen mit ihnen und untereinander. Die großen weißen Formen kennzeichnen Boote. Zu dieser Zeit haben die Ägypter also noch Jagd betrieben, aber sie waren nicht mehr von ihr abhängig wie einst der Höhlenmensch. Sie verstanden sich schon auf die Herstellung und den Gebrauch aller Arten von Werkzeug, denn sie errichteten aus Ziegeln und Steinen dauerhafte Gebäude mit verputzten Wänden und bauten Boote für die Flußfahrt. Damals gab es im Niltal viele selbständige Stämme oder Staaten, die sich gegenseitig bekriegten. Man beachte die beiden menschlichen Figuren in der unteren rechten Ecke des Bildes: die eine mit dem punktverzierten weißen Körper ist dabei, eine andere zu erschlagen, die ihrem schwarzen Leib nach zu einem anderen Stamm gehört.

Wenn wir dieses Bild mit den Höhlenmalereien vergleichen, werden wir finden, daß seine Figuren nicht annähernd so naturgetreu sind. Nirgends gibt es eine Schattengebung, wie wir sie etwa bei der Bisondarstellung der Abb. 2 sahen. Sie erscheinen so flach, als ob sie auf die Wand geklebt worden wären: viele Einzelheiten hat der Künstler einfach weggelassen. Er bediente sich einer Art Kurzschrift, bei der zum Beispiel ein Gesicht durch einen Kreis mit einem Punkt oder ein Arm durch eine gebrochene Linie ersetzt wurden.

Die Malerei von Hierakonpolis wollte wahrscheinlich eine ganze Geschichte erzählen. Etwa zur gleichen Zeit, in der sie entstanden ist, haben die Ägypter die älteste der uns bekannten Schriftformen

6 ÄGYPTISCHE GRABMALEREI. Erntebilder. Um 1400 v. Chr. Theben, Oberägypten. Metropolitan Museum of Art, New York. Die Ordnung erstarrte zu strengen Regeln, welche die ägyptischen Maler fast drei Jahrtausende nicht zu brechen wagten. Charakteristisch ist die Gleichzeitigkeit: Vermessung der Felder (oben), Abwiegen des Kornes (Mitte), Schneiden der Getreidehalme (unten rechts). ▷

eingeführt, die sich aus Bildern zusammensetzt und hieroglyphisch genannt wird. Der Maler wurde nun zugleich Schreiber, und wenn er eine Begebenheit zu schildern hatte, dann benutzte er dazu solche einfachen Figuren, die zu ›Buchstaben‹ oder ›Zeichen‹ für Dinge oder Wörter wurden. Weil diese Schriftfiguren immer wieder verwendet wurden, verloren sie im Laufe der Zeit mehr und mehr von ihrem naturalistischen Aussehen. Sie wurden ›konventionell‹ oder ›stilisiert‹ und schließlich haben sie sich in die Buchstaben unseres eigenen Alphabets gewandelt, denen nichts Bildhaftes mehr eigen ist.

Wir haben noch anderes zu der Malerei von Hierakonpolis zu bemerken. So können wir beispielsweise nicht sagen, ob die Figuren auf irgendeine Weise zueinander in Beziehung gesetzt sind oder nicht, weil es keine bestimmte Ordnung, keine Spur einer Landschaft oder selbst eines Bodens gibt, auf dem sie stehen. Trotzdem herrscht hier kein verwirrendes Übereinander; die Figuren sind vielmehr gleichmäßig über die ganze Fläche verteilt. Die Tiere wurden nicht gemalt, um für einen Jagdzauber ›getötet‹ zu werden. Und doch ist das ägyptische Gemälde mit einer anderen, komplizierteren magischen Gedankenwelt verbunden. Um sie zu verstehen, müssen wir über die ägyptische Einstellung zur Religion und besonders zum Leben und zum Tod sprechen.

Als die Ägypter sich ansiedelten und zum Ackerbau übergingen, wurden Ordnung und Planung für sie entscheidend. Sie mußten genau wissen, wann sie ihre Felder bestellen und ihre Ernte einbringen konnten. Deshalb begannen sie, die regelmäßigen Bahnen von Sonne, Mond und Sternen zu beobachten, ersannen einen Kalender, der fast so zuverlässig war wie unser eigener, und sammelten schriftliche Berichte. Aber sie erkannten, daß ihre Ernte außer von den Jahreszeiten noch von vielen anderen Dingen abhängig war. Wenn das Wetter schlecht war, reichte die Nahrung im Winter nicht aus.

Es fiel den Ägyptern schwer zu begreifen, warum so etwas manchmal vorkam, während in anderen Zeiten alles seinen richtigen Weg nahm. Die einzige Erklärung, die sie sich dafür geben konnten, war die, daß Sonne, Mond, Wolken, Wasser, Tiere, Pflanzen und

7 ÄGYPTISCHE GRABMALEREI. Fütterung zweier Säbelantilopen. Um 1900 v. Chr. Beni Hasan, Oberägypten. Oriental Institute, University of Chicago. Bei Szenen aus dem täglichen Leben bewiesen die ägyptischen Maler häufig genaue Beobachtungsgabe. Die Unrißlinien der Antilopen sind sehr schön und sicher gezeichnet.

die Erde selbst von mächtigen Geistwesen erfüllt sein mußten, die, je nachdem sie jemandem zugetan waren oder nicht, sich hilfreich oder bösartig zeigten. Die wichtigsten dieser ›Naturgeister‹ wurden als Götter verehrt. Die Ägypter stellten sich diese als gewaltige, ihren eigenen Königen vergleichbare Herrscher vor, nur daß sie noch weiser als diese und unsterblich waren.

Der Begriff ›Unsterblichkeit‹ war für die Ägypter von großer Bedeutung, denn sie glaubten, daß auch der Mensch von einem lebendigen Geist erfüllt sei, also eine Seele habe, und daß diese Seele nach seinem Tode den Körper verlassen und ein eigenes Leben führen würde. Und weil sie überdies meinten, daß die Seele auch in diesem zweiten Dasein den Körper brauche, zu dem sie zurückkehren könne, verwandten sie viel Mühe darauf, den Leichnam vor der Verwesung zu bewahren. Die Eingeweide wurden herausgenommen, der Körper gewaschen, ausgedörrt und dann in Tücher und Binden eingewickelt. Damit die ewige Ruhe dieser Mumien von niemandem gestört werden könnte, wurden sie in mächtigen, aus Stein gefügten Gräbern beigesetzt. Den ägyptischen Königen, den Pharaonen, und anderen einflußreichen und wohlhabenden Personen wurden zudem eigene Porträtstatuen in die Gräber gegeben als ›Ersatz‹ für den wirklichen Leichnam, wenn diesem irgend etwas zustoßen sollte.

Sie glaubten auch, daß der Geist des Toten dieselben irdischen Güter für sich beanspruchen würde wie ein lebender Mensch, und deshalb statteten sie ihre Gräber genau wie einen Haushalt aus, nur daß alles auf die Ewigkeit ausgerichtet war. Denn gerade dem reichsten Mann konnte man unmöglich alle die Dinge, die ihm einmal gehörten, seine Ländereien, sein Vieh und seine Dienerschaft, mit ins Grab geben. Statt dessen hat man Abbilder davon auf die Wände gemalt, damit seine Seele sie dort vorfinden könne.

Abb. 6 zeigt uns eine solche Wandmalerei aus einem Grab in Theben, die ungefähr 2000 Jahre nach der von Hierakonpolis entstanden ist. Sie ist ziemlich genau 1400 Jahre vor Christi Geburt und während jener Periode der ägyptischen Geschichte gemalt worden, in welcher die Macht der Pharaonen weit über das eigentliche Niltal hinaus bis in die nach Osten und Süden angrenzenden Gebiete reichte und die als Zeit des ›Mittleren Reiches‹ bekannt ist. In der oberen Zone des Wandbildes sind die Diener des Verstorbenen dabei, ein Weizenfeld mit einer Schnur zu vermessen. Unten schneiden sei die Frucht mit Sicheln, während ihr toter Herr unter einem Baldachin dabeisitzt, der ihn gegen die Sonne schützt. In der Mitte werden sein Wagen und einige Diener gezeigt, die einen Haufen Korn abmessen.

Diese Ernteszene ist wohl durchdacht und sorgfältig gezeichnet. Die Figuren stehen nun mit ihren Füßen fest auf dem Boden, auch wenn dieser nur als ein dünner gerader Strich gegeben ist. Wir können deshalb schildern, was sie tun.

Trotzdem wirkt das Bild nicht sehr natürlich. Vor allem die Figuren sind auf eine merkwürdige Art zusammengefügt: ihre Köpfe,

8 ÄGYPTISCHE MALEREI. Kalksteinbruchstück mit der Studie zweier kämpfender Stiere. Um 1500–1100 v. Chr. Metropolitan Museum, New York. Glatte Kalksteinbrocken waren für die ägyptischen Künstler der billigste Malgrund für Studien oder Zeichnungen. Viele zeigen eine sonst nicht zulässige Lebendigkeit.

Arme und Beine erscheinen in Seitenansicht, während die Körper und Augen von vorne gesehen sind. Sicher war es dem Künstler bekannt, daß wir einen Menschen in Wirklichkeit nicht so zu sehen vermögen, wie es uns ja auch nicht möglich ist, irgendeinen Gegenstand mit einem einzigen Blick ganz zu erfassen, weil die meisten Dinge nicht flächig sind und wir auf einmal nur eine Seite von ihnen voll sehen können. Das stört uns nicht, denn wenn wir wissen wollen, was hinter einer Ecke verborgen ist, dann gehen wir hin und schauen uns um, oder wenn wir jemanden von hinten sehen und wissen möchten, wie sein Gesicht aussieht, warten wir, bis er sich umdreht. Aber in ein Bild können wir nicht hineingehen und dessen Figuren können sich nicht drehen. Dieser Tatsache hat der ägyptische Maler dadurch Rechnung getragen, daß er eine ganz bestimmte Art der Menschendarstellung geschaffen hat, die alle wichtigen Körperteile gleich gut zu erkennen gibt. Er wußte auch, daß die Ernte in Wirklichkeit eine sehr komplizierte Angelegenheit ist,

9 ÄGYPTISCHE GRABMALEREI. *Tänzerinnen und Musikanten (Theben, Ägypten). Um 1400 v. Chr. British Museum, London. Der wohlhabende Ägypter wollte im anderen Leben auf Vergnügen nicht verzichten. Die Darstellung der Mädchen ist so lebendig, daß wir den Rhythmus der Musik zu hören glauben.*

bei der viele Menschen verschiedenartige Arbeiten nacheinander – und nicht, wie auf dem Bild, nebeneinander und gleichzeitig – verrichten. Wir müßten ihnen lange zusehen, um zu erleben, was es dabei alles zu tun gibt. Die Schilderung dieses ganzen Vorgangs in einem Bild, in dem es weder Raum noch Bewegung gibt, erforderte neue Wege.

Der ägyptische Künstler war sich bewußt, daß eine so lebensnahe Malerei wie die des Höhlenmenschen nicht dem entsprach, was er brauchte, weil sie ihm nur erlaubt hätte, einen ganz bestimmten Augenblick der Ernte, nicht aber deren ganzen Verlauf zu zeigen. Weil er die Seele des Verstorbenen zufriedenstellen wollte, mußte die Ernte als Ganzes erscheinen, sonst hätte jene manches vermißt. So hat unser Maler alles viel klarer und geordneter dargestellt als es in Wirklichkeit vor sich geht. Seine Figuren sind über die ganze Wand verteilt, und sie überschneiden sich nur, wenn einige von ihnen dieselbe Arbeit tun. Manche erscheinen besonders groß, um zu zeigen, daß sie gewichtiger sind als die anderen. Wenn der Künstler uns darauf hinweisen will, daß etwas weiter zurück im Raume liegt, wie etwa die Bäume im oberen Bildstreifen, setzt er es über, nicht hinter die Figuren im Vordergrund.

Der Maler macht also nicht sichtbar, was er wirklich *sieht,* sondern was er *weiß*. Er folgt dabei den strengen Regeln, die wir als ägyptischen ›Stil‹ bezeichnen, als die Art, in der ägyptische Maler die Dinge darstellen. Diese Regeln mögen uns zunächst etwas sonderbar anmuten, aber schon bald empfinden wir, daß sie sehr weise und wohlüberlegt sind. Gelegentlich freilich wurden sie auch durchbrochen. Man betrachte etwa das Pferd auf unserem Bild: seine gesprenkelte Farbigkeit, seine ungeduldige Bewegtheit lassen es munter und lebendiger erscheinen als seine Umgebung. Da Pferde zu der Zeit, als die Malregeln entstanden, in Ägypten noch nicht bekannt waren, konnte der Maler in diesem Fall nicht wie sonst dem strengen Stil folgen; deshalb sieht das Pferd viel weniger starr aus als die anderen Figuren.

Kreta: Bilder für die Lebenden

Wenn wir etwas westlich von der Mündung des Nils im Mittelmeer nach Norden segeln, stoßen wir auf eine langgestreckte, felsige Insel, auf Kreta, und dann auf die Südspitze von Griechenland. Hier hätten wir mit Staunen in den Jahrhunderten zwischen 2500 und 1000 v. Chr. ein von den Ägyptern völlig verschiedenes Volk angetroffen. Während der Reichtum Ägyptens hauptsächlich aus dem Niltal kam, waren die Kreter kühne Händler und Seefahrer, welche die Armseligkeit ihres heimatlichen Bodens dadurch ausglichen, daß sie aus den ringsum liegenden Ländern Nahrung und andere wichtige Dinge einbrachten.

Man hat bis jetzt noch nicht genau ergründen können, wie ihre Schrift zu lesen ist, so daß wir nicht sehr viel über sie wissen. Aber die Ruinen ihrer Paläste und ihre Malereien lassen uns vermuten, daß sie das reichste und fortschrittlichste der frühen westlichen Völker waren.

Die *Wildschweinjagd* unserer Abb. 11 ist eine um 1200 v. Chr. auf einer Wand des im südlichen Griechenland errichteten Palastes von Tiryns geschaffene Malerei im kretischen Stil. Leider ist nur ein Bruchstück von ihr erhalten, und daher können wir von dem Jäger nichts mehr sehen, dessen Hand rechts dem Tier eine Lanze in den Körper treibt. Aber was geblieben ist, die dahinrasenden Hunde und der wilde, galoppierende Eber, erinnert uns mehr an die kraftstrotzenden, wie lebendig wirkenden Tierbilder der Höhlenmalerei als an den starren ägyptischen Stil. Doch muß der kretische Maler manches von den Ägyptern gelernt haben, denn sein Bild zeigt bei aller Bewegtheit eine wohlgeordnete Szenerie und kein wildes Durcheinander von Tieren. Wie die Ägypter gleicht auch er seine Formen der Wandfläche an und befolgt feststehende Regeln – die drei Hunde sind bis auf die Flecken ihres Felles in der Form genau gleich. Die Darstellung entsprang weder einer Jagdmagie noch einem Totenkult. Für die Kreter war das Jagen Sport, und das Bild wurde nicht aus Furcht, sondern zum Vergnügen gemalt. Es schildert uns die Dramatik des Jagdgeschehens und kündet von der Freude an der Na-

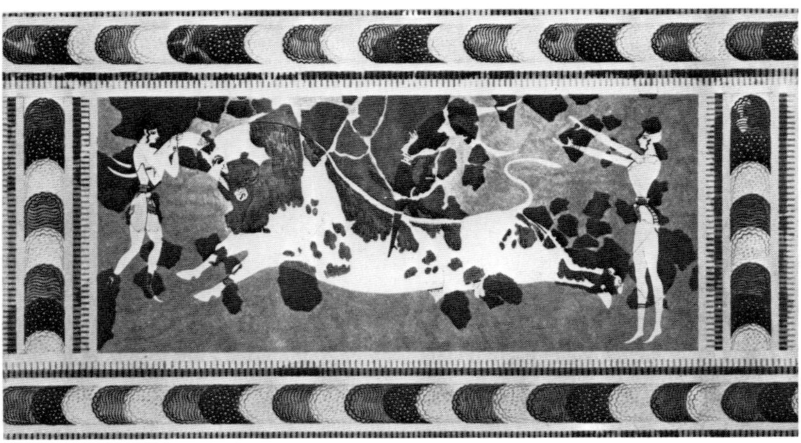

10 KRETISCHE WANDMALEREI. Spiel mit Stier (Palast in Knossos). Um 1500 v. Chr. Museum Heraklion. Ein Jüngling (Bildmitte) und zwei Mädchen treiben ein gefährliches Spiel: sie packen einen Stier, ein heiliges Tier, bei den Hörnern und lassen sich im Purzelbaum über seinen Rücken werfen. Es war eine rituelle Handlung, kein Sport. Erinnerungen daran finden sich in der griechischen Sage vom Minotaurus und in unseren Stierkämpfen. Die Anfänge mögen auf die Steinzeit zurückgehen (vgl. Abb. 3).

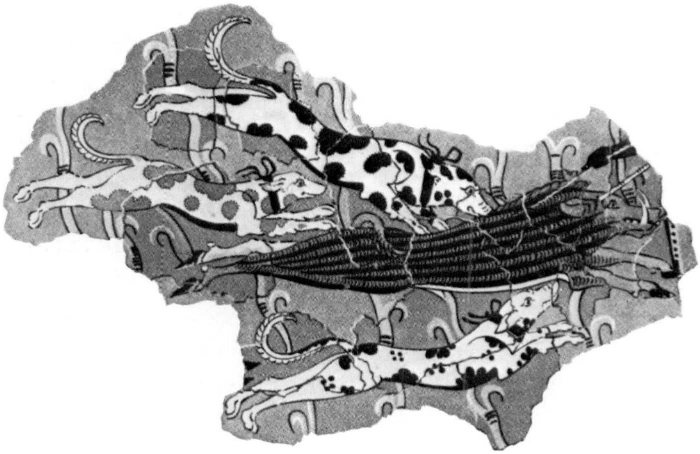

11 MYKENISCHE WANDMALEREI. Wildschweinjagd (Palast von Tiryns). Um 1200 v. Chr. Nationalmuseum, Athen. Die kretische Kultur strahlte auf Teile des griechischen Festlandes aus. Die dortige Kultur und ihre Kunstwerke heißen mykenisch, die von Kreta selbst minoisch.

tur, der wir überall in der kretischen Kunst begegnen. Durch die munteren, graziösen Formen und die hellen Farben muß das Bild als Wanddekoration des Palastes prächtig gewirkt haben.

Malerei in Griechenland und Rom

Durch kriegerische Stämme, die um 1100 v. Chr. von Norden her nach Griechenland eindrangen, wurden die Kreter unterworfen und ihre Paläste zerstört. Diese griechischen Völker haben viel von den Kretern gelernt und eine eigene bedeutende Kultur geschaffen, die in vieler Hinsicht allen bis dahin bekannten überlegen war. Sie wurden bald seßhaft und gründeten verschiedene Staaten, deren jeder nach seiner Hauptstadt benannt wurde. In der Landschaft Attika gelegen, wurde Athen zum einflußreichsten unter diesen Stadtstaaten, und hier hat Griechenland zwischen dem 8. und 3. vorchristlichen Jahrhundert seine größten Denker und besten Künstler hervorgebracht.

Wenn wir von Meisterwerken griechischer Kunst sprechen, denken wir gewöhnlich an die herrlichen Tempel und Statuen, von denen manches erhalten geblieben ist, während die Malereien auf den Wänden der Tempel und Häuser alle untergegangen sind. Man kann über diese Bilder in antiken Schriften manches lesen und weiß, daß die Griechen auf ihre großen Maler genauso stolz waren wie auf ihre Baumeister und Bildhauer. Zum Glück liegen uns viele bemalte griechische Gefäße vor, die wir summarisch als ›Vasen‹ bezeichnen, obwohl sie nicht für Blumen, sondern für Wein, Öl oder Wasser bestimmt waren. Diese Vasenmalereien sind oft außergewöhnlich

13 GRIECHISCHE VASENMALEREI. *Dipylonvase aus Attika. 8 Jh. v. Chr. Metropolitan Museum, New York. Solche Gefäße dienten als Grabmale. Sie hatten keinen Boden, damit die Opfergaben ins Grab sickern konnten.*

12 GRIECHISCHE VASENMALEREI. *Herakles tafelt mit den Göttern im Olymp (Detail der Amphora des Andokides-Malers). Um 510 v. Chr. Staatliche Antikensammlung, München. Der Held erfreut sich, die Weinschale in der Hand, nach einem kampferfüllten Erdendasein seiner wohlverdienten Ruhe. Schwert und Schild hängen in den Weinreben hinter ihm; die Tage des Kampfes sind für ihn vorüber.*

15 BEMALTE GRIECHISCHE SCHALE. Göttin überreicht einem Jüngling die Siegerbinde. Um 460–450 v. Chr. Metropolitan Museum, New York. Diese Gestalten haben nichts Flächiges mehr; der Künstler wußte, wie man die Körperformen verkürzen mußte, damit sie natürlich erscheinen.

14 GRIECHISCHE VASENMALEREI. Herakles erwürgt den Nemeischen Löwen. Um 500 v. Chr. Metropolitan Museum, New York. Diese Szene ist wie die Abb. 12 im sog. ›archaischen‹ Stil gemalt, der manches von der Strenge der ägyptischen Malerei hat, aber nach größerer Freiheit strebt.

schön, dabei selbstverständlich sehr viel einfacher als es die großen Bilder waren. Wir können uns mit ihrer Hilfe wenigstens eine Vorstellung davon machen, wie die verlorenen Wandgemälde aussahen.

Abb. 13 zeigt uns eine sehr frühe Vase aus dem 8. Jahrhundert v. Chr. Die meisten Formen sind aus Drei- und Vierecken aufgebaut,

16 ALEXANDROS VON ATHEN. Die Knöchelspieler (Herculaneum.) 1. Jh. v. Chr. Nationalmuseum, Neapel. Dieses auf eine Marmortafel gemalte kleine Bild kopiert getreu ein 400 Jahre früher entstandenes Original des klassischen Stils.

alles ist in einen so dichten Ornamentteppich eingewoben, daß eine gewisse Zeit erforderlich ist, um zu erkennen, daß hier ein Begräbnis dargestellt wird: in der Mitte liegt der Verstorbene ausgestreckt auf einem schlichten Bett. Auf beiden Seiten schließen sich lange Reihen von Menschen an, die ihre Hände ringen oder sich im Kummer die Haare raufen. Welcher Unterschied zu den ägyptischen Gemälden, auf denen nie jemand seine Gefühle offenbart hat! Hier endlich finden wir ein Bild des Menschen, auf dem nicht nur sein

17 ETRUSKISCHE GRABMALEREI. Musikanten. Um 480 v. Chr. Tarquinia, Italien. Der Stil dieses Bildes vermittelt eine Vorstellung, wie die untergegangene archaische Wandmalerei der Griechen aussah. Die Etrusker bewunderten griechische Kunst sehr. Viele der schönsten griechischen Vasen (vgl. Abb. 14) stammen aus etruskischen Gräbern.

Tun, sondern auch seine Empfindungen gezeigt werden. Das beweist uns, daß die Griechen von allem Anfang an viel mehr am Leben als am Tod interessiert waren. Für sie war das Leben ein herrliches Abenteuer, und die Toten waren nur Schattenwesen, vor denen sich niemand zu fürchten brauchte.

Die Vase der Abb. 14, deren Stil man zur Unterscheidung von dem vorausgegangenen ›geometrischen‹ als ›archaisch‹ bezeichnet, entstand um 500 v. Chr. Das Bild ist mit Schwarz und dunklem Rot auf die ursprüngliche Farbe des Tones der Vase gemalt. Die Linien auf den Figuren selbst wurden nachträglich mit einer Nadel eingeritzt.

18 RÖMISCHE WANDMALEREI. Architekturlandschaft (Schlafzimmer eines römischen Landhauses in Boscoreale). 1. Jh. v. Chr. Metropolitan Museum, New York. Durch raffinierte perspektivische Ausblicke auf Bauwerke oder Gärten lösten die Römer die Raumwände optisch auf. Kleine Zimmer erscheinen dadurch größer.

19 RÖMISCHE WANDMALEREI. Gartenlandschaft (Villa der Livia, der Gemahlin des Augustus, in Primaporta). Um 20 v. Chr. Museo Nazionale Romano. Die erstaunliche Vielseitigkeit der römischen Malerei zeigt deutlich dieser prachtvolle naturgetreue Gartenblick. Erst um 1400 wurden wieder Bilder gemalt, die sich mit dieser Schönheit von Blumen, Früchten und Laubwerk vergleichen lassen (vgl. Abb. 47).

Dargestellt ist der mit einem Löwen ringende Herakles. Die Griechen glaubten, daß dieser wegen seiner heldenhaften Taten nach seinem Tode nicht ein Schatten, sondern ein Gott geworden sei (vgl. Abb. 12). Ihre Götter benahmen sich fast wie eine menschliche Familie – sie stritten miteinander, verliebten sich oder scherzten, und wenn ihnen jemand ganz besonders gefiel, so nahmen sie ihn als Gleichberechtigten bei sich auf. Die beiden Figuren auf unserer Vase bewegen sich etwas steif in ihren Gelenken, weil sich der archaische Künstler an ähnliche Regeln halten mußte wie der ägyptische Maler. Aber sie sind zugleich voller Leben und Energie, und gerade das fehlt in den Bildern der ägyptischen Künstler.

In den nachfolgenden hundert Jahren befaßten sich die Griechen noch mehr als zuvor mit der diesseitigen Welt statt mit den Problemen des Jenseits. Sie vernachlässigten die uralten Malregeln, welche die Ägypter so sorgfältig ausgearbeitet hatten und die durch Jahrtausende überall Beachtung gefunden hatten. Man betrachte die Tonschale Abb. 15, die um 460–450 v. Chr. im sogenannten ›klassischen‹ Stil bemalt wurde. Der Künstler hat verschiedene Farben auf einen weißen Grund aufgetragen, genauso, als wenn er auf einem Stück Papier gearbeitet hätte, und das Bild scheint uns in der Tat sehr viel ›moderner‹ als die zuvor betrachteten. Die Linien sind

20 RÖMISCHES MOSAIK. Das Alexandermosaik – Die Schlacht bei Issus (Pompeji). Um 100 v. Chr. Nationalmuseum, Neapel. Die Mosaiktechnik, Muster aus kleinen bunten, in Mörtel gebetteten Marmorwürfeln zusammenzusetzen, entwickelten die Römer zu solcher Vollkommenheit, daß sie damit Gemälde kopieren konnten. Die ›Schlacht bei Issus‹ wiederholt ein berühmtes griechisches Bild aus der Zeit um 315 v. Chr.; wir sehen die geschlagenen Perser unter Darius (Alexander d. Gr. ist auf der linken, nicht abgebildeten Seite).

nicht mehr eingeritzt, sondern mit dem Pinsel gezeichnet, so daß sie gefälliger und sanfter fließen.

Das Merkwürdige aber an diesen Linien ist, daß sie die Figuren nicht mehr flächig, sondern plastisch und natürlich erscheinen lassen. Wenn man die Schale mit der archaischen Vase vergleicht, erkennt man auch den Grund: in dem Herakles finden wir noch die alte Verquickung von frontaler und seitlicher Ansicht, während der Jüngling auf dem späteren Bild so gezeichnet ist, wie er von unserem Standpunkt aus erscheinen würde, so daß wir also von seiner linken Seite viel mehr sehen als von seiner rechten. Die rechte Schulter zum Beispiel ist stark verkürzt und erscheint kleiner als die andere. Deshalb haben wir den Eindruck, daß sie weiter von uns weg liegt, und dies wieder vermittelt uns das Gefühl, als ob die ganze Figur in den Raum hineinragte, anstatt nur auf der Oberfläche des Bildes zu haften.

Der griechische Künstler der klassischen Zeit war nicht an der Erscheinung einzelner Menschen mit all ihren persönlichen Unzulänglichkeiten interessiert. Er wollte alle seine Figuren so schön wie möglich gestalten.

Nur in der Spätzeit, als sich die griechische Kunst über alle Länder des Mittelmeerraumes ausgebreitet hatte, finden wir echte Porträts, wie das besonders schöne der Abb. 21. Es ist in Ägypten entstanden und gehört ungefähr ins 3. nachchristliche Jahrhundert, aber Stil und Technik sind griechisch. Das Bild ist auf eine Holztafel gemalt, und die Farben wurden nicht wie bei den Malereien, die wir bisher betrachtet haben, mit Wasser, sondern mit heißem Wachs gemischt. Dies ergab eine dickere, cremeartige Masse, die es dem Künstler erlaubte, seine Formen direkt auf der Tafel durch den Wechsel lichter und dunkler Farbabstufungen herauszumodellieren.

Der Maler unseres Porträts erreicht eine wundervolle Plastizität. Aus diesem Grunde, unter anderen, erscheint sein Werk so körperhaft und wirklichkeitsnah. Denn unser Künstler hatte auch ein waches Empfinden für alle Besonderheiten, welche dieses Knabengesicht von jedem anderen unterscheiden: die gedrungene Nase, die eckige Kieferpartie, der kleine, sanft geschwungene Mund und die dunklen, glänzenden Augen. Natürlich hat dieses Bild auch Stil – wir könnten es sonst nicht von einer Photographie unterscheiden –, aber es fällt uns schwer, zu sagen, was diesen Stil ausmacht, weil alles so frisch und natürlich vor unsern Augen steht. Wüßte man nicht, daß das Bild vor 1700 Jahren entstanden ist, würde man es für ein Gemälde unserer Tage halten. Die Technik der Wachsmalerei ließ sich nicht nur auf Holztafeln anwenden, sondern auch auf Hauswänden. Doch wurde in alter Zeit für die Wandmalerei ein anderes Verfahren bevorzugt, das Fresko, bei dem der Künstler mit Wasserfarben auf dem frisch angeworfenen, noch feuchten Wand-

21 ÄGYPTO-RÖMISCHE MALEREI. Knabenbildnis (El-Fayum, Unterägypten) 3. Jh. n. Chr. Metropolitan Museum, New York. Als ›ägypto-römisch‹ bezeichnet man die Arbeit, weil sie aus der Zeit der Römerherrschaft in Ägypten stammt.

22 RÖMISCHES MOSAIK. Artistin (Detail aus einem Fußbodenmosaik). Um 400. Piazza Armerina, Sizilien. Dieses überraschend modern anmutende Mädchen, das eine Art Bikini trägt, wurde vor Jahren in einer Villa entdeckt, wohl einem der letzten Plätze heidnischer Lebensweise, nachdem das Christentum die offizielle Religion geworden war.

verputz arbeitete. Die Römer entwickelten darin besonderes Geschick, was die zahlreichen ausgegrabenen Wandbilder belegen.

Im 5. vorchristlichen Jahrhundert war Rom ein kleiner Stadtstaat, genau wie Athen, aber die Römer als geborene Politiker verstanden es besser als die Griechen zu herrschen. Ihr Staat wurde im Laufe der Zeiten immer mächtiger und schließlich zu einem gewaltigen Imperium, das sich von England bis nach Ägypten und von

23 RÖMISCHE WANDMALEREI. Musizierende Dame und junges Mädchen (Villa in Boscoreale). 1. Jh. v. Chr. Metropolitan Museum, New York. Zu den raumschaffenden Verkürzungen tritt eine geschickte Modellierung durch Licht und Schatten.

Spanien bis ins südliche Rußland ausdehnte. Obgleich sie die Griechen schon im 2. Jahrhundert v. Chr. unterwarfen, brachten die Römer der griechischen Kunst größte Bewunderung entgegen, und viele ihrer Maler wurden von den Griechen beeinflußt.

Wenn wir diese römischen Bilder mit denen der griechischen Vasen zusammen betrachten, kommen wir zu einer besseren Vorstellung von den untergegangenen Meisterwerken der griechischen Wandmalerei. Abb. 23 zeigt uns ein römisches Wandbild aus einem Haus der kleinen Stadt Boscoreale bei Neapel. Es ist kaum hundert Jahre vor Christi Geburt entstanden; seine Figuren sind überlebensgroß.

Die römische Matrone hat zwar noch etwas von der idealisierten Schönheit des griechischen Vasenbildes, doch ist sie nicht annähernd so graziös wie dessen Gestalten. Zugleich scheint sie mehr Naturtreue zu haben, und zwar nicht nur durch die sorgfältige Schattengebung. Ihr Gesicht mit der energischen Nase ist auf Porträtähnlichkeit angelegt, und das Mädchen hinter dem Stuhl könnte ihre Tochter sein. Die römischen Maler haben Wirkliches und Idealisiertes oft in dieser Art miteinander verbunden. Es ist schwer zu sagen, wieviel sie von den Griechen abgesehen und wieviel sie selbst ersonnen haben; für uns ist wichtig, daß der griechische Malstil durch ihr Werk lebendig geblieben ist und an die Künstler der christlichen Epoche weitergegeben werden konnte.

Das Mittelalter

Wenn wir die vielen Länder und die verschiedenartigen Völker überblicken, welche die Römer unter ihre Herrschaft gebracht haben, erscheint es uns fast wie ein Wunder, daß sie immer wieder erfolgreich den Zusammenhalt ihres Weltreiches sichern konnten. Es muß eine schwere Aufgabe gewesen sein. Die Römer waren zu klug, sich nur auf die militärische Macht zu verlassen. Wenn sie ein Land erobert hatten, machten sie dessen Menschen zu ›Römern‹, indem sie ihnen die römische Lebensart beibrachten und ihnen sogar zugestanden, römische Bürger zu werden mit gesetzlich verankerten Rechten und Pflichten. Eines jedoch versäumten sie: sie gaben den Menschen in ihrem weiten Reich keinen gemeinsamen religiösen Glauben. Die offizielle römische Staatsreligion glich der griechischen, aber die Römer bestanden nie darauf, daß jeder sie anerkannte. Alles, was sie verlangten, war jährlich ein formales Opfer für den Kaiser, der für sie eine Art Halbgott war, ähnlich wie Herakles für die Griechen. Im übrigen aber konnten sich die griechischen, ägyptischen und alle die anderen lokalen Gottheiten untereinander um die Gunst des Volkes bewerben, und weil es deren so viele gab, wußte niemand wirklich, an wen er glauben sollte.

Das konnte so lange ohne Folgen bleiben, wie das Kaiserreich innerlich stabil und befriedet war. Aber als der Verfall sich abzuzeichnen begann, überkam die Menschen ein großes Verlangen nach dem Trost und der Zuversicht, die von einem starken Glauben ausstrahlen. Deshalb kehrten sie sich den Jüngern Christi zu, die mit selbstlosem Eifer der ganzen Welt einen solchen Glauben bringen wollten. Das römische Weltreich brach auseinander, das Christentum aber setzte sich gegen alle anderen Religionen durch, und die christliche Kirche wurde allgemein anerkannt.

Jesus von Nazareth wurde unter den Juden geboren, die schon seit langem an *einen* Gott glaubten, während ihre Nachbarn noch viele verschiedenartige Gottheiten anbeteten. Der Gott der Juden war allmächtig. Er war der Schöpfer des Universums und Herrscher über alle Dinge. Alle Menschen waren seine Kinder, doch galt sein besonderes Interesse den Juden, seinem auserwählten Volk, dem er seinen göttlichen Willen in den Zehn Geboten offenbart hatte. Diese im Alten Testament niedergelegten Gesetze sagten dem Menschen, wie er gegen Gott und seinen Nächsten handeln müsse, um ein rechtschaffenes Leben zu führen. Daß Gott gerecht sei und daß man, um ihm zu gefallen, nur seinen Geboten zu gehorchen brauchte, war eine ebenso große wie neuartige Vorstellung.

Auch Jesus stand zu den Geboten des Alten Testaments. Aber er predigte, daß es weniger wichtig sei, sie zu befolgen, als Gott selbst zu lieben, denn Gott sei voll Güte und Barmherzigkeit für alle Menschen, selbst wenn sie seine Gebote gebrochen hatten. Und Jesus lehrte überdies, daß wir gegen unseren Nächsten genauso gütig und nachsichtig sein sollen wie Gott gegen uns. Sein eigenes Leben und sein Kreuzestod, wie sie uns in den Evangelien des Neuen Testaments geschildert werden, geben uns ein leuchtendes Beispiel seiner Lehre. Für seine Jünger war Jesus der Sohn Gottes, der Erlöser, dessen Ankunft im Alten Testament vorausgesagt worden war. Sie verkündeten, daß alle, die ihr Vertrauen auf Christus setzten, nach ihrem Tod ins Paradies eingehen und ein ewiges Leben führen würden, und daß Gott nicht nur Juden dieser Hoffnung teilhaftig werden lasse, sondern alle Volker und Rassen, die Reichen wie die Armen.

24 FRÜHCHRISTLICHE WANDMALEREI. *Der gute Hirte, die Jonaslegende und Betende. 200–250 n. Chr. Katakombe der Hl. Petrus und Marcellinus, Rom. Die Grundform dieser Malerei bildet ein Kreuz, Symbol des neuen Glaubens. Den ersten Christen war die wunderbare Errettung des Jonas ein Versprechen, daß auch sie durch die Macht und Gnade Gottes auferstehen würden.*

25 BYZANTINISCHE SCHULE. *Thronende Madonna mit Kind. Um 1200. National Gallery of Art, Washington (Andrew Mellon Collection). Die starre, übermenschliche Majestät dieses Bildes geht auf eine mehr als siebenhundertjährige Tradition zurück (vgl. Abb. 26, 27).*

26 FRÜHCHRISTLICHE WANDMALEREI. *Madonna mit Kind. 3. Jh. Katakombe der Hl. Priscilla, Rom. Erinnert an die früheren römischen Wandgemälde.*

Kurz nach dem Tode Christi reisten die Apostel auch in die verschiedenen Teile des römischen Reiches, lehrten hier den neuen Glauben und gründeten die ersten christlichen Gemeinschaften oder Kirchen. Deren größte befand sich in Rom, wo wir auch die ersten, von christlichen Künstlern geschaffenen Bilder finden. Sie waren auf die Wände langer unterirdischer Gänge, der Katakomben, gemalt, in denen die frühen Christen ihre Toten bestatteten. Abb. 24 zeigt uns die Überreste einer Deckenmalerei in einer solchen Katakombe, die etwa zwei Jahrhunderte nach dem Tod Christi entstanden ist. Ihr Stil ist der römischen Malerei entlehnt, aber die Figuren muten ein wenig steif an. Ganz offensichtlich war der Künstler wenig an körperhafter Modellierung und perspektivistischer Zeichnung interessiert.

Daran sehen wir, daß die frühen Christen eine neue und andersartige Einstellung zum Leben hatten. Ihr Denken war stärker auf den Erlöser und auf das Leben im Jenseits ausgerichtet als auf Besitz oder irdischen Ruhm. Daher hatten Schönheit und Kraft des menschlichen Körpers, die in der griechischen und römischen Kunst so wichtig waren, für sie keine große Bedeutung. Statt dessen wollten sie Bilder, welche die Macht und Herrlichkeit Christi zeigten und von seinem Erdenwandel erzählte.

Die frühchristlichen Maler konnten dieses Verlangen nicht unmittelbar erfüllen, sondern nur mit Hilfe von Symbolen, durch Formen und Zeichen also, die etwas Unsichtbares andeuten. Das Bild im Mittelpunkt der Decke ist solch ein Symbol: es zeigt einen Hirten mit seiner Herde, aber es bedeutet Christus, den Guten Hirten der menschlichen Seelen. Weil alles von Christus abhängt, sind die anderen Deckenbilder wie die Speichen eines Rades um dieses zentrale Motiv angeordnet. Sie bilden ein großes Kreuz, das einfachste und umfassendste Symbol des neuen Glaubens. Die stehenden Figuren, die betend ihre Hände erheben, um die Hilfe des Himmels zu erflehen, verkörpern die gläubige Kirchengemeinde. In den vier Halbkreisen erzählt der Künstler die Jonas-Legende des Alten Testaments. Auf einer Gott nicht gefälligen Seereise warfen in der Gefahr die Matrosen Jonas ins Meer, wo ihn ein Walfisch verschlang (der Wal ist als eine Art Seeungeheuer dargestellt). Rechts wird Jonas von dem Wal wieder ausgespien, weil er im Leib des Fisches zu Gott gebetet hat. Unten, wieder auf trockenem Land, sinnt er über die Gnade Gottes nach. Die Legende sollte den ersten Christen verdeutlichen, daß

auch sie durch die Macht Gottes dem Tod entrinnen, so wie Jonas dem Wal. Sie bedurften einer solchen inneren Sicherheit, denn sie durchlebten eine schwere Zeit. Trotzdem schlossen sich ihnen immer mehr Menschen an, im 4. Jahrhundert sogar die Kaiser. Das Christentum wurde zur Staatsreligion des römischen Reiches, seine Kunst bekam einen mehr offiziellen Charakter. Da der westliche Teil des Reiches damals im Auseinanderfallen war, verlagerte sich das Schwergewicht nach dem im Osten gelegenen Byzanz. Nach dieser Stadt, dem heutigen Istanbul, wurde der offizielle Stil der christlichen Malerei ›byzantinisch‹ genannt.

Dieser Stil hat sich ohne bedeutsame Veränderung über eine sehr lange Zeit erhalten. Die um 1200 entstandene *Madonna* – die Jungfrau Maria mit dem Jesusknaben – Abb. 25 – würde nicht viel anders aussehen, wenn sie einige Jahrhunderte früher oder später geschaffen worden wäre. Sie ist, wie das Knabenbildnis der Abb. 21, auf eine hölzerne Tafel gemalt; das Motiv selbst aber erinnert uns an die römische Matrone mit dem kleinen Mädchen in Abb. 23. Freilich zeigen diese Vergleiche auch, wie verschieden die Madonna von römischer, ja selbst von frühchristlicher Malerei ist. Der byzantinische Künstler hat sie nicht als eine gewöhnliche, sterbliche Mutter aufgefaßt. Ihm war sie die Himmelskönigin, dem täglichen Leben entrückt und von einer Schönheit, die über jede menschliche Vorstellung hinausging.

Bei der Betrachtung der frühchristlichen Madonna der Abb. 26 erkennen wir, daß sie etwa auf halbem Weg zwischen der römischen Dame und dem byzantinischen Bild steht. Sie hat zwar noch mehr Menschliches als diese, aber die dunkel starrenden Augen und die Steifheit des Körpers beweisen, daß auch sie schon als etwas Heiliges, Symbolhaftes angeschaut werden soll. Derartige Motive wurden immer wieder nachgebildet, und jedesmal wenn ein Maler von einem

27 FRÜHCHRISTLICHE TAFELMALEREI. Madonna mit Kind. 5. oder 6. Jh. Santa Francesca Romana, Rom. Das Bild ist in der gleichen Wachsfarbentechnik gemalt wie das Knabenporträt der Abb. 21. Sein Schönheitsideal hat sich von dem der klassischen Kunst weit entfernt. Vgl. die byzantinische Madonna (Abb. 25).

28 BYZANTINISCHES MOSAIK. Kaiser Justinian und sein Gefolge. Um 547, San Vitale, Ravenna. Unter Justinian erreichte das byzantinische Reich seine größte politische Bedeutung; damals entstanden die schönsten Kunstwerke. Die Mosaiken unterscheiden sich von römischen nicht allein stilistisch, sondern auch durch Technik und Material.

anderen kopierte, verloren sie etwas mehr von ihrer Natürlichkeit (vgl. Abb. 27), bis sie schließlich die erstarrte, übermenschliche Majestät des byzantinischen Stils erreichten.

Das frühe Mittelalter in Westeuropa

Währenddessen war das westliche Europa von kriegerischen Stämmen aus dem Norden und Osten überflutet worden. Sie hatten die römischen Heere geschlagen, die verschiedenen Provinzen des Imperiums zu eigenständigen und unabhängigen Königreichen gemacht und sich mit der einheimischen Bevölkerung vermischt. Aus diesem Schmelztiegel gingen die westeuropäischen Nationen, so wie wir sie heute kennen, England, Frankreich, Italien, Deutschland und die anderen Länder hervor. Aber zunächst hatten sich die Stämme mit der römischen Kultur und dem Christentum auseinanderzusetzen. Sie sahen sich nun als die Erben all dessen, was von den älteren Völkern entwickelt und erreicht worden war, und es gab für sie unendlich viel zu lernen.

Während dieser turbulenten Zeit war die christliche Kirche im westlichen Europa die einzige dauerhafte Institution geblieben. Die Aufgabe, Glauben und Bildung zu verbreiten, war den Mönchen zugefallen, tief religiösen Menschen, die unter strengen Regeln in abgesonderten Gemeinschaften zusammenlebten. Sie waren jedoch nicht nur Priester und Erzieher. Vom 5. bis zum 12. Jahrhundert, also während der Zeit, die wir als frühes und Hochmittelalter bezeichnen, waren sie zugleich die führenden Künstler und Kunsthandwerker. Damals hatte fast jedes Kloster eine eigene Werkstatt, in der Kopien nach der Bibel und anderen Büchern angefertigt wurden. Das mußte von Hand geschehen, da das Druckverfahren noch nicht erfunden worden war. Auch das Papier war den Mönchen unbekannt. Sie schrieben auf Pergament, das aus Kalbshaut gefertigt wurde und ebenso kostspielig wie dauerhaft war. Deshalb konnten die mühselig geschaffenen mittelalterlichen Manuskripte lange Zeiten überdauern, so daß heute noch viele erhalten sind. Zu den Schreibstuben gehörten auch Maler, deren Aufgabe es war, die Manuskripte zu illuminieren, sie durch Bilder und Ornamente zu erläutern und auszuschmücken. Diese Miniaturen (vom lateinischen ›minimum‹, einem roten Farbstoff) wurden mit wunderbarer Sorgfalt gemalt. Viele Jahrhunderte lang waren sie der bedeutendste Zweig der mittelalterlichen Malerei, und die schönsten davon können sich mit jedem Wandgemälde oder Tafelbild messen.

Daß die Mönche der Buchmalerei solches Gewicht zumaßen, ist nicht weiter verwunderlich, fußte doch ihr Glaube vor allem auf der Bibel, die auch heute noch vielen Menschen das ›Buch der Bücher‹ ist. Weil sie Gottes Wort enthielt, war jede Abschrift geheiligt; sie zu illuminieren und so kostbar wie nur möglich zu machen, war ein Weg, Gott zu dienen. Vielleicht hilft uns diese Vorstellung zum Ver-

30 IRISCHE BUCHMALEREI. Kreuzigung (Aus einem Evangeliar). Um 750–760. Stiftsbibliothek St. Gallen.

31 KAROLINGISCHE BUCHMALEREI. Evangelist Matthäus (Purpurevangeliar Karls d. Gr.). Um 800. Kunsthistorisches Museum, Wien

29 IRISCHE BUCHMALEREI. Seite aus dem ›Book of Durrow‹. Um 700. Trinity College Library, Dublin. Der Mönch, der dieses Blatt schmückte, entlehnte das Flechtwerk und die kämpfenden Tiere der heidnischen Kunst. Das winzige Kreuz in der Mitte ist das einzige christliche Element.

ständnis der in Abb. 29 gezeigten Seite des *Book of Durrow*, das im 8. Jahrhundert von irischen Mönchen geschaffen wurde. Die Worte, die zu diesem Bild gehören, sind das Evangelium, die von Matthäus, Markus, Lukas und Johannes niedergeschriebene Lebensgeschichte Christi. Dem Künstler ging es aber nicht darum, das heilige Geschehen selbst zu zeigen, sondern den Text durch ein herrliches Ornament zu beleben. Die Flechtbänder und unheimlichen, bandartigen Tierdarstellungen kommen nicht aus der frühchristlichen Kunst. Sie sind der angestammten Kultur jener Völker entlehnt, die sich kurz zuvor in Westeuropa angesiedelt hatten. Und doch liegt dem

Ganzen ein christlicher Sinn zugrunde. Der breite Rahmen mit Flechtbändern umschließt einen Kreis auf weißem Grund, in dessen Mitte ein kleines Kreuz leuchtet. Auf diese Weise vermittelt uns der Künstler den Gegensatz zweier Welten. Der Rahmen mit seinen kämpfenden Ungeheuern stellt die grausame, finstere Welt des Heidentums dar, während das im Kreis befindliche Kreuz die christliche Welt symbolisiert.

Wenden wir uns nun der Abb. 31 zu, einer Miniatur, die um 800 gemalt wurde, zur Zeit Karls des Großen, des ersten mittelalterlichen Kaisers, der über Deutschland, Frankreich und den größten Teil Italiens geherrscht hat. Karl der Große hat nicht nur die Idee des Imperium Romanum erneuert, er wollte auch, daß seine Völker so viel als nur möglich von römischer Kultur und frühchristlicher Kunst (weil ja auch diese von Rom ausging) aufnahmen. Die Bilder in Karls eigenem Evangelienbuch (Evangeliar) zeigen keine Flechtbänder und ineinander verwickelten Tiere. Statt dessen sehen wir die

32 KAROLINGISCHE BUCHMALEREI. Illustration zum 44. Psalm (Utrecht-Psalter). Um 832. Universitätsbibliothek, Utrecht. Die um das Bett oben schwebenden Engel illustrieren den 24. Vers: »Erwecke dich, Herr! Warum schläfst du?« Links kriechen die Gläubigen auf den Tempel zu, nach den Worten des 26. Verses: »Denn ... unser Leib klebt am Erdboden.« Die am Tor werden umgebracht wie Schafe, nach den Worten: »Denn wir werden ... täglich erwürgt ... wie Schlachtschafe«.

33 SIZILIANISCHES MOSAIK. Christus Pantokrator. Um 1148. Dom in Cefalù, Sizilien. Süditalien und Sizilien gehörten zum oströmischen Reich. Der byzantinische Einfluß blieb unter der Herrschaft der Normannen bestehen, die dort im 11. Jh. ein Königreich errichteten. Der ehrfurchtgebietende Christus, der mit zwingender Kraft auf uns herabsieht, steht den besten Zeugnissen byzantinischer Kunst in Griechenland nicht nach. Das Buch trägt auf der einen Seite eine griechische, auf der anderen eine lateinische Inschrift.

vier sorgfältig nach frühchristlichen Manuskripten kopierten Evangelisten; auf unserer Abbildung den heiligen Matthäus. Die kraftvolle Körperlichkeit, der kühn geschnittene Kopf und besonders die Anwendung von Schatten und perspektivistischer Verkürzung erinnern uns an die römische Kunst. Wenn nicht ein Heiligenschein hinter seinem Haupt wie bei der Madonna in Abb. 25 darauf verwiese, daß er vom Heiligen Geist erfüllt ist, könnte man ihn für einen Schriftsteller halten.

Die römische Geisteshaltung der Zeit Karls des Großen hatte keinen Bestand. Sein Reich zersplitterte unter seinen Erben, und in der Kunst brach der einheimische ornamentale Stil mit seinen geflochtenen Bändern und Tierformen nach kurzer Zeit wieder durch. Doch vergaßen die Maler nicht, was sie unter Karl dem Großen gelernt hatten, nämlich, wie man menschliche Figuren zeichnet und Geschichten in Bildern erzählt (Abb. 32). Sie verschmolzen mit der Zeit die beiden Stile zu einem. Das Ergebnis war ein großartiger neuer Stil, der romanische, der während des 11. und 12. Jahrhunderts blühte. Trotz seines Namens ist er im Geiste unrömisch, wenn auch viele seiner Formen römischen Ursprungs sind.

Abb. 35 zeigt ein besonders schönes Frühwerk romanischer Malerei. Es ist die Titelseite des Lukasevangeliums in einem Manuskript, das kurz nach der Jahrtausendwende in einem französischen Klo-

34 ANGLO-NORMANNISCHE STICKEREI. Der Teppich von Bayeux (Ausschnitt). Um 1080. Musée de la Tapisserie, Bayeux. Das ursprünglich für die Kathedrale bestimmte Werk ist ein fast 60 Meter langer Leinenstreifen, auf dem die Eroberung Englands durch die Normannen im Jahre 1066 geschildert wird. Die Lebendigkeit der Erzählung und die bewegte Gestik der Figuren zeigen den Einfluß des Stiles vom Utrecht-Psalter (Abb. 32), der bis zum 12. Jh. beiderseits des Kanals nachwirkte.

35 ROMANISCHE BUCHMALEREI. Initialseite des Lukasevangeliums. Französische Miniatur, um 1000. Pierpont Morgan Library, New York. Prachtvolles Zeugnis für die geniale Art, in der mittelalterliche Buchillustratoren Ornament, Schrift und Bild zu einem harmonischen Ganzen verwoben. Im Initial ›Q‹ verkündet Erzengel Gabriel dem Zacharias die Geburt Johannes' des Täufers. Der Abstrich des ›Q‹ rahmt die Geburt Christi.

ster illuminiert wurde. Wie vollendet sind hier Ornament, Text und figürliche Illustration miteinander verwoben! Es gibt so viel zu sehen, daß es schwerfällt, für die Betrachtung den richtigen Anfang zu finden. Der breite Rahmen erinnert uns an das *Book of Durrow*, doch aus den Flechtbändern wachsen Blätter und Blüten, die Tiere sind zahmer und leichter zu erkennen. Das große Gebilde inmitten der Seite ist der Anfangsbuchstabe (Initial) des Evangeliums, ein ›Q‹, das in Pflanzen- und Tierformen übersetzt ist. Es bildet den Rahmen zu einer Szene aus dem Evangelium: Der Erzengel Gabriel verkündet dem Zacharias die Geburt Johannes' des Täufers. Im Abstrich des ›Q‹ sehen wir ein anderes heiliges Geschehen: die Geburt Christi.

Diese Bilder beweisen uns, daß der romanische Maler mit der byzantinischen Kunst vertraut war und ihre Autorität achtete. Die Muster des Rahmenornaments entwarf er nach eigenem Gutdünken während des Zeichnens, aber er wagte nicht, auch bei biblischen Szenen seinen Vorstellungen zu folgen. Die Illustrationen mußten ›korrekt‹ sein, früheren Bildern entsprechen, sonst hätten die Menschen sie möglicherweise nicht verstehen können. Wenn unser Künstler aber byzantinische Vorlagen benutzte, dann war er mehr als nur ein Kopist. Seine Figuren haben zwar vieles mit der byzantinischen *Madonna* der Abb. 25 gemein, besitzen aber mehr Kraft und Ausdruck. Wir empfinden die gleiche erregte Sprache wie bei den Pflanzen und Tierformen des Rahmens. Deshalb erscheint uns die Illustration dieser ganzen Seite ungeachtet der vielen verschiedenartigen Elemente so harmonisch. Die erzählerische Kraft des romanischen Stils wird an einem anderen Bilde (Abb. 36) noch deutlicher, einem Wandgemälde des 12. Jahrhunderts aus St. Savin sur Gartempe in Frankreich, das die alttestamentarische Geschichte vom Turmbau zu Babel darstellt. Dieser Turm sollte in wahrsten Sinne des Wortes ein Wolkenkratzer werden. Die Menschen wollten ihn bis in den Himmel hinauf bauen, um zu beweisen, daß sie genau so mächtig wären wie Gott. Aber sie vermochten ihr Werk nicht zu vollenden, denn Gott gab plötzlich jedem von ihnen eine andere Sprache, so daß sie sich untereinander nicht mehr verständigen konnten. Rechts auf unserem Bilde schleppen Männer, unter der Anleitung

36 ROMANISCHE WANDMALEREI. Der Turmbau zu Babel. 12. Jh. St. Savin sur Gartempe (Frankreich). Wände und Gewölbe der romanischen Kirchen boten für Wandgemälde viel Raum, doch sind nur wenige erhalten. Die durch dunkle Umrißlinien in sich geschlossenen Formen haben mehr Gewicht, die Gestalten sind dichter zusammengedrängt als früher (vgl. Abb. 32, 34).

des Giganten Nimrod, Steinquader für die Maurer herbei. Links sehen wir Gott, wie er diesen Einhalt gebietet. Der Künstler hat das ganze Geschehen in einen langen, schmalen Streifen eingeordnet, der uns an die altägyptischen ›Streifenbilder‹ erinnert (Abb. 6). Doch mit welcher Eindringlichkeit und Dramatik schildert der romanische Maler seine Geschichte! Auf der ägyptischen Darstellung scheinen alle Figuren erstarrt zu sein. Hier aber ist jede Linie in Bewegung: die Menschen gestikulieren, krümmen sich unter der Last der Steine, streiten mit Gott. Die Kraftprobe zwischen ehrgeizigen Menschen und ihrem Schöpfer ist auf den ersten Blick zu erkennen; wir werden von der tiefen Erregung ergriffen, die der Künstler empfunden haben muß, als er dieses Bild malte.

Der Aufstieg der Städte: Die Kunst der Gotik

Während des frühen Mittelalters waren fast alle Städte aus der Zeit des Römerreiches verödet, und die neu begründeten blieben klein und spielten keine wichtige Rolle. Die meisten Menschen lebten auf dem Lande und bewirtschafteten hier die Ländereien der Klöster oder Edelleute. Seit dem 12. Jahrhundert aber begannen die Städte wieder zu wachsen. Viele Menschen gaben ihr Bauerndasein auf, um ›Bürger‹ zu werden, freie, von den landbesitzenden Lehnsherren unabhängige Städter. Dies hatte einen grundlegenden Wandel im mittelalterlichen Leben zur Folge. Die Bürger erwiesen sich als tüchtige

37 MEISTER HONORÉ (?). *David und Goliath (Gebetbuch Philipps des Schönen). 1295. Bibliothèque Nationale, Paris. Die Schattengebung ist so kräftig, daß die Figuren wie Reliefs wirken. Eichen- und Ahornblätter sind genau wiedergegeben.*

38 GLASMALEREI. *Kreuzigung (Ausschnitt). Um 1165. Kathedrale, Poitiers. Die Gestalten aus der Übergangszeit zur Gotik haben die Ausdruckskraft der romanischen Malerei (vgl. Abb. 36), gesteigert durch glühende Farbigkeit.*

Handwerker und unternehmungslustige Kaufleute, so daß die Städte bald zu Zentren des Wohlstandes, der Kunst und der Gelehrsamkeit wurden. Das Stadtleben machte die Menschen selbständiger und praktischer in ihrem Denken. Es öffnete sie für neue Ideen und lenkte ihr Interesse stärker auf die Dinge des Diesseits.

Aus dieser veränderten Geisteshaltung wurde ein neuer Kunststil geboren: die Gotik. Sie ging um etwa 1150 von Frankreich aus und verbreitete sich von dort über alle Länder der westlichen Welt. Die aus einem Gebetbuch von 1295 stammende Miniatur der Abb. 37 zeigt uns, wie sehr sich die gotische Malerei von der romanischen unterscheidet. Diese Miniatur ist nicht die Arbeit eines Mönches, sondern die eines Bürgers, eines Buchillustrators der Stadt Paris. Als Thema wurde die bekannte biblische Erzählung vom Sieg Davids über Goliath gewählt, aber der Maler hat sie so behandelt, als hätte sie sich zu seiner Zeit ereignet. Der Riese in der Mitte und der links stehende König Saul tragen die Rüstung mittelalterlicher Ritter. Vor allem überrascht uns das wiedererwachte Interesse für die körperhafte Schattengebung, die alle Formen weicher und natürlicher erscheinen läßt. Während das Bild als Ganzes nur wenig Tiefe hat, ist das Plastische doch so betont, daß die Figuren sich von den flächigen Mustern des Hintergrundes absetzen; die Art, wie ihre Füße den Rahmen überschneiden, sagt uns, daß sie eigentlich *vor*, und nicht *auf* der Buchseite gedacht sind.

Eine andere Form der Malerei, die in gotischer Zeit zur Blüte kam, bediente sich kleiner Stücke gefärbten Glases, die zurechtgeschnitten und dann mit Hilfe von schmalen Bleileisten zu großen farbigen Glasfenstern zusammengesetzt wurden (vgl. Abb. 38). Diese schwierige und besondere Technik erlaubte fast keine Modellierung. Wir sollten solche farbigen Glasfenster auch nicht als Bilder im gewöhnlichen Sinne betrachten; sie sind vielmehr lichtdurchlässige Wände, deren Schönheit aus den prächtigen und leuchtenden Farbmustern kommt. Diese Fenster sind ein wesentlicher Bestandteil der gotischen Architektur. In Frankreich, England und Deutschland erreichten sie schließlich solche Ausmaße, daß die Kirchen Glashäusern glichen und für Wandmalereien kaum noch Platz blieb.

39 GIOTTO. Beweinung Christi. Um 1305–1306. Arena-Kapelle, Padua. Giottos Bilder schienen seinen Zeitgenossen so echt wie die Natur selbst.

Nur Italien machte hier eine Ausnahme. Seine Kirchen bewahrten sich ihre geschlossenen Flächen, und die Wandmalerei blieb viele Jahrhunderte lang ein bedeutsamer Zweig der Kunst. Die Italiener unterschieden sich von den Völkern des Nordens noch in anderer Hinsicht. Sie hatten nie ganz vergessen, daß sie die Erben der Römer und der frühen Christen waren; auch das städtische Leben war ihnen viel vertrauter. Früher als andere Länder besaß Italien wohlhabende und mächtige mittelalterliche Städte, so daß wir nicht zufällig bei den Malern der italienischen Gotik auf einen besonders kühnen und fortschrittlichen Geist stoßen. Der bedeutendste von ihnen war der 1266 in Florenz geborene Giotto. Er ist der erste Maler in der Kunstgeschichte, der heute noch genauso bewundert wird wie zu seinen Lebzeiten. Weil ziemlich viele seiner Werke erhalten sind, können wir uns vergegenwärtigen, weshalb er so berühmt wurde. Bei der Betrachtung seiner *Beweinung Christi* (Abb. 39), die zu dem Freskenzyklus der Arena-Kapelle in Padua gehört, spüren wir unmittelbar, daß wir ein großflächiges Bild und keine Miniatur vor uns haben. Es ist die Größe der Formen, nicht die des Formats, welche das Bild so imposant erscheinen läßt. Kein überflüssiges Beiwerk belastet die kraftvollen und vereinfachten Gestalten. Ihre Schwere und Blockhaftigkeit verleihen ihnen fast das Aussehen mächtiger Felsen. Wir nennen solche Figuren monumental, weil sie uns wie Denkmale anmuten, die für alle Ewigkeit bestimmt sind.

Doch sind die Gestalten Giottos voller menschlicher Gefühle. Wir werden ihrer Trauer über den Tod Christi teilhaftig, ob wir die weinenden Engel am Himmel oder die leidvollen Menschen unten betrachten. Durch ihre Gesten und ihren Gesichtsausdruck sprechen sie uns so unmittelbar und ergreifend an, daß wir uns selbst mit in die Szene aufgenommen fühlen. Die *Beweinung* erhält auch noch durch anderes ihre künstlerische Bedeutung: durch die Komposition, das heißt, die Art, in der die Figuren und die übrigen Bildelemente in den Rahmen eingeordnet sind. Wenn wir erzählende Darstellungen, etwa das romanische Fresko oder die gotische Buchillustration, betrachten, dann wandert unser Auge von einem Detail zum anderen. Bei der *Beweinung* dagegen ermöglichen Größe und Schlichtheit der Formen und gedrängte Gruppierung der Gestalten das ganze Geschehen auf einmal zu erfassen. Giotto hat es genauso komponiert, wie ein großer Regisseur ein Theaterstück inszenieren würde. Das Ganze mutet uns wie eine Bühne an. Zwar bleibt den mächtigen Gestalten genügend Raum, aber der landschaftliche Hin-

40 AMBROGIO LORENZETTI. *Darstellung des Jesusknaben im Tempel. 1342. Uffizien, Florenz. In den monumentalen Gestalten des Malers aus Siena ist Giottos Einfluß wirksam, die Komposition dagegen verrät ein neues Interesse für Raumtiefe. Das Innere des Tempels ist nicht Umrahmung oder Hintergrund, sondern ein wirkliches Gehäuse. Die beiden Säulen im Vordergrund überschneiden die Gestalten.*

tergrund ist von kulissenhafter Flächigkeit. An dem verkürzten rechten Arm des in der Bildmitte stehenden Johannes können wir die wirkliche Tiefe dieser ›Bühne‹ ablesen.

Vor Giotto war die italienische Malerei eng in den byzantinischen Stil gebunden. Wenn man die *Beweinung* mit der byzantinischen Madonna der Abb. 25 vergleicht, wird man begreifen, warum Giotto als der Künstler gilt, welcher die italienische Kunst zu einer naturnahen Auffassung zurückgeführt hat. Die Maler in Siena, einer in der Nähe von Florenz gelegenen Stadt, verfolgten ein ähnliches Ziel, versuchten es aber auf anderen Wegen zu erreichen (vgl. Abb. 41). Sie ›tauten‹ den byzantinischen Stil auf; so daß er lebendiger und wirklichkeitsgetreuer wurde. Einer ihrer bedeutendsten war Simone Martini, der die kleine Holztafel mit der *Kreuztragung Christi* gemalt hat (Abb. 42). Sie ist in Tempera gearbeitet, einer Technik, die für Miniaturen ebenso verwendet wurde wie für Tafelbilder (die Farben werden dabei mit Eigelb und Wasser versetzt und erlauben einen dünnen, glatten Auftrag, der beim Trocknen zu einer harten, emailartigen Schicht wird). Sorgfältige Detaillierungen und leuchtende Farben verleihen derartigen Malereien einen juwelenhaften und vom Fresko wesentlich verschiedenen Charakter. Einige der Gestalten des Simone verweisen uns noch auf die byzantinische Kunst, andere aber verraten in ihrer körperhaften Schwere und ihrer Ausdruckskraft den Einfluß von Giotto. Freilich fehlt dessen Sinn für das Dramatische, aber Simone hat einen wunderbaren Blick für alle die kleinen Dinge, die das Geschehen mit Leben erfüllen, für die Gewänder oder das Geschiebe und Gedränge einer Menschenmenge. Und wie hat er sich bemüht, seinem Bild Tiefe zu geben: er zeigt uns nicht nur die aus der Stadt herausströmenden Menschen, sondern auch die Stadt selbst. Die perspektivisch verkürzte Schau ist noch

41 DUCCIO. Der Einzug Christi in Jerusalem. 1308–1311. Museo dell'Opera del Duomo, Siena. Duccio wollte wie Giotto die italienische Kunst zu natürlicheren Formen zurückführen: Er lockerte den erstarrten byzantinischen Stil auf und machte ihn lebensvoller.

43 AMBROGIO LORENZETTI. Stadt in der Toscana. Um 1340. Pinacoteca Nazionale, Siena. Dieser Blick aus der Vogelperspektive auf eine über dem Meere gelegene Bergstadt ist ein ähnlich kühner Vorstoß in unbekanntes Gebiet wie die Raumgestaltung bei Abb. 40. Wenn Lorenzetti die Ansicht auch so steil nach oben führte, daß dem Himmel kein Raum mehr bleibt und das Ganze wie eine Reliefkarte erscheint, enthält sie doch die Keime für die Landschaftsmalerei der Zukunft.

ein wenig unbeholfen, aber der Bildraum bleibt wenigstens nicht mehr auf eine schmale Bühne im Vordergrund beschränkt.

Simone Martini ist überdies zu einem wichtigen Bindeglied zwischen Italien und dem nördlichen Europa geworden. Er weilte für ein paar Jahre in Südfrankreich am Hof der Päpste in Avignon, wo er sich mit der französischen Gotik vertraut machte, während die Fran-

42 SIMONE MARTINI. Kreuztragung. Um 1340. Louvre, Paris. Die farbenprächtige, aus dem Stadttor strömende Menschenmenge erinnert an Duccios ›Einzug in Jerusalem‹ (Abb. 41).

 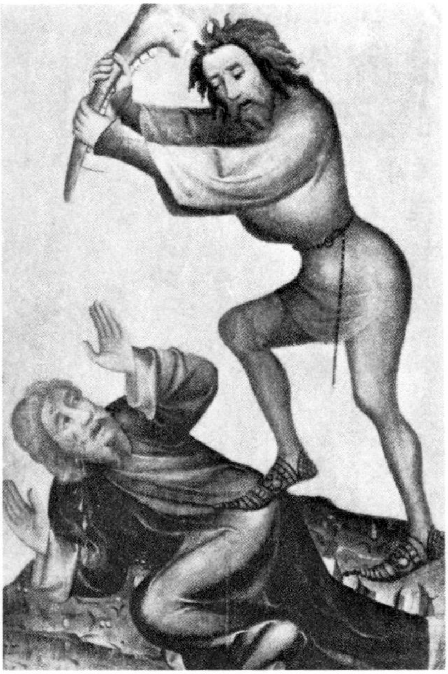

44 TOMMASO DA MODENA. *Ein Heiliger im Gewand des Dominikaner-Ordens 1352. Kapitelsaal von San Niccolò, Treviso (Italien). Tommaso verbindet Einflüsse von Giotto mit dem detailfreudigen Realismus der nordeuropäischen Gotik. Dieses Fresko enthält die erste Darstellung einer Brille, die einige Jahrzehnte früher erfunden worden war.*

45 MEISTER BERTRAM VON MINDEN. *Kain erschlägt Abel (Detail vom Grabower Altar). Um 1379, Hamburger Kunsthalle. Dieser norddeutsche Künstler zeigt den Einfluß der böhmischen Malerei, die vieles von Italienern wie Tommaso da Modena übernahm. Er war in den 90er Jahren wahrscheinlich in Italien.*

46 MELCHIOR BROEDERLAM. *Darstellung im Tempel und Flucht nach Ägypten. Um 1395. Musée des Beaux-Arts, Dijon. Die linke Bildhälfte erinnert an die ›Darstellung‹ des Lorenzetti von 1342 (Abb. 40). Wie viele andere für französische Auftraggeber arbeitende Künstler war Broederlam Flame.*

zosen über ihn den neuen italienischen Stil kennenlernten (vgl. Abb. 47). Gegen Ende des 14. Jahrhunderts wurden Beziehungen dieser Art so häufig, daß es kaum noch wesentliche Unterschiede zwischen den italienischen und den nordischen Malern gab. Sie alle pflegten einen Stil, den man wegen seines einheitlichen Gepräges oft als ›Internationale Gotik‹ bezeichnet.

Wir wollen einige Bilder dieser etwa bis 1420 reichenden Zeit betrachten. Die Tafel unserer Abb. 46 wurde in den neunziger Jahren des 14. Jahrhunderts von Melchior Broederlam für den Herzog von

47 NACHFOLGER DES SIMONE MARTINI. *Szene aus dem höfischen Leben (Ausschnitt von einem Fresko). Um 1345. Papstpalast in Avignon, das im 14. Jh. eine Zeitlang die Residenz der Päpste war und deshalb zu einem Mittler der italienischen Kunst wurde. Die Raumbehandlung der Wandgemälde ist kühner als in den Arbeiten nordeuropäischer Maler. Die Baumstämme sollen, wie die Säulen in Lorenzettis ›Darstellung im Tempel‹ (Abb. 40) Tiefenwirkung erzielen.*

48 BRÜDER VON LIMBURG. Der Monat Februar (Stundenbuch des Herzogs von Berry). Um 1415. Musée Condé, Chantilly. Neben der verfeinerten Eleganz höfischer Szenen schenkten die gotischen Maler auch der Natur und dem alltäglichen Leben sorgfältige Beachtung.

Burgund gemalt. Es ist einer der beiden Flügel eines Altars, was seine eigentümliche Form erklärt. Links sehen wir, wie der Jesusknabe dem Hohenpriester im Tempel dargebracht wird, und erkennen, wieviel Broederlam von der architektonischen Raumgestaltung der Italiener gelernt hat (vgl. Abb. 40). Der Tempel hat zwar noch etwas Unwirkliches und scheint wie eine Art Käfig um die Figuren herum aufgebaut zu sein, doch hat er recht viel Tiefe. Auch in den massigen Figuren spürt man den italienischen Einfluß. Andererseits aber erinnern uns die weichen, fließenden Gewandfalten an die Miniatur mit *David und Goliath*. Solche stoffreichen Gewänder waren bei den

49 Gentile da Fabriano. Christi Geburt. 1423. Uffizien, Florenz. Die Tafel ist ein Teil der Predella eines großen Altarwerkes. Gentile übte auf Pisanello nachhaltigen Einfluß aus; beide machten zweifellos Tierstudien nach dem Leben. Ochse und Esel sind viel realistischer dargestellt als die Menschen.

Künstlern dieser Zeit sehr beliebt, weil sie die Figuren fülliger erscheinen ließen. Rechts sehen wir die Heilige Familie – Maria, Joseph und das Christuskind – auf der Flucht nach Ägypten. Die sanft überschatteten Felshänge, die mit liebevoller Sorgfalt gemalten Bäume und Blumen zeigen, wie wichtig man nun die Wiedergabe der Landschaft nahm. Für Broederlam war jede Einzelheit der Natur bedeutsam genug, im Bilde gezeigt zu werden – Pflanzen, Tiere und Menschen. Sein reizender Esel ist sicher nach dem Leben gemalt, und der Joseph läßt uns an einen ungeschlachten, einfachen Bauern denken.

Dieselbe Hinwendung zur Natur und zur Alltäglichkeit hat sich in den *Très Riches Heures du Duc de Berry* niedergeschlagen, einem ›Stunden-‹ oder ›Gebetbuch‹, das um 1415 von einem Paul von Limburg und seinen beiden Brüdern für den Herzog von Berry, einen der reichsten Edelleute Frankreichs, gemalt worden ist. Abb. 48 zeigt uns das Kalendarium des Monats Februar, unten die zugehörige Miniatur, die uns vom ländlichen Leben im Winter erzählt. Es ist eine sehr ausführliche und köstliche Schilderung. Wir können die Kälte in der unbewegten, durchsichtigen Luft fast fühlen, wenn wir beobachten, wie die Vögel im Hof scharrend nach Futter suchen, das Ge-

50 ENGLISCHER MEISTER. Das Wilton-Diptychon. (Linke Hälfte) Um 1415. National Gallery, London. Auf Grund der stilistischen Eigenart dieses bezaubernden Werkes halten manche Gelehrte es für französisch. Auf dem nichtabgebildeten Teil ist Richard II. zu sehen, der der Jungfrau Maria empfohlen wird.

sinde sich am Feuer wärmt oder der Bauer seinen Esel nach der fern hinter den schneebedeckten Hügeln liegenden Stadt treibt.

Die *Geburt Christi* (Abb. 49) wurde im Jahr 1423 als Teil eines großen Altars von Gentile da Fabriano geschaffen, einem Italiener, welcher die Werke nordischer Maler wie Broederlam und der Brüder von Limburg gekannt haben muß. Die sanften Schatten, die Falten der Gewänder, die sorgfältig beobachteten Tiere und Pflanzen – sie alle sind uns schon vertraut. Was das Gemälde aber darüber hinaus interessant macht, ist das Licht. Bei den Bildern, die wir bislang betrachtet haben, war es uns nie möglich, die Tageszeit zu bestimmen oder zu sagen, welche Art von Licht sich der Künstler vorgestellt hat. Hier haben wir zum erstenmal eine nächtliche Szene vor uns und erkennen, woher das Licht kommt, nämlich vom Christuskind selbst. Man hatte es zwar immer schon das ›Licht der Welt‹ genannt, aber bisher hatte niemand dieses göttliche Licht so gemalt, als wenn es ein wärmendes kleines Feuer wäre. Erst in den Jahren um 1400 begriffen die Künstler, daß Licht neben Form und Farbe etwas ganz Selbständiges, ja vielleicht wichtiger als diese ist, weil die Art, wie wir die Dinge sehen, davon abhängt, wie das Licht auf ihnen liegt.

Forscher und Entdecker

Es fällt immer schwer, genau zu bestimmen, wann etwas Neues begonnen hat. Der Kalender sagt uns beispielsweise, daß der 21. März der erste Tag des Frühlings sei, aber wenn man uns nach dem tatsächlichen Anfang der neuen Jahreszeit fragt, können wir keine zuverlässige Auskunft geben. Ebenso schwierig ist es, den Beginn der Neuzeit festzulegen. Wir wissen nur, daß das Mittelalter zwischen dem 14. und 16. Jahrhundert zu Ende gegangen ist – hier früher, dort später – und daß Westeuropa in ein neues Zeitalter, die Renaissance, eintrat. Das wachsende Interesse für die Natur und die mehr menschliche Auffassung religiöser Themen in der gotischen Kunst haben uns gezeigt, daß sich die Einstellung der Menschen zum Leben schon damals zu wandeln begonnen hatte.

Aus der Vorliebe für Tiere, Pflanzen und Menschen erwuchs seit etwa 1420 ein immer stärker werdendes Verlangen, die ganze Welt und alles in ihr zu erforschen. Der Mensch verließ sich nicht mehr allein auf den Glauben. Er wollte seine eigenen Fragen stellen, mit eigenen Augen sehen. Kühne Seefahrer stachen in See, um fremde Länder zu erkunden, und kamen mit Berichten zurück, die dazu verhalfen, die weißen Flecke auf der Landkarte auszufüllen. Einer von ihnen war Kolumbus, der im Jahre 1492 Amerika entdeckte. Andere erfanden wichtige technische Neuerungen, so etwa Johannes Gutenberg ein Druckverfahren (um 1450), das die Bücher so verbilligte, daß sie für viel mehr Menschen erschwinglich waren. Selbst die Künstler wurden zu Forschern. Allein schon durch die unvoreingenommene Betrachtung der Dinge entdeckten sie in der Welt ringsum eine Fülle von Schönheiten und Wundern, die bis dahin noch niemand wahrgenommen hatte. Tatsächlich wußten sie vom Naturgeschehen mehr als die zeitgenössischen Wissenschaftler, weil sie gelernt hatten, ihre Augen zu gebrauchen, während jene immer noch an der mittelalterlichen Bücherweisheit hingen.

Spätgotische Kunst

Obwohl sich die italienischen und die nordischen Maler etwa gleichzeitig von der ›Internationalen Gotik‹ abwendeten, verfolgten sie dabei recht verschiedene Ziele. Aus diesem Grunde bezeichnet man die italienische Kunst des 15. Jahrhunderts als ›Frührenaissance‹, die des nördlichen Europa aber als ›Spätgotik‹ – wenngleich beide Stile manches miteinander gemein haben. Die spätgotische Malerei nahm ihren Ausgang in den reichen Städten Flanderns, des heutigen Belgien. Wir wollen uns den ersten ihrer großen Meister, den Brüdern Hubert und Jan van Eyck zuwenden. Einer von beiden hat wahrscheinlich die Buchminiatur unserer Abb. 51 mit der *Taufe Christi* geschaffen. Sie ist nur einige Jahre nach den ›Très Riches Heures du Duc de Berry‹ (Abb. 48) gemalt worden, aber welcher Unterschied wird beim Vergleich der beiden Arbeiten sichtbar! Die Brüder von Limburg waren viel stärker an den vielen reizenden Kleinigkeiten interessiert, die sie zusammengetragen haben, als an der Szene im ganzen. Ihr Bild mutet uns nicht wie eine natürliche Landschaft an, sondern wie ein spielzeugartiges Modell, das genauso klein ist, wie es gemalt wurde. Die Taufe Christi aber zeigt uns einen Ausschnitt der wirklichen Welt, so wie man ihn durch ein Fenster sieht. Wenn

51 HUBERT oder JAN VAN EYCK. Taufe Christi (Aus einem Stundenbuch). Um 1416–1420. Museo Civico, Turin. Diese Landschaft schildert nicht wie die Miniatur zum Februar der Brüder von Limburg (Abb. 48) eine spielzeugartige Welt, sondern ein Stück wirkliche Natur. Sie wirkt wie ein Fenster in der Buchseite. Da ihnen diese Lösung auf einer mit Schrift bedeckten Seite nicht genügte, gingen die Brüder van Eyck bald zur Tafelmalerei über.

wir durch diese Landschaft wandern könnten, würde uns alles in seiner natürlichen Größe und nicht in einer miniaturhaften Verkleinerung erscheinen.

Warum aber wirkt diese Landschaft auf uns so überzeugend? Weil die Brüder van Eyck etwas Wichtiges entdeckt hatten: Was und wieviel wir wirklich sehen, ist davon abhängig, wie das Licht von den uns sichtbaren Dingen aufgefangen wird, ebenso auch von der Luft, die zwischen diesen Dingen und uns selbst liegt. Manche Oberflä-

52 HUBERT oder JAN VAN EYCK. Kreuzigung und Jüngstes Gericht. Um 1420. Metropolitan Museum, New York (Fletcher Fund). Diese Tafeln sind in einer komplizierten neuen Technik gemalt, die von den van Eyck mitentwickelt wurde. Eine Verbindung von Öl und Tempera brachte sanftere Schattierungen und reichere Farbtönungen hervor.

chen, etwa die der Felsen und Bäume, schlucken das auftreffende Licht weitgehend, während andere es wie Spiegel zurückwerfen. So etwa das ruhige Wasser des Flusses auf unserem Bild, das nicht nur den hellen Himmel, sondern auch die an seinem Ufer stehenden Bäume und das Schloß spiegelt. Die Künstler vorausgegangener Zeiten haben sich nicht um das Spiegelbild gekümmert. Die van Eyck aber betrachteten es als einen wichtigen Prüfstein für das Können des Malers: Wenn man den Unterschied zwischen dem Spiegelbild und dem Gegenstand selbst veranschaulichen kann, dann hat man alles begriffen, was es über das Licht zu lernen gibt.

Was die van Eyck über die Eigenart der Atmosphäre entdeckten, war genauso wichtig und neu. Bekanntlich ist die Luft bei schlechtem Wetter manchmal so ›dick‹, daß unsere Sicht nur ein paar Schritte weit reicht. Ganz klar ist die Luft aber in Wirklichkeit nie. Immer legt sie sich wie ein verschwommener Schleier zwischen uns und die betrachteten Dinge, und je entfernter diese Dinge liegen, desto schwächer und grauer erscheinen sie uns. Die van Eyck waren die ersten Maler, welche das klar erkannt hatten. In der *Taufe Christi* ist jede Form luft- und lichtgerecht behandelt, so daß jedes Detail genau in der richtigen Ordnung erscheint, die es in der Natur hat. Es ist also ein neues, auf dem Verhalten von Licht und Luft basierendes Ordnungsprinzip, welches das Bild zusammenhält – ein sehr strenges Prinzip, das nur dann überzeugend wirkt, wenn der Maler es auf jede Einzelheit anwendet. Wenn er aber davon Ausnahmen macht, etwa aus erzählerischen, symbolischen oder dekorativen Gründen, dann wird sein Bild den Charakter eines fensterartigen Ausblicks auf die Natur verlieren. Auch das war den van Eyck bekannt, denn sie haben Christus und Johannes zwar an die wichtigste Stelle gesetzt, die Figuren aber so klein wiedergegeben, daß wir sie in der weitgedehnten, wundervollen Landschaft kaum bemerken.

Solche imaginären Fensterblicke wirken auf Buchseiten natürlich nicht recht überzeugend, weil Schrift und Ornament uns nachdrücklich darauf verweisen, daß die Seite eine weiße Fläche ist, und wir nicht versuchen sollten, durch sie hindurchzusehen. Kein Wunder also, daß die van Eyck bald zur Tafelmalerei übergingen, wo sie

53 KONRAD WITZ. Petri Fischzug. 1444. Musée d'Art et d'Histoire, Genf. Das Interessanteste an dieser Tafel vom Genfer Altar des flämisch geschulten deutschen Malers ist der Landschaftshintergrund, ein getreues Abbild des Genfer Sees, wodurch die wunderbare Geschichte in die Wirklichkeit übertragen wird.

die ganze umrahmte Fläche ausmalen konnten. Was sie darin leisteten, zeigen uns die beiden Tafeln der Abb. 52. Sie sind in einer neuartigen, komplizierten Technik gemalt, die von den van Eyck mitentwickelt wurde, und bei der man eine oder mehrere Schichten sehr dünnflüssiger Ölfarbe auf einen in Tempera vorgearbeiteten Malgrund auftrug. Diese Malweise ließ die Farben durchsichtig erscheinen, gab den Schatten mehr Weichheit und den Farbtönen reichere Abstufungen. Das langgestreckte, schmale Format der beiden Tafeln deutet darauf hin, daß sie die Seitenflügel eines kleinen Altars waren und ein inzwischen verlorenes größeres Mittelbild flankierten.

54 MICHAEL PACHER. Die vier Kirchenväter Hieronymus, Augustinus, Gregor und Ambrosius. Um 1483. Alte Pinakothek, München. Der Tiroler Meister war Maler und Holzschnitzer. Seine Figuren sitzen wie Plastiken in den reich verzierten Nischen. Die scharfkantigen, spitzigen Formen sind typisch spätgotisch; die meisterhafte perspektivische Verkürzung läßt den Einfluß der norditalienischen Malerei erkennen.

Auf die Kreuzigung des linken Flügels sieht man wie von einem erhöhten Standpunkt aus herab. Nur dadurch war es den van Eyck möglich, das Geschehen ganz deutlich darzustellen ohne auf den Eindruck eines fensterartigen Ausblicks verzichten zu müssen. Bei ebenerdiger Betrachtung wären sie gezwungen gewesen, die im Vordergrund stehenden Figuren so groß zu geben, daß sie die Aussicht verdeckt hätten.

Noch deutlicher als auf der Miniatur sehen wir hier, wie meisterhaft es die Brüder van Eyck verstanden haben, Licht und Luft der natürlichen Welt einzufangen. Die Farben werden mit zunehmender Entfernung immer blasser, und wir können schließlich nicht mehr genau sagen, wo die Erde aufhört und der Himmel beginnt. Es ist überraschend, daß in dem Bild trotz der drängenden Menschenmenge eigentlich kein echtes dramatisches Geschehen zu spüren ist. Die van Eyck haben auch den unwesentlichen Dingen, dem Felsbo-

55 JAN VAN EYCK. Der Mann mit dem roten Turban (Selbstbildnis?) 1433. National Gallery, London. Das Mittelalter kannte keine Porträts. Jetzt verlangten die Menschen nach Bildern, auf denen sie sich wiedererkannten; die Maler lernten die Züge wiederzugeben, die einen Menschen vom anderen unterscheiden.

den, den Gewändern und der Landschaft, die gleiche Aufmerksamkeit geschenkt wie den menschlichen Gestalten. Aber das bedeutet nicht, daß sie weniger fromm waren als die Maler des Mittelalters. Auf unsere Frage hätten sie wahrscheinlich geantwortet, daß Gott ja nicht nur den Menschen, sondern auch die ganze übrige Welt geschaffen hat; warum sollte ein Kieselstein oder Grashalm weniger Anteilnahme verdienen als der Mensch selbst?

Während sie die Kreuzigung in der Sprache dieser Welt schildern konnten, waren die Künstler bei der Darstellung auf dem rechten Altarflügel allein auf ihre Phantasie angewiesen. Sie zeigt das Jüngste Gericht: Am Ende der Zeiten, sagt die Prophezeiung, werden alle Toten aus ihren Gräbern aufsteigen, damit Gott ihre Taten richte. In der Bildmitte steigen sie aus der Erde und aus dem Meer auf. Über ihnen thront Gott, umgeben von den glücklichen Seelen der zum ewigen Leben im Paradies Auserwählten. Ganz unten werden die zur Hölle verdammten Sünder von teuflischen Ungeheuern gequält. In diese Hölle, die etwas von den Schrecken eines Alptraums hat, haben die van Eyck eine außerordentlich wilde und expressive Bewegtheit hineingelegt, die sie sonst überall vermieden. Die neuen Malregeln ließen sich selbst auf so ›unwirkliche‹ Themen wie dieses anwenden. Fern davon, die Phantasie des Künstlers zu ersticken, halfen sie ihm nur, diese Fabelwesen glaubhafter zu gestalten und die Qualen der Verdammten noch herzergreifender zu schildern als jemals zuvor.

Die mittelalterliche Malerei kannte keine echten Porträts, weil sich niemand die Mühe machte, auf die Dinge zu achten, welche das Aussehen eines Menschen von dem eines anderen unterscheiden. Erst im 15. Jahrhundert verlangten die Menschen nach Bildnissen, auf denen sie sich wiedererkennen konnten ein Beispiel ist der *Mann mit rotem Turban* (Abb. 55), den Jan van Eyck 1433 gemalt hat. Der Dargestellte ist vielleicht der Künstler selbst, denn um die Augen liegt eine leichte Spannung, als wenn der Mann in einen Spiegel starren würde. Auch hier wieder müssen wir das reiche Spiel von Licht und Schatten bewundern, das uns, von den Bartstoppeln bis zu dem Tuchgeschlinge des Turbans, jede Einzelheit ganz echt empfinden

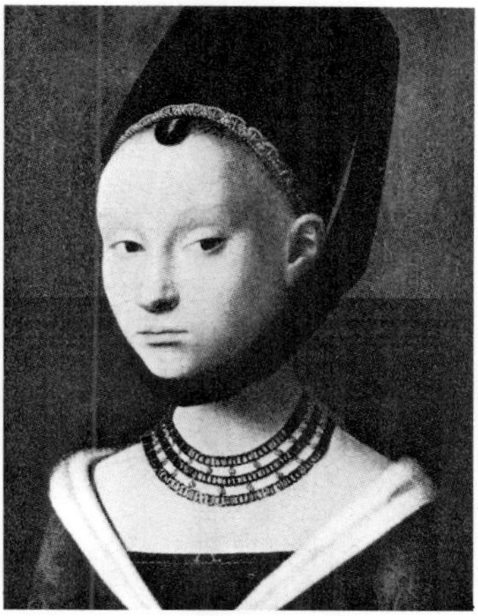

56 ROGIER VAN DER WEYDEN. Bildnis des Francesco d'Este. Um 1455. Metropolitan Museum, New York. Rogier strebte nicht wie Jan van Eyck eine genaue Porträttreue an, sondern hob das Wesentliche des Gesichtes hervor. Seine Bildnisse verraten mehr die Auffassung des Künstlers als das wirkliche Aussehen des Modells.

57 PETRUS CHRISTUS. Bildnis eines jungen Mädchens. Um 1465–1470. Staatliche Museen zu Berlin – Preußischer Kulturbesitz, Gemäldegalerie. Die Einflüsse von Jan van Eyck, bei dem Petrus Christus Anfang der 40er Jahre des 15. Jh. arbeitete, und von Rogier van der Weyden sind in diesem wundervoll zarten Bildnis harmonisch vereint.

läßt. Über den Charakter des Mannes selbst erfahren wir nur wenig. Sein Gesicht ist so unbewegt wie die Landschaft der *Taufe Christi*.

Das Gemälde der Abb. 58 ist das um 1440 entstandene Werk eines anderen bedeutenden flämischen Meisters, des Rogier van der Weyden, der wesentlich von den van Eyck beeinflußt war. Sein Hauptinteresse galt aber nicht der Welt um uns, sondern der in uns – er war der große Interpret menschlicher Gefühle in der religiösen Kunst. Unsere Tafel zeigt Christus, wie er nach der Auferstehung aus dem Grabe seiner Mutter erscheint. Maria fühlt während des Lesens in ihrem Gebetbuch plötzlich die Gegenwart ihres Sohnes und wendet ihm ihr gramgezeichnetes Gesicht zu; er erhebt seine Hände, als

59 HANS MEMLING. *Bildnis eines Italieners. Um 1485. Koninklijk Museum voor schone Kunsten, Antwerpen. Der in Brügge arbeitende Memling kannte sicher italienische Bilder mit Personen vor einem weiten Landschaftshintergrund, deren Selbstbewußtsein flämischen Porträts sonst fehlt.*

wolle er sie beruhigen. Der Eindruck tiefer Trauer und großen Leides verbreitet sich um diese beiden Gestalten und greift uns unmittelbar ans Herz, weil diese Gefühle genauso real wirken wie die Architektur oder die anmutige Landschaft im Hintergrund. Der äußere Rahmen mag uns zwar zunächst fast überreich erscheinen, aber bei genauerem Zusehen erkennen wir, daß fast jede Einzelheit in einer inneren Beziehung zu den Hauptfiguren steht: Die Steinplastiken im Rundbogen des Portals schildern andere Ereignisse aus dem Leben der Maria, und in der Ferne sehen wir Christus aus dem Grab aufsteigen, während die Wachsoldaten in tiefem Schlaf liegen. Die natürliche Welt ist so sehr zum Gefäß der geistigen geworden, daß sie beide miteinander verschmelzen – das ist vielleicht das Erstaunlichste an der spätgotischen Malerei.

58 ROGIER VAN DER WEYDEN. *Christus erscheint seiner Mutter (Rechter Flügel des ›Miraflores‹-Altars). Um 1440. Staatliche Museen zu Berlin – Preußischer Kulturbesitz, Gemäldegalerie. Die Jungfrau Maria, die in einem Gebetbuch las, spürt plötzlich die Gegenwart ihres auferstandenen Sohnes und wendet ihm ihr gramgezeichnetes Gesicht zu, während er die Hände erhebt, als wolle er sie beruhigen. Rogier van der Weyden zeigt uns, daß nicht die Welt um uns sein Hauptanliegen war, sondern die Welt der Gefühle in uns.*

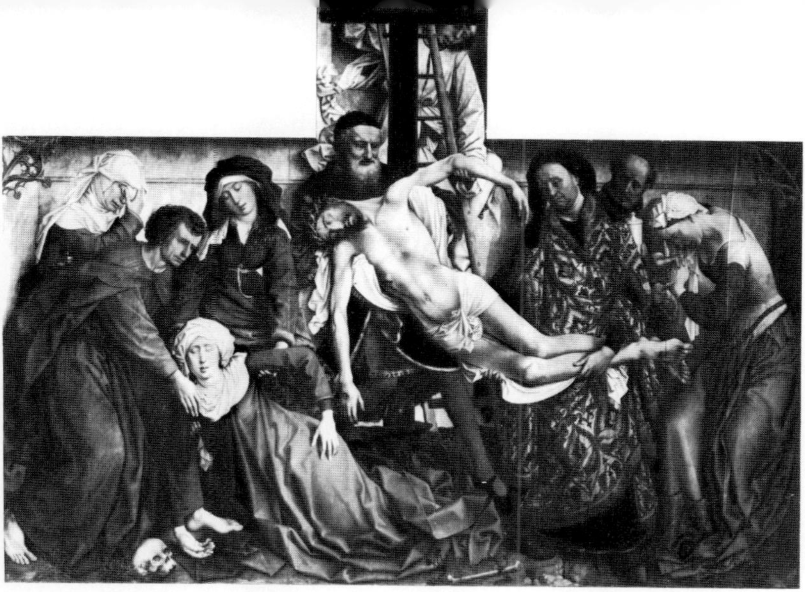

61 ROGIER VAN DER WEYDEN. Kreuzabnahme. Um 1435. Prado, Madrid. Dieser Altar, Rogiers bedeutendstes Werk, verdankt viel der Kunst des Robert Campin. Die Menschen sind nicht, wie man erwarten sollte, in eine Landschaft hineingestellt, sie stehen wie geschnitzte, farbig bemalte Figuren in einem flachen Schrein. Ihre kummervollen Gesichter und Gesten sind jedoch so beredt, daß wir uns unwillkürlich in das Geschehen aufgenommen fühlen.

60 JAN VAN EYCK. Hochzeitsbild des Giovanni Arnolfini. 1434. National Gallery, London. Das seltsam feierliche Paar gibt sich vor zwei Zeugen, die im Spiegel sichtbar werden, das Heiratsversprechen. Die Szene enthält zahlreiche symbolische Andeutungen: das ›geheiligte Ehebett‹ hinter der Braut, die Holzschuhe (die der Bräutigam abgestreift hat, weil er auf ›geweihtem Boden‹ steht) und den die Treue symbolisierenden Hund.

Durch Rogier wurde der neue flämische Stil überall im nördlichen Europa bekannt. Zu den zahllosen Künstlern in den Nachbarländern, die unter seinem Einfluß standen, zählte auch ein Franzose, dessen Name nicht überliefert ist. Wir kennen nur ein einziges Werk von seiner Hand, aber es zählt zu den besten Bildern der spätgotischen Malerei (Abb. 62). Man bezeichnet es als die *Pietà von Avignon*, weil es in der Nähe dieser südfranzösischen Stadt aufgefunden wurde. *›Pietà‹* ist das italienische Wort für ›Mitleid‹, aber es wird auch auf die Darstellung des tot im Schoß seiner Mutter liegenden Christus angewendet. Neben der *Pietà* stehen Johannes und Maria

62 SÜDFRANZÖSISCHER MEISTER. Die Pietà von Avignon. Um 1470. Louvre, Paris. Das italienische Wort ›Pietà‹, ›Mitleid‹, bezeichnet zugleich den tot im Schoße seiner Mutter liegenden Christus. Derartige Bilder erhöhen die Anteilnahme am Schmerz der Gottesmutter, indem sie uns an deren glücklichere Tage erinnern, als sie in ähnlicher Weise den Jesusknaben auf ihrem Schoß hielt. Das Werk, der spätgotischen Gefühlswelt verbunden, ist in seiner Monumentalität mehr italienisch als flämisch.

63 MEISTER VON MOULINS. Junge Prinzessin. Um 1490. S. Robert Lehmann, New York. Dieser bedeutende französische Maler war stark von Hugo van der Goes beeinflußt. Der Anflug von Traurigkeit auf dem Gesicht des kleinen Mädchens erinnert an die Kunst Rogier van der Weydens.

Magdalena, während die links kniende Gestalt den Stifter des Gemäldes zeigt. Die *Pietà* erzählt keine Geschichte, sie will uns das stille Leid der Maria nahebringen, indem sie uns bewußt an jene jüngere und glückliche Madonna erinnert, die einst den Jesusknaben in fast der gleichen Weise auf ihrem Schoß gehalten hat. Manches in diesem Bild weist auf Rogier van der Weyden, aber die Gliederung ist wesentlich einfacher, und in dieser Schlichtheit liegt seine Stärke. Es hat eine Größe, die uns an Giotto erinnert. Dieser Gedanke ist auch gar nicht so abwegig: Avignon liegt näher bei Italien als bei Flandern, so daß der Künstler durchaus mit italienischer Kunst in Berührung gekommen sein kann, obwohl seine Pietà ganz der spätgotischen Gefühlswelt verbunden bleibt.

Der bedeutendste französische Maler am Ende des 15. Jahrhunderts war wieder ein unbekannter Künstler, den wir als den ›Meister

64 JEAN FOUQUET. Etienne Chevalier und der heilige Stephan. Um 1450. Staatliche Museen zu Berlin – Preußischer Kulturbesitz, Gemäldegalerie. Fouquet lehnte sich wie viele französische Maler an die italienische Kunst an. Die Architektur ist italienisch, die beiden Gestalten zeigen italienische Würde und Schlichtheit.

65 HIERONYMUS BOSCH. Das Narrenschiff. Um 1500. Louvre, Paris. Dieses Bild ist sehr viel leichter zu begreifen als der ›Garten der Lüste‹ (Abb. 66). Beiden gemeinsam ist die düstere Charakterisierung der menschlichen Natur. Die Sünde hatte für Bosch offensichtlich mehr Wirklichkeit als die Erlösung.

von Moulins‹ bezeichnen. Die *Junge Prinzessin* (Abb. 63), deren Bildnis um 1490 gemalt wurde, war kaum älter als zehn Jahre. An ihrem eleganten Kleid und dem mächtigen Schloß im Hintergrund erkennen wir ihre hohe Herkunft. Der Maler aber hat sich dadurch nicht beeindrucken lassen. Er schildert sie als ein zartes, vornehmes kleines Mädchen, das für seine Jugend vielleicht ein wenig zu ernst aussieht. Oder sollte der Anflug von Traurigkeit auf ihrem Gesicht wieder ein Nachklang des Stiles von Rogier van der Weyden sein?

Noch einmal wollen wir nach den Niederlanden zurückkehren. Abb. 65 zeigt ein Gemälde des Hieronymus Bosch, eines seltsamen niederländischen Meisters, der sich enger an die Brüder van Eyck als an Rogier van der Weyden angeschlossen zu haben scheint. Der milde luftige Hintergrund verweist uns auf die *Taufe Christi*, und die abrupten Gesten und der erregte Ausdruck der Figuren haben manches mit der Höllenschilderung des Jüngsten Gerichts gemein. Bosch zeigt uns auch eine Art Hölle, aber es ist eine, die sich der Mensch selbst bereitet hat. Sein Bild ist von einem damals weitverbreiteten Buch, dem ›Narrenschiff‹, angeregt worden, in welchem von dem törichten Volk erzählt wird, das durchs Leben segelt, als wäre es eine Vergnügungsreise, anstatt sich auf jenen Tag vorzubereiten, an dem Gott über sein irdisches Tun zu Gericht sitzen wird. Die Menschen scheinen sich trotz ihrer übertriebenen Ausgelassenheit nicht ganz wohl zu fühlen: in ihrer Gier betrinken, übergeben und streiten sie sich, während ihr Schiff auf gefahrvolle Wasser abgetrieben wird. Dieser Reise kann kein gutes Ende beschieden sein.

66 HIERONYMUS BOSCH. Der Garten der Lüste (Detail der Mitteltafel). Um 1500. Prado. Madrid. Das Thema dieses Altars sind die Laster der menschlichen Lust. Bosch schildert das Erdendasein als unendliche Wiederholung der Ursünde von Adam und Eva, die uns alle verdammt, Gefangene der Fleischeslust zu sein.

Die Frührenaissance in Italien

Die eigenartigen Possen der Figuren des Hieronymus Bosch mögen uns zum Lächeln reizen, aber in Wirklichkeit eröffnen sie uns ein schonungsloses, ja hoffnungsloses Bild von der Natur des Menschen und von seinem Verhalten in der Welt (Abb. 66). Am Ende des Mittelalters fühlten sich viele Menschen im nördlichen Europa, genau wie Bosch es darstellte, verloren und verlassen, sie sehnten sich danach, den alten Glauben durch einen neuen zu ersetzen. In Italien dagegen war diese Stimmung weniger verbreitet. Dort wurde die neue Zeit als eine ›Wiedergeburt‹ begrüßt, was man mit dem Begriff ›Renaissance‹ auszudrücken versuchte. Die Italiener verstanden darunter die Erneuerung jener geistigen Kräfte, die einst den Ruhm Griechenlands und Roms begründet hatten. Das Jahrtausend seit dem Untergang der klassischen Antike nannten sie Mittelalter, die ›Zwischenzeit‹, die für die Kunst von geringerer Bedeutung war. Und den Stil, der von Norden her nach Italien gebracht wurde, bezeichneten sie abfällig als gotisch, nach den Goten, jenem Volk, das mit zum Untergang des römischen Reiches beitrug. Wenn wir heute noch die gleichen Begriffe verwenden, dann haben sie nichts Verächtliches mehr.

Natürlich versuchten die Italiener nicht, sich wieder in klassische Römer im alten Sinn zu verwandeln. Sie dachten nicht daran, den christlichen Glauben aufzugeben. Aber sie waren überzeugt, daß man mehr auf sich selbst vertrauen müsse, anstatt in allem von Gott abhängig zu bleiben. ›Da Gott uns so wunderbare Geistesgaben und eine so herrliche Welt zum Leben gegeben hat‹, so fragten sie, ›ist es da nicht unsere Pflicht, diese Geschenke voll zu nutzen?‹ Sie fühlten, daß die alten Völker mehr als alle anderen nach dieser Er-

67 MASACCIO. Die Heilige Dreifaltigkeit mit Johannes, Maria und zwei Stifterfiguren. Um 1425. Santa Maria Novella, Florenz. Die Bildperspektive ist auf einen Beschauer ausgerichtet, dessen Augen sich in Höhe der etwa eineinhalb Meter über dem Fußboden liegenden Unterkante des Freskos befinden.

kenntnis gelebt hatten und daß man daher viel von ihnen lernen konnte. Aber sie betrachteten sich als die Rivalen der klassischen Antike, nicht als deren Nachahmer. Sie entlehnten von ihr, was ihnen nötig schien, und vernachlässigten das übrige.

Florenz, die Heimatstadt Giottos, war die Geburtsstätte der Kunst der Renaissance. In der Malerei nahm der neue Stil seinen Ausgang vom Werk des Masaccio, eines jugendlichen Genies, das, kaum achtundzwanzigjährig, im Jahre 1428 gestorben ist. Wir kennen nur wenige Bilder von seiner Hand, aber diese beweisen, daß er ein ebenso kühner Neuerer war wie die van Eyck. Das Fresko der *Heiligen Dreifaltigkeit mit Maria und Johannes* (Abb. 67) steht nicht mehr unter dem Einfluß der internationalen Gotik. An den monumentalen, massigen Gestalten und an der ›Größe‹ der Komposition wird uns deutlich, daß Masaccio auf den über hundert Jahre älteren Stil des Giotto zurückgegriffen hat. Doch ist ein wesentlicher Unterschied festzustellen: während uns die Figuren Giottos an Steinplastiken erinnern, erscheinen die des Masaccio wie aus Fleisch und Blut. Wenn Giotto als mittelalterlicher Künstler einen Menschen darstellte, wollte er etwas aussagen oder ein bestimmtes Gefühl in uns wecken; es war ihm unwichtig, seine Gestalten wirklichkeitsgetreu wiederzugeben. Gerade darum bemühte aber Masaccio sich. Man könnte also sagen, daß er Giotto wiederholte, aber nach dem Vorbild der Natur. Wir verstehen das, wenn wir zum Beispiel Johannes und Maria betrachten. Obwohl sie in schwere Mäntel gehüllt sind, lassen sich ihre Körperformen unter dem Stoff erahnen. Das war seit der römischen Wandmalerei der Abb. 23 nicht mehr möglich gewesen. Masaccio hat zwar nie derartige Gemälde gesehen, aber er arbeitete ganz ähnlich wie die Maler der römischen Antike: er dachte zunächst an die bloßen Körper seiner Figuren, erst dann legte er ihnen Gewänder an. Dazu mußte er aber lernen, wie Stoffe fallen, welche Falten sich bilden, wenn man einen Umhang um die Schultern legt, ihn über dem Arm trägt oder ihn auf den Boden hängen läßt. Das Dreifaltigkeitsfresko zeigt das natürliche Fließen der Gewänder.

Daneben mußte Masaccio auch die von den Gewändern verdeckten Körperformen kenne, was viel schwieriger war, weil er sich erst

68 FRA ANGELICO und FRA FILIPPO LIPPI. Anbetung der Könige. Um 1445. National Gallery, Washington. Das bunte Menschengewimmel und die sorgfältig beobachteten Tierwiedergaben zeigen noch viel vom pittoresken Zauber der gotischen Malerei. Der Einfluß von Masaccio ist nur in einigen Gestalten zu erkennen.

alle Erfahrungen, die von den Alten über den Mechanismus des menschlichen Körpers gemacht und dann vom Mittelalter vergessen worden waren, wiedererobern mußte. Ein Blick auf seinen gekreuzigten Christus beweist uns, wie gut ihm das geglückt ist. Das Bemerkenswerteste an dieser Figur ist nicht die genaue Wiedergabe von jedem Knochen und jedem Musekl, sondern das vollkommene Zusammenspiel dieser Einzelteile. Masaccio hatte erkannt, daß der menschliche Körper ein komplizierter und genau abgestimmter Organismus ist, der nur dann arbeitet, wenn alle Teile zusammenwirken. Wenn wir für einen Augenblick zu dem Christus des Rogier van der Weyden (Abb. 58) zurückkehren, dann sehen wir, daß auch dort alle Details sorgfältig beobachtet sind, daß aber die ›Zusammenarbeit‹ fehlt; die Gelenke scheinen starr, die Muskeln schlaff, und der ganze Körper erinnert an eine hölzerne Gliederpuppe, die an unsichtbaren Fäden hängt, statt fest auf dem Erdboden zu stehen – so wenigstens würde Masaccio geurteilt haben. Spätgotische Figuren sehen aus, als wenn sie nichts ohne fremde Hilfe tun könnten, die der Frührenaissance aber handeln, selbst wenn sie stillstehen oder an einem Kreuz hängen.

Das Dreifaltigkeitsfresko unterrichtet uns noch über eine andere große Entdeckung: sein architektonischer Rahmen ist nämlich nach Gesetzen verkürzt, die wir als lineare oder wissenschaftliche Perspektive bezeichnen. Schon frühere Maler haben Verkürzungen benutzt, aber willkürlich und ohne feste Regeln. Erst die wissenschaftliche Perspektive ermöglichte es, eine klare und folgerichtige Vorstellung von den räumlichen Verhältnissen der Dinge zu geben, weil sie auf mathematischen Gesetzen und auf dem exakten Maß der Winkel und Entfernungen beruht. Mit Kunst oder Phantasie haben diese Erkenntnisse an sich nichts zu tun, und doch wurden sie nicht von Wissenschaftlern, sondern von Künstlern entdeckt, welche die Erscheinungen natürlicher und echter erfassen wollten.

Obwohl der kühne Schritt Masaccios von seinen Malerkollegen sehr bewundert wurde, dauerte es doch einige Zeit, bis sich seine Ideen ganz durchsetzten. In vielen anderen Bildern der Florentiner

69 PIERO DELLA FRANCESCA. *Die Schlacht an der milvischen Brücke (Ausschnitt). Um 1460. San Francesco, Arezzo. Konstantin, der erste christliche Kaiser des römischen Reiches, hält ein kleines weißes Kreuz in den Händen. Seine hier nicht sichtbaren heidnischen Gegner fliehen kampflos vor dem Symbol des neuen Glaubens. Festigkeit und Klarheit der Formgebung unterstreichen die Würde des Augenblicks.*

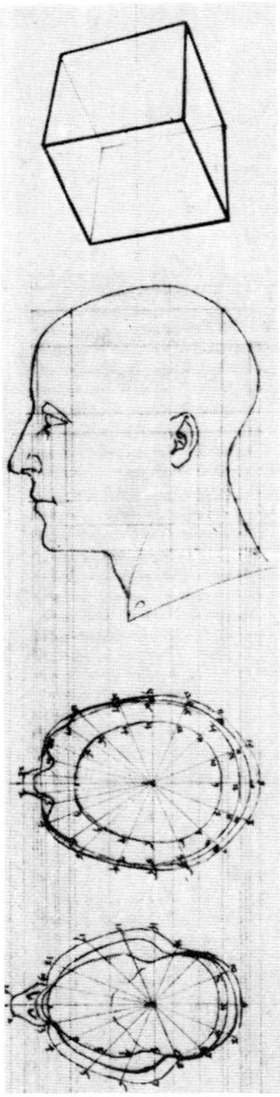

70 PIERO DELLA FRANCESCA. Illustrationen aus dem Traktat ›De Prospectiva Pingendi‹. Um 1480. Biblioteca Palatina, Parma. Allseitig perspektivisch verkürzter Würfel und ein Männerkopf im Profil, von oben und von unten.

Schule finden wir noch bis zur Mitte des 15. Jahrhunderts Nachklänge der internationalen Gotik. Das Rundbild der Abb. 68, das von Fra Angelico begonnen und von Fra Filippo Lippi um 1445 vollendet wurde, ist ein Beispiel dafür. Es zeigt die drei Könige aus dem Morgenland, die anbetend vor der Madonna und dem Kinde knien. Sie werden ihrem Stand entsprechend von zahllosen Dienern und Tieren begleitet. Diese Menschenmenge strömt aus dem Stadttor zur Linken, aber auch die von den Bergen im Hintergrund herabsteigenden Menschen gehören zu dem endlosen Zug. Das alles vermittelt ein wundervoll heiteres und farbenprächtiges Bild, aber wir vermissen die Ordnung, Klarheit und Schlichtheit von Masaccio. Man betrachte die Gebäude – ihre Linien sind ohne Rücksicht auf die wissenschaftliche Perspektive seltsam und willkürlich schräg gestellt. Der graziöse Pfau auf dem Dach der Scheune in der Bildmitte ist viel zu groß. Der Einfluß von Masaccio wird dagegen in dem würdevollen Joseph und den lebhaft bewegten, nackten Gestalten beim Stadttor spürbar.

Von den Künstlern, die bereit waren, Masaccio ganz zu folgen, ist Piero della Francesca der bedeutendste. In der Abb. 69 sehen wir den Ausschnitt eines von ihm um das Jahr 1460 in der südlich von Florenz gelegenen Stadt Arezzo gemalten Freskos. Es zeigt den römischen Kaiser Konstantin, der sich eben zum Christentum bekehrt hatte, an der Spitze seines Heeres. Er hält seinen heidnischen Gegnern ein kleines weißes Kreuz entgegen; die Kraft dieses Glaubenssymbols ist so groß, daß jene kampflos die Flucht ergreifen. Sie füllen die rechte, hier nicht gezeigte Hälfte des Freskos. Piero hat seinen Kriegern nicht die zur Zeit Konstantins übliche Tracht und Bewaffnung gegeben, obgleich er sich darüber durch das Studium der römischen Kunst hätte unterrichten können. Andererseits sind alle Formen des Gemäldes so überzeugend und klar, daß wir den Stil Pieros ohne weiteres mit den besten Werken der klassisch antiken Kunst vergleichen können. Auch der monumentalen Gesinnung Masaccios ist kein anderer Maler so nahe gekommen.

Vielleicht kommen wir leichter hinter das Geheimnis der künstlerischen Größe Pieros, wenn wir die Abb. 70 betrachten, die uns einige Illustrationen aus einem berühmten Buch zeigt, das er über die Gesetze der Perspektive als Anleitung für Maler geschrieben hat. Obwohl diese Zeichnungen ausgesprochen wissenschaftlich und nicht als Kunstwerke gedacht sind, geben sie uns doch manchen Hinweis, wie genau Piero die Formen, die er in seinen Werken verwendete, vorher studiert hat. Oben sehen wir einen in perspektivischer Verkürzung gezeichneten Würfel; er ist einem der ersten Kapitel entnommen, die sich mit geometrischen Formen beschäftigen, weil diese leichter verständlich waren als die der Natur. Darunter wird ein Männerkopf gezeigt, der von der Seite, von oben und von unten gesehen ist. Die beiden letzten Zeichnungen zeigen die merkwürdigen Umrißlinien, die man erhalten würde, wenn man den Kopf in verschiedenen Höhen durchschnitte; die dünnen senkrechten Linien helfen uns, die drei Ansichten untereinander zu verbinden. Wenn wir nun noch einmal zu der *Konstantinsschlacht* zurückkehren und hier als Beispiel das sich aufbäumende weiße Pferd herausgreifen, dann wird uns klar, daß Piero dessen Formen ebenso mathematisch genau studiert haben muß. Daneben aber besaß er auch eine glänzende kompositorische Begabung und große Ausdrucksfähigkeit, sonst würde unser Bild nicht so ungewöhnlich lebendig erscheinen. Auch war er sich der Bedeutung von Licht und Luft bewußt, einer Erkenntnis, der wir zum erstenmal in den Werken der van Eyck begegnet waren. Die frische, klare Morgenstimmung, das

71 Antike Statue eines Fliehenden. Uffizien, Florenz.

auf den blanken Waffen blitzende Sonnenlicht, sagen uns ebensoviel über die Erlebnisfähigkeit und über das wunderbare Selbstvertrauen des Zeitalters der ›Wiedergeburt‹ wie die Formen selbst.

Bisher konnten wir noch keinen direkten Einfluß der klassischen Kunst auf die Maler der Frührenaissance feststellen. Das ist nicht weiter verwunderlich: Das 15. Jahrhundert wußte so gut wie nichts von der antiken Malerei. Doch haben diese Maler von der klassi-

72 ANDREA DEL CASTAGNO. *David. Um 1450–1455. National Gallery, Washington. Die schlanke, energiegeladene Gestalt des jugendlichen Helden wurde wahrscheinlich nach einer antiken Statue geschaffen (vgl. Abb. 71). Castagnos Interesse für Bewegung und Handlung spiegelt ein wichtiges Anliegen der Frührenaissance wider.*

schen Kunst gelernt, indem sie sich von der antiken Plastik Anregungen holten und diese in ihrem eigenen Schaffen verwerteten. Ein Beispiel dafür gibt Abb. 72 mit dem siegreichen David, den Andrea del Castagno kurz nach 1450 auf einen Lederschild gemalt hat. Dieser Schild war nicht für den Kampf, sondern als Prunkstück gedacht und sollte versinnbildlichen, daß sein Besitzer allen Feinden genauso tapfer begegnen würde wie David. Auf dem Bild hat David den Goliath schon überwunden, aber er schwingt seine Schleuder noch und fordert alle Nachkommenden zum Kampfe heraus. Auf der gotischen Miniatur (Abb. 37) war David als ein Kind erschienen, das niemals eine solche Tat hätte vollbringen können, wenn nicht Gott

73 ANDREA MANTEGNA. *Kreuzigung. 1456–1459. Louvre, Paris. Ein Werk des bedeutendsten Malers der norditalienischen Frührenaissance. Der landschaftliche Hintergrund des Bildes erinnert an die ›Kreuzigung‹ der Brüder van Eyck (vgl. Abbb. 52). Aber die perspektivische Schau und die straffen Körper sind ganz italienisch. Die Ausdruckskraft Mantegnas wird in den vor Gram erstarrten Frauen besonders deutlich.*

74 PAOLO UCCELLO. Die Schlacht von San Romano. Um 1455. National Gallery, London. Mit zwei anderen wurde dieses Bild auf den Sieg der Florentiner im Jahre 1432 gemalt. Alles, selbst die Landschaft, zeigt Klarheit und Gesetzmäßigkeit (aber auch eine merkwürdige Starrheit) als Folgen der Entdeckung der Perspektive. Für Uccello waren geometrische Mittel für den Bildaufbau wichtiger als Licht und Farbe. Vgl. das ›Alexandermosaik‹, Abb. 20.

selbst seine Hand geführt hätte. Im Gegensatz zu dieser mittelalterlichen Auffassung stellt Castagno den David als einen athletischen Jüngling dar, dessen Mut zwar von Gott, dessen Stärke und Gewandtheit aber aus ihm selbst kamen. Da die antiken Künstler sich mit dem menschlichen Körper in der Bewegung eingehend auseinandergesetzt hatten, griff er auf die klassische Plastik zurück. Die Statue der Abb. 71 beweist, daß Castagno den Umrissen seines antiken Vorbildes selbst in der wehenden Gewandung gefolgt ist.

Bemerkenswerterweise ist die klassische Figur alles andere als ein Held; sie rennt davon und hat die Hände abwehrend erhoben. Castagno wandelte die Bedeutung der angstvollen Geste in trotzige Herausforderung um.

Der David des Castagno erscheint uns viel weniger körperhaft und massig als die Figuren von Masaccio oder Piero della Francesca.

75 FLORENTINER MEISTER. Bildnis einer jungen Frau. Um 1460. Staatliche Museen zu Berlin – Preußischer Kulturbesitz, Gemäldegalerie. Viele italienische Maler der Frührenaissance zogen die kameenartige Genauigkeit und elegante Linienführung des Profils einer Dreiviertelansicht, die eine subtilere Charakterisierung erlaubt, vor.

76 GIOVANNI BELLINI. Bildnis des Dogen Leonardo Loredano. Um 1501. National Gallery, London. Repräsentatives Bildnis des obersten Beamten der venezianischen Republik. Die starre Haltung und das sorgfältig ausgearbeitete Gewand unterstreichen die Würde des Dogen; das Gesicht ist sehr lebendig und individuell.

Seine Formen sind graziler, gestraffter und nerviger. Eine verwandte Haltung begegnet uns in der dramatischen *Kreuzigung* des Andrea Mantegna (Abb. 73), der einer der ersten und zugleich bedeutendsten Meister der Frührenaissance in Norditalien war. Er stammte aus Padua, einer Stadt bei Venedig, und es ist durchaus möglich, daß er von Castagno beeinflußt wurde, der während Mantegnas Jugendzeit in Venedig Fresken schuf. Seine Gestalten zeigen noch größere Spannung als der David. Der starre Christus und die Gruppe der Trauernden unter dem Kreuz zur Linken erinnern in ihrer Ausdruckskraft an Rogier van der Weyden und an die *Pietà von Avignon*, der tiefe, lebhafte landschaftliche Hintergrund an die *Kreuzigung* der van Eyck (Abb. 52). Als Norditaliener stand Mantegna dem Wesen der spätgotischen Malerei näher als die Florentiner Meister, aber er hatte auch die Perspektive genau erfaßt. Anstatt uns über der Szenerie schweben zu lassen, wie es die van Eyck getan hatten, stellt er uns mit den Figuren des Bildes auf eine Ebene, so daß wir uns viel unmittelbarer in das tragische Geschehen aufgenommen fühlen.

Der Unterschied zwischen der Spätgotik und der Frührenaissance wird in der Porträtmalerei besonders deutlich. Wir wissen nicht, von wem das vornehme junge Fräulein der Abb. 75 geschaffen wurde – sicher von einem bedeutenden Florentiner Meister der Zeit um 1460 –, noch kennen wir ihren Namen. Doch muß sie zu ihrer Zeit eine berühmte Schönheit gewesen sein, und das Bild ist ganz offensichtlich darauf abgestimmt. Sie erscheint als ein raffiniertes Geschöpf, das auf sein gutes Aussehen eingebildet ist. Der Künstler hat ihr einen solchen Ausdruck von Selbstsicherheit verliehen, daß die *Junge Prinzessin* des Meisters von Moulins (Abb. 63) bei einer Gegenüberstellung geradezu schüchtern wirkt.

Abb. 77 zeigt eine andere Art von Porträt. Dieses Bildnis eines alten Mannes und seines Enkelkindes ist wahrscheinlich von dem Vater des kleinen Jungen in der gleichen Absicht in Auftrag gegeben worden, in der wir heute Familienphotos machen: als Erinnerung an nahestehende Menschen. Domenico Ghirlandaio, welcher das Bild um 1480 in Florenz malte, bewunderte den Realismus der Flamen. Er hat die Runzeln, die Warzen und die verwachsene Nase des Alten genauso wiedergegeben, wie er sie gesehen hat. Aber wir entdecken auch manches, das wir in spätgotischen Porträts vergeblich suchen: das Bildnis berichtet uns nicht nur über das Aussehen des alten Mannes, sondern auch über seine Persönlichkeit. Es würde uns niemals einfallen, dieses Gesicht mit einer Landschaft auf eine Stufe zu stellen, wie wir das bei dem *Mann mit dem roten Turban* des Jan van Eyck (Abb. 55) getan haben, weil aus ihm lebhafte Gefühle der

77 DOMENICO GHIRLANDAIO. Alter Mann mit seinem Enkel. Um 1480, Louvre, Paris. Nach der Mitte des 15. Jh. wendeten die Italiener sich von der Form des streng im Profil gezeigten Porträts ab. Ghirlandaio folgte dem Realismus der Niederländer, aber die menschliche Wärme seines Bildes übertrifft jeden nordeuropäischen Maler dieser Zeit.

Liebe und Zuneigung strahlen. Der kleine Junge blickt so voller Vertrauen zu seinem Großvater auf, daß wir nicht mehr dessen häßliche Knollennase beachten, sondern nur noch die innigen Gefühle wahrnehmen, mit denen der Künstler diese beiden Menschen erfüllt hat.

In den nachfolgenden Bildern begegnen wir noch einmal unmittelbarer dem Gedanken der ›Wiedergeburt der Antike‹, weil die Themen dem religiösen Vorstellungsbereich der Griechen und Römer entlehnt sind. Die Kirche sah solche heidnischen Motive nicht gern, aber trotzdem treten sie gegen Ende des 15. Jahrhunderts immer häufiger auf, obwohl die Künstler so wenig an die alten Götter glaubten wie ihre Auftraggeber. Sandro Botticelli zum Beispiel, der die berühmte *Geburt der Venus* (Abb. 79) geschaffen hat, war ein tief religiöser Mensch. Weder er noch sonst jemand in Florenz sah in der Liebesgöttin eine wirkende Kraft wie in Christus oder der Madonna. Um den Sinn des Bildes zu verstehen, müßten wir es als einen poeti-

78 PIERO DI COSIMO. Der Honigfund. Um 1498. Worcester Art Museum, Massachusetts. Obwohl Cosimo Florentiner war, scheint seine Darstellung klassischer Themen den spätgotischen Miniaturen in manchem näherzustehen als Botticelli. Bacchus und die Satyrn sind in eine heitere ländliche Szene gestellt. In seinem Realismus ist Piero ein großer Bewunderer der Flamen, Ghirlandaio vergleichbar.

79 SANDRO BOTTICELLI. Geburt der Venus. Um 1480. Uffizien, Florenz. Die Venus ist wie der ›David‹ von Castagno einer antiken Statue nachgebildet. Sonst aber haben beide nur wenig Gemeinsames. Die Liebesgöttin erscheint vergänglich und flüchtig wie ein Traum. Aus dem Meere geboren, symbolisiert sie die ›Wiedergeburt der Menschheit‹, die große Hoffnung der Renaissance.

schen Traum auffassen, in welchem die gleich einer schimmernden Perle aus dem Schaum des Meeres geborene Venus die ›Wiedergeburt der Menschheit‹, die große Hoffnung der Renaissance, symbolisiert. Sie erscheint auch so vergänglich wie ein Traum. Bleich, zart, schwerlos und unkörperlich wiegt sie sich wie ein Schilfrohr in dem sanften Windhauch, der aus dem Mund der beiden Windgötter zur Linken kommt. Wie fest und kräftig wirkt der David des Castagno gegen dieses zerbrechliche Geschöpf! Ein anderes ›heidnisches‹ Bild (Abb. 74), von Piero di Cosimo gemalt, ist das genaue Gegenteil der *Venus* von Botticelli: erdverbunden und voll ausgelassener Fröhlichkeit. Bacchus, der Gott des Weines, nimmt an einem sonnigen Sommernachmittag mit seinen bockbeinigen Gesellen, den Satyrn, an einem Gelage im Freien teil. Zur Rechten steht der offensichtlich schon leicht benebelte Gott mit seiner Geliebten, Ariadne, doch die meisten Satyrn beachten ihn überhaupt nicht. Statt dessen tummeln sie sich um den alten Weidenbaum in der Bildmitte. Bei genauerem Hinsehen entdecken wir, daß sie durch Zusammenschlagen ihrer Gefäße und Pfannen einen ungeheuren Lärm verursachen, um einen Bienenschwarm zu veranlassen, sich an einem Ast des Baumes in einer Traube zu sammeln. Die Satyrn wollen den Honig, um daraus Met zu bereiten. Piero di Cosimo schildert uns das so, als wären Bacchus und die Satyrn einfache, fröhliche Leute vom Lande. Sicher war das auch seine Überzeugung. Für ihn waren die alten Götter wirkliche Menschen, die in der Urzeit, lange vor dem Beginn der Geschichte, gelebt hatten. Die Entdeckung des Honigs war für diese primitiven Menschen von Bedeutung, sie war ein erster Schritt auf dem Wege zur Zivilisation. So bewahrte man die ersten Bienenzüchter auch als Götter im Gedächtnis. Bacchus und seine Gesellen stehen in unserem Bild gleichnishaft für die allmähliche Entwicklung der Menschheit. Sie vertreten eine weniger poetische, aber um vieles realistischere Vorstellung als der Traum Botticellis von der wiedergeborenen Menschheit. Der Stil Piero di Cosimos ist naturgetreuer. Wie Ghirlandaio interessierte er sich für die flämische Malerei. Der atmosphärische Landschaftshintergrund seines Bildes läßt diesen nördlichen Einfluß besonders gut erkennen. Aber die Landschaft dient hier nicht nur zur gefälligen Betrachtung, sie unterstreicht auch den Bildinhalt. Der unwirtliche, unfruchtbare

80 LUCA SIGNORELLI. Das Jüngste Gericht. Um 1500. Dom zu Orvieto. Eines der Hauptwerke der Frührenaissance. Im Gegensatz zu den bedrückenden Marterszenen und grotesken Dämonien der spätgotischen Kunst beraubt Signorelli die Verdammten nicht ihrer menschlichen Würde; er schildert ihr Geschick als Tragödie.

Hügel zur Rechten symbolisiert die primitive Frühzeit menschlichen Erdendaseins, während der zur Linken mit seiner kleinen Stadt und dem Kirchturm von den Segnungen der Kultur berichtet. So spiegelt das ganze Bild den hoffnungsvollen Ausblick der frühen Renaissance.

Das Zeitalter der Genies

Mit dem Eintritt in das 16. Jahrhundert wird uns deutlich bewußt, daß die Idee von der ›Wiedergeburt‹ mehr war als nur ein leerer Wahn. Nun begegnen uns viele überragende Persönlichkeiten, die uns wie ein neues Gigantengeschlecht anmuten, mit schöpferischen Kräften ausgestattet, wie sie der menschliche Geist bisher nicht gekannt hatte. Auf den ersten Blick scheint uns dieses Zeitalter der Genies eine viel glücklichere Epoche gewesen zu sein als unsere eigene unruhige Zeit. Tatsächlich aber war gerade das 16. Jahrhundert problematischer und unsicherer als andere. Es war eine Zeit fortwährender kriegerischer und geistiger Konflikte, denn die Entdeckungen der vorausgegangenen hundert Jahre hatten die althergebrachte Ordnung der Dinge aus den Angeln gehoben. Der Reichtum Amerikas und der anderen neuentdeckten Kontinente führte zu einem erbitterten Wettkampf zwischen den westeuropäischen Völkern um die Kolonien und um den überseeischen Handel. In diesen Auseinandersetzungen spielte auch die religiöse Krise, welche die Menschen mehr als jedes andere Geschehen dieser Tage verstörte, eine wichtige Rolle. Große Reformatoren wie Martin Luther und Johannes Calvin sagten sich von der Obrigkeit des Papstes los und gründeten ihre eigenen, die protestantischen Kirchen. Der große Zulauf, den sie fanden, beweist, daß für die Glaubensreformation ein echtes Bedürfnis vorhanden war. Aber der Kampf zwischen den beiden gegnerischen Lagern wurde so grausam und blutig geführt, daß viele Menschen ihr in die Religion gesetztes Vertrauen verloren.

Wie war es möglich, inmitten all dieses Aufruhrs große Meisterwerke der Kunst zu schaffen? Es ist schwer zu begreifen, warum in gewissen Zeiten so viele und in anderen wieder so wenige geniale Menschen auftreten. Aber wir müssen uns vor Augen halten, daß das 16. Jahrhundert vor allem eine Zeit des Umbruchs war, in welcher die alten Schranken niedergerissen wurden, und sich allenthalben neue Ausblicke öffneten. Vielleicht lagen gerade darin die Möglichkeiten für geistige Impulse und schöpferische Taten, die in einer geordneten Welt nicht hätten geboren werden können.

Die Hochrenaissance in Italien

Von den Künstlern dieser Zeit errangen drei solchen Ruhm, daß ihre Namen uns allen geläufig sind: Leonardo da Vinci, Michelangelo und Raffael. Sie lebten in Italien während der Hochrenaissance, einer glanzvollen Epoche am Beginn des 16. Jahrhunderts, die mit der klassischen Zeit des alten Griechenlands auf einer Stufe steht. Leonardo da Vinci verkörperte mehr als irgendein anderer das Ideal eines Universalgenies. Er selbst betrachtete sich in erster Linie als bildender Künstler, doch beweisen seine Skizzenbücher und Zeichnungen, daß er sich mit den Dingen in einer Art und Weise beschäftigte, die wir heute als naturwissenschaftlich bezeichnen würden. Er verließ sich ausschließlich auf das Auge als das vollkommene Mittel zur Ergründung der Natur, so daß Sehen und Wissen für ihn gleichbedeutend waren. Künstler, sagte er, seien die besten Wissenschaftler. Nicht nur betrachteten sie die Dinge genauer als andere Menschen, sondern sie dächten über das Gesehene auch nach und berichteten dann in ihren Bildern davon. Heutzutage ziehen es die Wissenschaftler vor, ihre Erkenntnisse in Worten auszudrücken (und sie mußten dazu eine ganze Anzahl neuer Begriffe prägen), aber in der Renaissance sprach ein gutes Bild ›Bände‹.

Leonardos Zeichnungen sind so anschaulich und lebendig, daß wir seine Gedanken an ihnen ablesen können, auch wenn wir seine eigenen schriftlichen Erläuterungen nicht verstehen. Es gibt kaum ein modernes Interessengebiet, mit dem er sich nicht beschäftigt hätte. So war er der erste Mensch, der Flugmaschinen entwarf (Abb. 82) und exakte anatomische Studien von dem Inneren des menschli-

81 LEONARDO DA VINCI. Engel aus der Felsgrottenmadonna. Um 1485. Louvre, Paris. Das Bild ist das früheste, das mit Sicherheit ganz von Leonardo stammt. Der Engel wendet sich uns mit einem zarten Lächeln zu, als wenn er von unserer Gegenwart überrascht wäre.

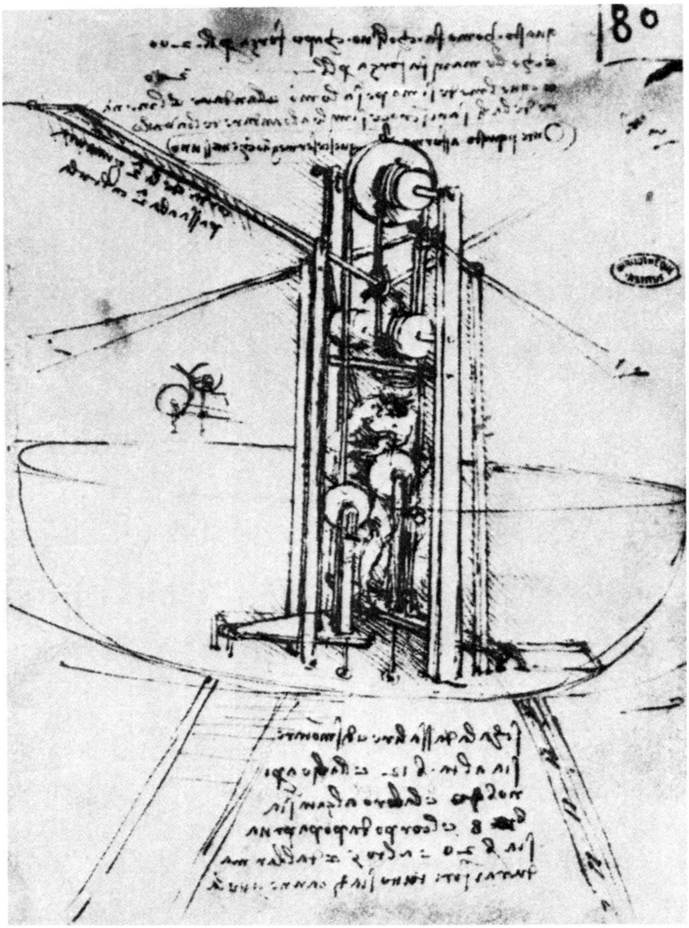

82 LEONARDO DA VINCI. *Entwurf einer Flugmaschine. Um 1495. Institut de France, Paris. Der Pilot setzt die vier Flügel mit Hilfe von Rollen in Bewegung. Leonardo versuchte als erster, den uralten Traum der Menschheit wissenschaftlich zu verwirklichen.*

83 LEONARDO DA VINCI. *Kind im Mutterleib. Um 1510. Royal Library, Windsor Castle. Die Zeichnung, ein Meilenstein in der Geschichte der Wissenschaft, zeigt, was Leonardo mit dem Ausspruch meinte: ›Sehen‹ und ›Wissen‹ seien dasselbe.*

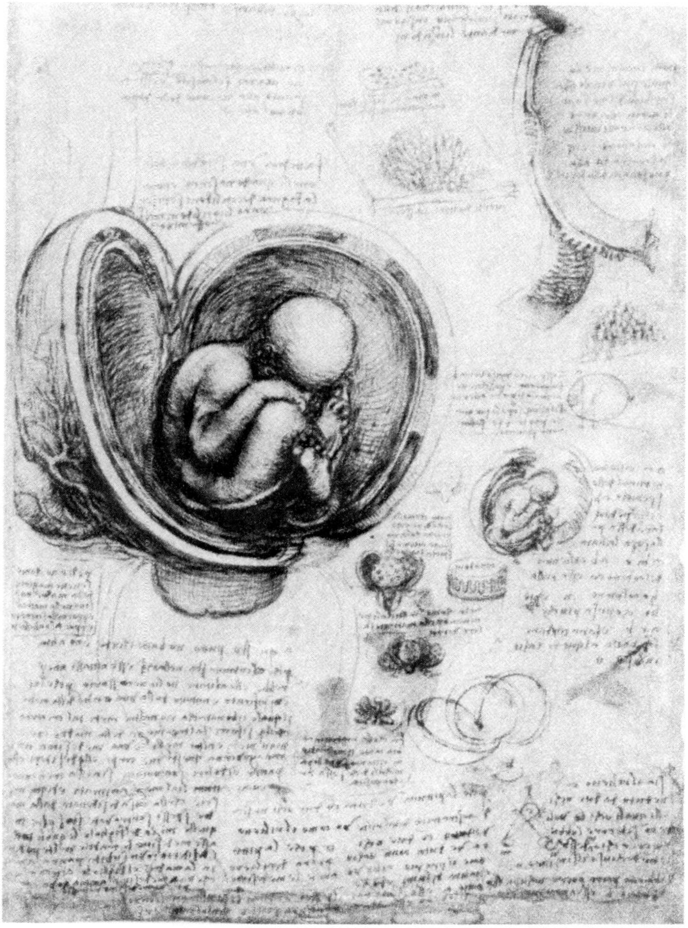

chen Körpers machte (Abb. 83). Sine wissenschaftliche Einstellung wird auch an einer der Skizzen deutlich, die er um 1504 für ein großes Schlachtenbild anfertigte (Abb. 84). In den Zeichnungen will er zeigen, daß die Gesichter von Tieren und Menschen den gleichen Ausdruck annehmen, wenn sie von derselben Erregung ergriffen sind. In ihrer Wut blecken der Mensch, der Löwe und die Pferde ihre

Zähne und fauchen. Dieses Blatt ist eine frühe psychologische Studie und nimmt etwas vorweg, das wir als Errungenschaft der Moderne zu betrachten pflegen.

Das Schlachtenbild vollendete Leonardo nie, aber in den gleichen Jahren schuf er sein berühmtestes Gemälde, die *Mona Lisa* (Abb. 85). Wenn wir diese mit älteren Porträts (Abb. 75, 77) vergleichen, müssen wir zugeben, daß Leonardos Bildnis vollkommener und harmonischer ist. Die Frauengestalt, die niedrige Mauer hinter ihr und die ferne Landschaft sind nicht mehr als getrennte Dinge nebeneinandergestellt; das Bild als Ganzes ist nun wichtiger geworden als die Einzelheiten. Eine solche Harmonie war eines der Ziele der Renaissance. Leonardo hat sie hier nicht nur durch die sehr sorgfältige Komposition erreicht, sondern auch durch den leichten Dunst-

84 LEONARDO DA VINCI. Skizzen für die ›Schlacht von Anghiari‹ Um 1504. Royal Library, Windsor Castle. Leonardo gab auch Tieren einen bestimmten Gesichtsausdruck. Die Pferde nahmen für ihn wie Menschen am Kampf teil.

85 LEONARDO DA VINCI. Mona Lisa. Um 1505. Louvre, Paris. Etwas Rätselhaftes, Hintergründiges bemächtigt sich der Vorstellung des Betrachters. Die ›Mona Lisa‹ zieht uns alle an, ob wir wollen oder nicht. Mehr als das berühmte Lächeln ist das ihr wirkliches Geheimnis.

schleier, den er über das Bild gelegt hat und der die unwesentlichen Details untergehen läßt, die Konturen weicher macht und Formen und Farben miteinander verschmilzt. Manches überläßt er auf diese Weise unserer Phantasie, aber gerade deshalb erscheint uns die *Mona Lisa* so wundervoll belebt. Das gilt ebenso für die Landschaft, in der Leonardo uns andeutet, daß die Erde aus Felsen und Wasser entstand, wie für das Gesicht mit seinem unergründlichen Lächeln. Vielleicht hatte Leonardo selbst etwas von dieser rätselhaften Art; seinen Mitmenschen erschien er immer als ausgeglichen und freundlich, doch keiner wußte genau, was in seinem Innern vor sich ging.

Michelangelo war in vieler Hinsicht das genaue Gegenteil von Leonardo. Zwar betätigte auch er sich auf den verschiedenartigsten Gebieten, war Bildhauer, Baumeister, Dichter und Maler, aber er hatte kein Interesse für Wissenschaft. Leonardo konnte das Gesicht eines Menschen wie das eines Löwen oder eines Pferdes behandeln, weil der Mensch für ihn auch nur ein Stück Natur war. Für Michelangelo dagegen war der Mensch ein einzigartiges, gottähnliches Wesen und der Künstler nicht der nüchtern beobachtende Wissenschaftler sondern ein Schöpfer, unter dessen Händen die Materie zum Leben erwachte. Dazu brauchte der Künstler mehr als nur einen tiefgründigen Verstand, er mußte erleuchtet sein, und Erleuchtung konnte nur von Gott kommen, dem der Künstler in gewisser Hinsicht verwandt war. Michelangelo selbst wußte kaum, ob er seine Begabung als einen Segen oder als einen Fluch betrachten sollte. Seine gewalttätige Natur, die dauernd zwischen Hoffnung und Verzweiflung schwankte, erfüllte seine Mitmenschen mit solcher Scheu, daß sie etwas Übermenschliches in ihm vermuteten. Mehr als irgendein anderer trug er zu unserer Vorstellung von einem Genie bei, so daß wir noch heute dazu neigen, Genialität als eine fremde, unkontrollierbare Kraft zu betrachten, die den Künstler in den Bann schlägt.

Michelangelos Hauptwerk ist das riesige Fresko, welches die ganze Decke der Sixtinischen Kapelle des Vatikans einnimmt (Abb. 86). Er schuf es zwischen 1508 und 1512 für Julius II., den großen Papst,

86 MICHELANGELO. *Inneres der Sixtinischen Kapelle. Vatikan, Rom.*

87 MICHELANGELO. Die Erschaffung Adams. Detail der Sixtinischen Decke. 1508–1512. Vatikan, Rom. Ein Blick in das Kapelleninnere (Abb. 86) zeigt die Szene, den dramatischen Höhepunkt der Schöpfungsgeschichte, am oberen Bildrand. Michelangelo verstärkt die Spannung, indem Adam nicht nur zu seinem Schöpfer, sondern auch zu der noch ungeborenen Eva emporblickt, die unter dem linken Arm Gottes auf ihn herabsieht.

während dessen Pontifikat Rom zum Mittelpunkt der italienischen Kunst wurde. Abb. 87 zeigt uns eine der Hauptszenen, die *Erschaffung Adams*. Sie erinnert uns an die monumentale Kunst eines Giotto und Masaccio, doch besitzen die Formen eine Ausdrucksstärke, wie sie uns nie zuvor begegnet ist. Diese mächtigen Geschöpfe, vollkomme-

ner und kraftvoller als jeder Sterbliche, sind nicht der wirklichen, sondern der inneren Welt, der Vorstellungskraft Michelangelos entsprungen.

Die fliegende Gestalt Gottes ist nichts anderes als die schöpferische Urkraft selbst. Adam dagegen bleibt der Erde verbunden, aus der er geformt wurde. Ihre Hände strecken sie einander zu, und wir können fast den auf Adam überströmenden Lebensodem spüren. Kein anderer Künstler hat die Vision Michelangelos von diesem schicksalhaften Augenblick je wieder erreicht. Die Hauptbilder der Decke sind einem Rahmenwerk eingeordnet, in dessen Nischen Figuren sitzen; eine davon ist der *Prophet Jeremias* (Abb. 88). Sein Körper, verglichen mit der *Erschaffung Adams,* ist noch wuchtiger, doch

88 MICHELANGELO. *Der Prophet Jeremias. 1508–1512. Vatikan, Rom. Das düstere Wesen Michelangelos hat sich in dieser Gestalt niedergeschlagen, deren Energien nach innen auf die schweren Gedanken gerichtet sind, die den Geist erfüllen.*

89 RAFFAEL. *Madonna mit dem Christus- und dem Johannesknaben. 1507. Louvre, Paris. Obwohl von Leonardo und Michelangelo gleicherweise beeinflußt, steht Raffael hier der ruhigen Schönheit der ›Mona Lisa‹ viel näher als der melancholischen Schwermut des ›Jeremias‹.*

90 RAFFAEL. Austreibung des Helidor. 1511–1514 Vatikan, Rom. Das Thema gab Raffael, seinem dramatischen Inhalt entsprechend, sehr lebendig und bewegt wieder. Die eindrucksvolle Gestalt, die links in den Tempel hereingetragen wird, ist Julius II., der sich als Nachfolger des Hohepriesters dieser biblischen Geschichte betrachtete, da er die Hilfe Gottes erfolgreich angerufen hatte, um die nach Italien eingedrungenen fremden Heere zu vertreiben.

seine Kraft konzentriert sich auf die düsteren Ahnungen, die seinen Geist erfüllen. Michelangelo gab dieser brütenden Gestalt manches von seinem eigenen Charakter.

Wie anders sind die Gemälde des Raffael! Jünger als Leonardo und Michelangelo, war er der glücklichste und unkomplizierteste dieser drei. Auch er war auf Veranlassung Julius II. nach Rom gekommen, hatte aber in Florenz schon die Werke Leonardos gesehen und sehr viel von ihnen gelernt. Bei der lieblichen *Madonna* von 1507 (Abb. 89) lassen die Weichheit der Modellierung und die stille Schönheit der Maria den Einfluß der *Mona Lisa* erkennen. Doch hat Raffael nichts von dem beunruhigend Geheimnisvollen, durch das Leonardo so schwer zugänglich wird.

In Rom wurde Raffael von der Sixtinischen Decke tief beeindruckt. Das wird in der *Austreibung des Heliodor* (Abb. 90) deutlich sichtbar, einem der Fresken, die er im vatikanischen Palast gemalt hat. Es schildert die Geschichte eines griechischen Soldaten, der

91 GIORGIONE. *Das Gewitter. Um 1505. Accademia, Venedig. Das poetische Gefühl für die Stimmungen in der Natur erreicht in diesem Werk von Giovanni Bellinis Meisterschüler einen neuen Höhepunkt. Die Menschen sind in der Landschaft von nebensächlicher Bedeutung.*

frevlerisch in den Tempel von Jerusalem eingedrungen ist, um dessen Schätze zu rauben. In der Bildmitte erfleht der Hohepriester am Altar die Hilfe Gottes, und auf sein Bitten erscheinen drei bewaffnete Himmelsboten, die den Heliodor und seine Rotte vertreiben. Diese Gestalten sind ebenso kraftvoll wie die der Sixtinischen Decke und noch bewegter, aber ohne jene Gefühlskonflikte, denen wir bei Michelangelo begegnet waren. Das Bewundernswerteste an der *Austreibung des Heliodor* ist die meisterhafte Komposition. Nur ein Genie konnte aus so vielen und verschiedenen Figuren ein in sich wohlausgewogenes Ganzes schaffen. Die Art, in welcher die Architektur zum Gerüst des ganzen Bildes wird, erinnert uns an das *Dreifaltigkeitsfresko* von Masaccio (Abb. 67), nur daß der Entwurf Raffaels viel reichhaltiger und dynamischer ist.

Nach dem Tode Julius' II. im Jahre 1513 verlor Rom allmählich seine bisherige Bedeutung als Kunstzentrum. Inzwischen hatte sich in der reichen Hafen- und Handelsstadt Venedig eine neue Malerschule entwickelt. Der erste Meister der venezianischen Hochrenaissance war Giorgione, der, kaum dreißigjährig, 1510 starb. Trotzdem zählt er zu den bedeutendsten Malern der Kunstgeschichte, denn er gab der venezianischen Malerei jene Eigenheit, durch welche sie sich gegen alle anderen Kunstrichtungen des 16. Jahrhunderts absetzt. Welche Absicht dem Künstler in seinem prachtvollen *Ländlichen Konzert* (Abb. 92) vorschwebte, ist nicht leicht zu deuten; wir sehen nur, daß sich die dargestellten Personen in ihrer Gesellschaft glücklich fühlen. Vielleicht liegt des Rätsels Lösung in dem Unterschied zwischen den beiden jungen Leuten. Der eine ist ein barfüßiger Knabe in schlichten Kleidern, während der Lautenspieler ein elegantes und farbenprächtiges Gewand trägt. Wenn Giorgione den Gegensatz von ländlichem und städtischem Dasein zeigen wollte, dann müssen die beiden Frauengestalten daneben irgendeine mythologische Bedeutung haben. Wahrscheinlich sind sie Nymphen oder ähnliche, aus

92 GIORGIONE. Ländliches Konzert. Um 1510. Louvre, Paris. Der Mensch ist völlig mit der poetischen Natur eins geworden.

dem Geist der Antike stammende Wesen. Es macht uns nichts aus, daß wir den Inhalt des Bildes nicht kennen, denn sein Reiz liegt für uns mehr in der Stimmung als im Geschehen. Wir empfinden, daß sich der Künstler ein stilles, sanftes Gedicht mit einem Anflug von Melancholie erdacht hat, das er in Farbe umsetzte, statt es niederzuschreiben. Giorgione war nicht der erste Stimmungsmaler, aber für ihn wurde der lyrische Gehalt wichtiger als alles andere. Michelangelo und Raffael hatten durch ihre meisterhafte Beherrschung der Formen eine ideale Welt geschaffen – Giorgione schuf sich die seine, eine wärmere und menschlichere, aus Licht und Farbe. Statt uns Scheu einzuflößen, lädt er uns ein, an seiner Welt teilzuhaben. Im *Ländlichen Konzert* lassen die goldenen Strahlen der untergehenden Sonne alle Details in Harmonie aufgehen. Wir möchten diesen wunderbaren Augenblick für immer festhalten. Aber die Schatten sind schon dunkel, und bald wird die Nacht hereinbrechen.

Giorgiones neuartiger Stil wurde von Tizian weitergeführt, der ihn um viele Jahre überlebte und sich zum glänzendsten und berühmtesten der venezianischen Maler entwickelte. Doch hat dieser manches auch vom Werk Michelangelos und Raffaels übernommen. In seiner *Grablegung Christi* (Abb. 93), die um 1525 entstand, sind die Gestalten kräftiger und ausdrucksvoller als die des Giorgione, und die Bildanlage ist monumentaler. Trotzdem werden wir auch hier von der Stimmung des Geschehens tiefer ergriffen als von der Handlung selbst. Diese Stimmung ergibt sich aus der Art der Lichtgebung und der Farbhaltung, die wir vom *Ländlichen Konzert* her kennen. Der sich verdunkelnde Himmel und das schwindende Tageslicht lassen den Kummer der Trauernden besonders stark empfinden – sie können sich nicht entschließen, den toten Erlöser zu verlassen, und doch müssen sie ihn ins Grab legen, ehe die Nacht

93 TIZIAN. *Grablegung Christi. Um 1525. Louvre, Paris. Das Frühwerk Tizians verdankt vieles Giorgione, aber die Gestalten sind kräftiger und ausdrucksvoller. Der sich verdunkelnde Himmel und das rasch schwindende Sonnenlicht machen den Jammer der Trauernden besonders spürbar.*

94 TIZIAN. Der Mann mit dem Handschuh. Um 1520. Louvre, Paris. Die träumerische Stimmung, die sanften Umrißlinien und tiefen Schatten gemahnen an den Stil des Giorgione, der das Frühwerk von Tizian so stark beeinflußte, daß beide Künstler oft nur schwer zu unterscheiden sind.

hereinbricht. So erfüllen die Männer ihre traurige Pflicht, während die Frauen einen letzten Blick auf den Leichnam werfen.

Den größten Ruhm genoß Tizian als Porträtmaler. Alle bedeutenden Zeitgenossen, an der Spitze Papst und Kaiser, wollten sich von ihm malen lassen. Wir verstehen den Grund, wenn wir den *Mann mit dem Handschuh* (Abb. 94) betrachten. Mit raschen, federleichten Pin-

95 TIZIAN. *Dornenkrönung. Um 1565. Alte Pinakothek, München. Während seiner letzten Schaffenszeit trug Tizian die Farben mit breitem, flüchtigem Pinselstrich dick auf den Malgrund auf. Auf der ›Dornenkrönung‹ ist diese Malweise bis zur äußersten Konsequenz getrieben: keine greifbaren, das Licht reflektierenden Oberflächen – die Formen tauchen aus der Dunkelheit auf, von innen glühend.*

96 PAOLO VERONESE. Gastmahl im Hause des Levi. 1573. Accademia, Venedig. Riesige Ölbilder auf Leinwand ersetzten in Venedig häufig Fresken. Veroneses Hauptanliegen war, den Augen ein Fest zu bereiten. Die reichen, farbenprächtigen Gewänder und der prachtvolle architektonische Rahmen erinnern eher an das Festmahl eines venezianischen Edelmannes als an das schlichte Geschehen der biblischen Erzählung.

selstrichen hat Tizian die Eigenart der verschiedenen Materialien so überzeugend eingefangen, daß sie uns reicher und kostbarer erscheinen als in Wirklichkeit. Vermutlich sieht auch der Porträtierte eindrucksvoller aus, als er tatsächlich war – vielleicht nicht schöner, aber interessanter und sensibler. Gedankenverloren scheint der junge Mann uns zu übersehen. Ein leichter Anflug von Schwermut verleiht ihm eine ungewöhnliche Anziehungskraft. Die neue, breitstrichige Ölmalerei, wie sie von Giorgione und Tizian eingeführt worden war, setzte nicht mehr die glatte Oberfläche einer Holztafel voraus. Daher bevorzugten die Venezianer nun die Leinwand als Malgrund. Da sie billiger und bequemer ist, wird sie seither am meisten verwendet. Sie ermöglichte es den Künstlern überdies, Ölbilder so groß wie Wandgemälde zu malen.

Das *Gastmahl im Hause des Levi* 1573 (Abb. 96), von Paolo Veronese, ist ein hervorragendes Beispiel dafür. Die funkelnden, farbenprächtigen Gewänder und der reiche architektonische Hinterprund erin-

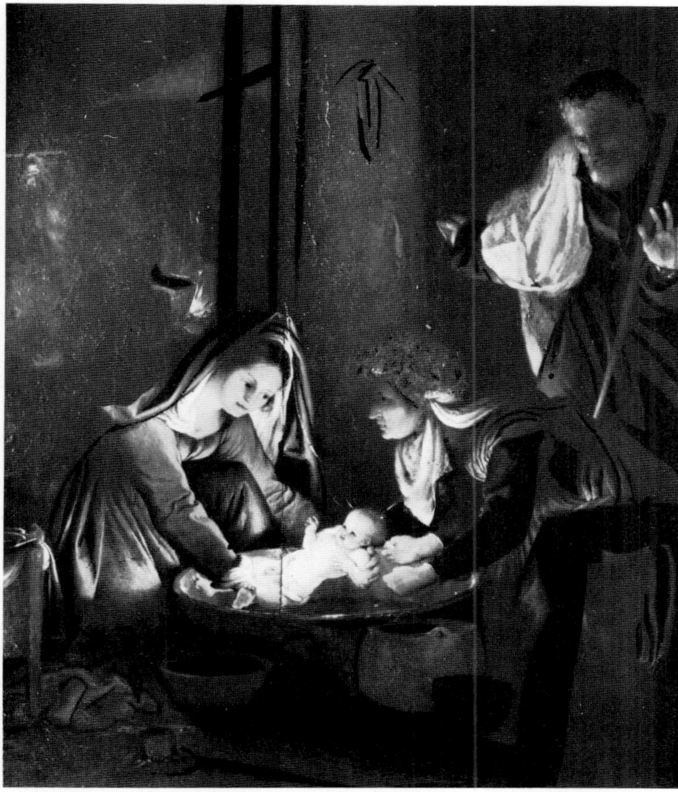

97 LORENZO LOTTO. Die Geburt Christi. Um 1526. Museo Civico, Siena. Obwohl Venezianer, hat Lotto viel vom norditalienischen Realismus. In dieser bezaubernd häuslichen Geburtsszene sieht das Christuskind zum erstenmal wie ein Neugeborenes aus.

nern uns eher an ein ausgelassenes Gelage im Palast eines venezianischen Edelmannes als an ein Geschehen aus der Bibel. Wenn aus dem Bild auch wenig religiöses Gefühl spricht, so gab uns Veronese doch eine wundervoll lebendige Schilderung einer festlichen Szene, und hat damit eine Vorstellung des damaligen venezianischen Lebens vermittelt.

98 CORREGGIO. Die Heilige Nacht. Um 1530. Gemäldegalerie, Dresden. Correggios Stil gehört nicht mehr zur Hochrenaissance, auch wenn er an Leonardo, Michelangelo und Raffael erinnert. Die schwungvollen Kompositionen kündigen den Barock an.

99 CORREGGIO. Jupiter und Io. Um 1532. Kunsthistorisches Museum, Wien. Bei dem Künstler ist es unmöglich, Sinnliches und Geistiges zu scheiden. Die Io in der Umarmung des in Nebel verwandelten Jupiter ist unmittelbar verwandt mit seinen jubilierenden Engeln.

Florenz, Rom und Venedig waren während des 16. Jahrhunderts die Hauptzentren der italienischen Kunst. Aber auch in kleineren Städten finden wir bedeutende Maler, wie zum Beispiel Lorenzo Lotto, dessen bezaubernde *Geburt Christi* in Siena zu sehen ist (Abb. 97). Der eigenartigste von ihnen ist der aus Parma stammende Correggio. In seiner *Heiligen Nacht* (Abb. 98) mutet die Kühnheit der Lichtgebung sehr venezianisch an, während bei den Figuren manches von Leonardo, Michelangelo und Raffael stammt. Dennoch ist das Bild als Ganzes keinem Werk dieser Maler ähnlich. Vor allem bleiben die Figuren nicht auf den Bildraum beschränkt, sondern scheinen von außen einzudringen, wie etwa der riesenhafte Schafhirt zur Linken oder die schwebenden Engel. Offensichtlich lag Correggio viel weniger an einer ausgewogenen Komposition als daran, uns das Erregende des Geschehens zu vermitteln. Er schildert uns die Geburt Christi als ein großes Wunder, aber im Rahmen der Wirklichkeit und der Natur. Deshalb gab er sie als eine nächtliche Szene wieder, deren Licht genau wie bei Gentile da Fabriano (Abb. 49) von dem neugeborenen Kind ausstrahlt. Zu seiner Zeit war Correggio wenig geschätzt. Aber ein Jahrhundert später griffen viele Maler auf seinen Stil zurück, er wurde so berühmt wie die großen römischen und venezianischen Meister.

Die Renaissance in Nordeuropa

Um 1500 wuchs bei den Malern des nördlichen Europa das Interesse für die italienische Kunst. Damals war der spätgotische Stil noch sehr lebendig, und es bedurfte einer langwierigen Auseinandersetzung zwischen diesen beiden Richtungen, bis sich der italienische Einfluß schließlich durchsetzte. Eine Vorstellung von diesem ›Kampf der Stile‹ erhält man bei einem Vergleich der beiden größten zeitgenössischen Maler des Nordens: Mathis Grünewald und Albrecht Dürer. Der künstlerische Hintergrund dieser beiden Deutschen hat vieles gemeinsam, aber ihre Ziele waren grundverschie-

100 MATHIS GRÜNEWALD (MATHIS DER MALER). Kreuzigung (vom Isenheimer Altar). 1509–1511. Musée d'Unterlinden, Colmar. Der geschlossene Altar mit seiner düsteren Atmosphäre steht im Gegensatz zu der heiteren Stimmung der Innentafeln (Abb. 101). Christus ist Gott und Mensch zugleich; niemals würde der Todeskampf seines zerschundenen Leibes eindringlicher geschildert, die gesteigerte Größe weist aber über das Menschliche hinaus. Die Umstehenden verdeutlichen den Doppelsinn der Natur Christi – die zur Linken beweinen ihn als Menschen, während Johannes der Täufer ihn als Erlöser begrüßt.

den. Grünewalds Hauptwerk, der *Isenheimer Altar*, wurde etwa zur gleichen Zeit geschaffen, als Michelangelo die Malerei der Sixtinischen Decke vollendete. Seine vier riesigen Flügel sind beidseitig bemalt (Abb. 101 zeigt den Altar mit geöffneten Flügeln, Abb. 100 deren

Außenseiten). Bei Grünewald ist schon der Einfluß der Renaissance erkennbar: er weiß mehr von der Perspektive, als er von der spätgotischen Kunst allein hätte übernehmen können, und manche seiner Figuren sind überraschend körperhaft und kraftvoll. Aber seine Vorstellungswelt ist noch ganz spätgotisch, und die italienischen Anregungen dienen ihm nur dazu, seine visionären Träume noch realistischer und erregender erscheinen zu lassen. Der *Isenheimer Altar* ist

101 MATHIS GRÜNEWALD (MATHIS DER MALER). Verkündigung, Engelskonzert, Geburt und Himmelfahrt Christi (vom Isenheimer Altar). 1511/12. Musée d'Unterlinden, Colmar.

ein letzter gewaltiger Ausbruch einer ungewöhnlichen schöpferischen und dabei höchst eindringlichen Kraft: alles auf diesen Tafeln dreht und wendet sich, als ob es ein Eigenleben führte. Vergleichen

102 ALBRECHT DÜRER. *Selbstbildnis (Silberstiftzeichnung). 1484. Albertina, Wien. Diese erstaunliche Zeichnung schuf Dürer im Alter von 13 Jahren. Die Inschrift sagt, daß er »das ... aus einem Spiegel nach mir selbst« malte. Die Anregung zu Silberstiftzeichnungen mag er vom Vater erhalten haben, der Goldschmied war.*

wir zum Beispiel die *Verkündigung* der Abb. 101 mit dem früheren Bild des Rogier van der Weyden (Abb. 58); dessen Christus tritt sanft herein und scheint sich kaum zu bewegen. Dagegen wird der Engel Grünewalds von einem gewaltigen Windstoß in den Raum hineingeweht, so daß die Maria zurücktaumelt. Auf den beiden mittleren Tafeln spielt ein märchenhaft-unwirkliches Engelorchester für die Madonna und das neugeborene Kind. Eine mächtige Lichtglorie erscheint über den Wolken, aus denen Gottvater in all seiner Herrlichkeit auf die junge Mutter und ihr Kind herabschaut. In dieser zarten und poetischen Vision sind Himmel und Erde eins geworden. Nur die *Heilige Nacht* des Italieners Correggio strömt eine ähnliche Stimmung aus, wenn sie auch in anderer Hinsicht verschieben ist (vgl. Abb. 98).

In der *Auferstehung* rechts ereignet sich vor unseren Augen ein noch größeres Wunder: Christus verläßt die Erde und wird wieder Gott. Aber es ist weit mehr als ein Auferstehen aus dem Grabe: er wird von einem Luftwirbel nach oben gerissen, sein Leichentuch hinter sich herziehend und von einem Lichtschein umgeben, der so strahlend ist wie eine Sonne vor mitternächtlichem Himmel, während die Wächter am Grabe, die Mächte des Todes, geblendet und in völliger Ohnmacht am Boden liegen. Hier hat die geniale Kunst Grünewalds ihren unvergeßlichsten Ausdruck gefunden.

Über das Leben Grünewalds ist nur wenig bekannt. Die Entwicklung Dürers dagegen läßt sich fast von Jahr zu Jahr verfolgen. Abb. 102 gibt eine Zeichnung wieder, welche der erst Dreizehnjährige nach seinem Eintritt in die Lehre bei einem Maler seiner Heimatstadt Nürnberg von sich selbst gemacht hat. Schon damals zeichnete Dürer sehr sicher und geschickt, doch der Stil des Porträts ist noch ausgesprochen spätgotisch. Sein Blick ist wach, aber merkwürdig schüchtern.

Bei der Betrachtung des im Jahre 1500 entstandenen *Selbstbildnisses* (Abb. 103) müssen wir staunend fragen, ob diese ergreifende, christusähnliche Gestalt wirklich die gleiche Person ist, die uns auf der Zeichnung des Knaben erschienen war. In den sechzehn Jahren hatte sich bei Dürer vieles gewandelt: sein Stil, sein Denken und sei-

103 ALBRECHT DÜRER. Selbstbildnis. 1500. Alte Pinakothek, München. In der offensichtlichen Christusähnlichkeit spiegelt sich die Renaissance-Auffassung von der gottähnlichen Schöpferkraft des begnadeten Künstlers.

104 ALBRECHT DÜRER. Demonstration der perspektivischen Zeichnung nach einer Laute (Holzschnitt aus der ›Underweysung der Messung‹). 1525. Mit dieser Apparatur kann man auf mechanischem Wege exakt verkürzte perspektivische Bilder herstellen. Der Vorgang ist auf S. 147 genauer erläutert.

ne Art, sich selbst zu sehen. Auf seiner ersten Italienreise hatte er nicht nur eine neue Kunstauffassung, sondern auch einen neuen Künstlertypus kennengelernt. Er war dazu erzogen worden, Maler als einfache Handwerker zu betrachten. Hier im Süden aber fand er, daß sie sich der gleichen Achtung erfreuten wie Wissenschaftler, Gelehrte und Philosophen. So beschloß er, sich nicht nur den italienischen Stil anzueignen, sondern sich zugleich auch auf all den Wissensgebieten auszubilden, die mit dieser neuen Einstellung zur Kunst zusammenhingen. Darüber hinaus fühlte er sich berufen, sein eigenes Wissen unter den anderen Künstlern zu verbreiten. Im *Selbstbildnis* von 1500 sieht er sich in dieser bedeutsamen neuen Rolle; es ist ein idealisiertes Künstlerporträt, so wie die *Mona Lisa* das idealisierte Bildnis einer Frau war.

Dürers Sendung wurde dadurch erleichtert, daß er der beste Druckgraphiker seiner Zeit war. Es gab zwei Arten solcher Drucke: den Kupferstich, bei dem die Linien des Bildes mit einem stählernen Stichel in eine Kupferplatte eingetieft wurden, und den Holzschnitt, bei dem man die Räume zwischen den Linien aus der Oberfläche ei-

nes Holzblockes herausschnitt und dadurch eine erhabene Zeichnung erhielt. Kupferplatten und Holzblöcke konnten, mit Druckerschwärze bestrichen, in zahlreichen Kopien vervielfältigt werden. Solche Drucke waren erheblich billiger als Gemälde, so daß sie viel mehr Menschen zugänglich wurden. Der *Holzschnitt* der Abb. 104 ist einem Buch entnommen, das Dürer über die wissenschaftliche Perspektive geschrieben hat – auch diese Idee brachte er aus Italien mit, wo Piero della Francesca ein Werk über das gleiche Thema verfaßt hatte. Er zeigt, wie man auf rein mechanische Weise Bilder in richtiger Verkürzung herstellen kann. Die beiden Männer sind beim Zeichnen der auf dem Tisch liegenden Laute, so wie sie uns erscheinen würde wenn wir sie von dem Punkt der Wand aus betrachteten, an dem wir eine kleine Öse befestigt sehen, durch die eine Schnur gezogen ist.

Natürlich wußte Dürer, daß derartige Bilder keine Kunstwerke, sondern nur Ergebnisse eines wissenschaftlichen Versuchs waren. Er wollte damit beweisen, daß die exakte Perspektive nicht von der Geschicklichkeit oder dem Wahrnehmungsvermögen eines einzelnen abhängig war. Eine Vorrichtung wie diese spornte die Menschen an, bessere Methoden zur mechanischen Herstellung von Bildern zu erfinden; sie wurde schon bald durch die Camera obscura ersetzt, einen Kasten, an dessen einer Seite eine Glaslinse eingelassen war, während sich auf der anderen ein lichtdurchlässiges, ölgetränktes Papier befand. Das durch die Linse eintretende Bild konnte dann direkt auf dem Papier nachgezeichnet werden, so wie es der Film unserer Kamera festhält.

Dürer hat die italienische Kunst nicht nachgeahmt. Er übernahm das, was ihn interessierte und beeindruckte und verband es

105 ALBRECHT DÜRER. Die vier Apostel. 1523–1526 Alte Pinakothek, München. Dieses monumentale Werk Dürers erstand unter dem unmittelbaren Eindruck der Reformation. Auf den Fußleisten erscheinen Zitate aus der deutschen Bibel Martin Luthers. Hier erreichte zum ersten Mal ein nordeuropäischer Maler die schlichte Größe des Masaccio.

106 ALBRECHT DÜRER. *Ritter, Tod und Teufel (Kupferstich). 1513. Eine enge Verbindung von italienischen und nordeuropäischen Elementen.*

107 ALBRECHT DÜRER. *Die Mutter des Künstlers (Kohlezeichnung). 1514. Staatliche Museen zu Berlin – Preußischer Kulturbesitz, Kupferstichkabinett. Die Ausdruckskraft des Bildes erinnert an Grünewald. Selten wurde der altersbedingte Zerfall von Körper und Geist so unmittelbar wiedergegeben.*

108 LUCAS CRANACH D. Ä. Das Urteil des Paris. 1530. Staatliche Kunsthalle, Karlsruhe. Die poetische Stimmung von Cranachs ›Ruhe auf der Flucht‹ (Abb. 109) findet man noch 20 Jahre später in seinen köstlichen unklassischen Bildern nach mythologischen Themen.

109 LUCAS CRANACH D. Ä. Ruhe auf der Flucht. 1504. Staatliche Museen zu Berlin – Preußischer Kulturbesitz, Gemäldegalerie. Cranachs ›Ruhe auf der Flucht‹ ist ein Idyll inmitten einer märchenhaften Waldlandschaft, in der zierliche, wie Elfen und Kobolde herumtollende Engel die Heilige Familie unterhalten.

mit seinen eigenen Vorstellungen im Geiste seiner Zeit und Umgebung. In seinem prachtvollen Kupferstich *Ritter, Tod und Teufel* (Abb. 106) zeigen Pferd und Reiter die Gelassenheit und Monumentalität verwandter italienischer Arbeiten, etwa der berittenen Soldaten des Piero della Francesca (Abb. 69), während Tod und Teufel die gleiche unheimliche Phantasie verraten, die wir vom *Jüngsten Gericht* der van Eyck kennen (Abb. 52).

Die Gegenüberstellung mit einer anderen Auffassung verdeutlicht die Absicht Dürers; sein Ritter ist das genaue Gegenteil von jenen trägen Vergnügungssüchtigen im *Narrenschiff* des Hieronymus Bosch (Abb. 65). Er weiß, wohin er geht. Seine Reise durchs Leben folgt der Straße zum Paradies, das durch die ferne Stadt angedeutet wird, unbeirrt von den Schrecken und Gefahren dieses Weges. Die Worte des Reformationsliedes ›Ein feste Burg ist unser Gott‹ könnten diesem Bild Dürers als Titel dienen.

Hans Holbein der Jüngere war der letzte der großen deutschen Maler dieser Zeit. Seine bekanntesten Werke sind die in England geschaffenen Porträts, wo er als Hofmaler König Heinrichs VIII. (Abb. 112) seinen Lebensabend verbrachte. Das Bildnis des *Georg Gisze* (Abb. 113) bewahrt ein glückliches Gleichgewicht zwischen der nordeuropäischen Vorliebe für das kostbare Detail und der Größe und Würde der italienischen Renaissance. Der Dargestellte ist in keiner Weise idealisiert, und doch hat seine Haltung manches von der abgeklärten Harmonie der *Mona Lisa*. Verglichen mit spätgotischen Bildnissen scheint dieser junge Kaufmann ein bisher ungewohntes Vertrauen zu sich selbst und zu seinem eigenen Wert zu haben. Holbein zeigt ihn in seinem Arbeitszimmer, umgeben von Geschäftspapie-

110 ALBRECHT ALTDORFER. Die Alexanderschlacht. 1529. Alte Pinakothek, München. Man findet viele Merkmale der Renaissancekunst, doch hatte Altdorfer nie die Vorliebe Dürers für die Monumentalität der Italiener. Sein Ruhm gründete auf den wundervollen, poetisch gestimmten Landschaften. Die aufeinanderprallenden Scharen der winzig kleinen Soldaten wirken weniger spannend als das kosmische Schauspiel der den Mond besiegenden Sonne.

111 HANS HOLBEIN D. J. Erasmus von Rotterdam. 1523. Louvre, Paris. Der Künstler beweist in dieser Charakterstudie starkes Einfühlungsvermögen. Er gab dem großen Humanisten eine ausstrahlende geistige Kraft, wie sie bisher den Evangelisten oder den Kirchenvätern vorbehalten war.

112 HANS HOLBEIN D. J. Heinrich VIII., König von England. 1540. Galleria Nazionale d'Arte Antica, Rom. Aus dem Bildnis spricht die absolutistische Auffassung des Herrschers ›von Gottes Gnaden‹, aber auch die Brutalität Heinrichs VIII., mit der er seine Macht behauptete.

ren, Siegeln, Schreibzeug und einer Blumenvase. Diese Dinge steigern das Gefühl inneren Stolzes, das von dem ganzen Bild ausstrahlt.

Als Holbein nach England kam, hatte sich die Reformation fast schon über ganz Nordeuropa ausgebreitet; die Künstler bekamen ihre Auswirkungen vielleicht unmittelbarer zu fühlen als sonst jemand. Die neuen Glaubenslehren waren sich in einem Punkt einig: religiöse Kunst, so verkündeten sie, würde die Menschen dazu verleiten, Statuen und Bilder mehr zu verehren als Gott selbst. Wo die Reformatoren sich durchsetzten, brauchte die Kirche keine Bilder religiösen Inhalts mehr, welche das Hauptanliegen der mittelalterlichen Kunst gewesen waren. In der Folge verloren solche Darstellun-

113 HANS HOLBEIN D. J. Bildnis des Kaufmanns Georg Gisze. 1532. Staatliche Museen zu Berlin – Preußischer Kulturbesitz, Gemäldegalerie. Ungeachtet der zahllosen kleinen Gegenstände erscheint das Bild im ganzen als wohldurchdachte Komposition. Die unglaubliche Genauigkeit, mit der die Gegenstände gemalt sind, dient nur dazu, das von dem Porträtierten ausstrahlende Gefühl beruhigender Selbstsicherheit zu unterstreichen.

114 PIETER BREUGHEL. Das Schlaraffenland. 1567. Alte Pinakothek, München. Die Monumentalität dieses Bildes beweist, wie ernst der Künstler sein Thema nahm. Die stark verkürzten Gestalten erinnern an gefallene Soldaten – Opfer einer ›Schlacht der Gefräßigkeit‹.

gen immer mehr an Bedeutung, und die Maler mußten sich anderen Themen zuwenden, um ihr Leben zu fristen. So hat sich Holbein ganz dem Porträt verschrieben.

In Abb. 114 stoßen wir auf einen anderen neuen Themenkreis. Das Bild wurde 1567 von dem großen flämischen Meister Pieter Breughel gemalt, zu einer Zeit, als die Niederlande unter dem Banner der Reformation einen blutigen Unabhängigkeitskrieg gegen das katholische Spanien ausfochten. Es schildert das *Schlaraffenland*, in dem die Tische stets mit schmackhaften Speisen gedeckt sind, die Hausdächer aus Pasteten bestehen und noch viele andere Wunder zu finden sind. Natürlich wollte uns Breughel mit diesem Bild eine moralische Lektion erteilen, aber er bedurfte dazu nicht mehr der Religion. Die Menschen unter dem Baum sind keine unglücklichen

Sünder in der Gewalt des Teufels; sie können in voller Selbstverantwortung handeln, aber wie so oft haben sie nicht die Vernunft, zu erkennen, was auf die Dauer für sie das beste ist. Als Sklaven ihrer Gefräßigkeit haben sie alles Streben, alle Selbstachtung einer animalischen Zufriedenheit zuliebe aufgegeben: Der Kriegsknecht hat seine Lanze weggeworfen, der Bauer seinen Dreschflegel, und der Gelehrte zur Rechten hat sich von seinen Büchern losgesagt. »Hütet euch vor dem Schlaraffenland«, scheint Breughel sagen zu wollen, »es ist gefährlicher als die Hölle, weil es den Menschen dort gefällt.«

Der Manierismus

In Italien, der Heimat der katholischen Kirche, wurden die Künstler von der Reformation nicht unmittelbar betroffen. Doch hat auch hier die große Glaubenskrise eine tiefe Verwirrung in ihr Schaffen getragen. Nach 1520 verloren die jüngeren Künstler das Vertrauen der Hochrenaissance in die fast göttlichen Kräfte des menschlichen Geistes. Ihnen schien der Mensch wieder von der Gnade jener Mächte abhängig zu sein, die sich seiner Kontrolle entzogen. Daher stellten sie die menschliche Gestalt auf eine merkwürdige Art dar, verzerrten sie zu immer komplizierteren Posen und zu einer unnatürlichen Länge. Manche entwickelten sogar eine eigentümliche Vorliebe für die Spätgotik. Diese Phase der italienischen Kunst pflegt man abwertend als ›Verfall der Renaissance‹ zu bezeichnen, dem die ursprüngliche Bedeutung des Wortes ›Manierismus‹ entsprach. Heute gilt dieser als bedeutsamer Stil mit eigener innerer Berechtigung. Das stark persönliche Gepräge der besten Manieristen erscheint uns besonders anziehend, vielleicht, weil auch wir nicht mehr an feststehende künstlerische Ideale glauben. Wir können die Anfänge der neuen Gesinnung in dem ungewöhnlichen *Selbstbildnis* (Abb. 115) erkennen, das ein Junger Maler aus Parma, Parmigianino, geschaffen hat. Der Künstler zeigt sich so, wie er sich in einem konvexen Rundspiegel sah; seine Hand erscheint unnatürlich groß.

115 PARMIGIANINO. Selbstbildnis. Kunsthistorisches Museum, Wien. Die ›antiklassische‹ Gesinnung zeigt sich in der bewußten Wiedergabe aller Verzerrungen des konvexen Spiegels. Nur die nordeuropäische Kunst kannte derartig getreue Wiederholungen des Sichtbaren schon früher.

Wände und Decke des Raumes sind stark gekrümmt. War es nur wissenschaftliche Neugierde, die Parmigianino zu diesen verzerrten Formen hinzog, oder war er zu der Überzeugung gelangt, daß es so etwas wie eine ›richtige‹ Wirklichkeit überhaupt nicht gibt und alles von unserer ganz persönlichen Anschauung abhängig bleibt?

Während Parmigianino in seinem Bild immer noch die äußere Welt als solche schildert, auch wenn er sie wie hier durch einen Spiegel sieht, gehen die frühen Manieristen in Florenz weiter: sie fühlen sich unabhängig von den Gesetzen der Natur und folgen allein ihren eigenen Träumen und Visionen. Ein deutlicher Beweis hierfür

116 PONTORMO. Junges Mädchen (Studie, Kreidezeichnung). Um 1526. Uffizien, Florenz. Pontormo und Rosso waren die ersten Florentiner, die mit dem Stil der Hochrenaissance brachen. Das Unsichere und Zurückhaltende des Bildnisses zeigt die innere Unrast des Künstlers.

ist die Zeichnung von Jacopo da Pontormo (Abb. 116) und die *Kreuzabnahme* der Abb. 118, die von einem unter dem Namen Rosso bekannten Maler stammt. Die spinnendürren, eckigen Gestalten, ihre verstörten Gesten und Gebärden und das geisterhaft unwirkliche Licht verleihen dem Bild etwas Gespenstiges, Unheimliches, das man nicht so schnell vergessen kann. Rossos Männer und Frauen handeln nicht mehr selbst; ihre Haltung ist ihnen aufgezwungen, und die Gewänder und Körper wirken wie durch einen plötzlichen Eiswind erstarrt. Nichts ist von der klassischen Ausgewogenheit der Hochrenaissance weiter entfernt als dieser ›antiklassische‹ Stil.

117 ANGELO BRONZINO. Eleonora von Toledo und ihr Sohn Giovanni. 1550. Uffizien, Florenz. Die kühle Eleganz, welche dieses vor einen tiefblauen Abendhimmel gestellte Bildnis der Gemahlin Herzog Cosimos I. von Toskana auszeichnet, ruft den Eindruck von Unnahbarkeit hervor.

118 ROSSO FIORENTINO. Kreuzabnahme 1521. Pinacoteca Communale, Volterra. Mit diesem bahnbrechenden Werk des Manierismus schuf Rosso die Grundlagen jenes ekstatischen, visionären Stils, den El Greco bis an die Grenzen des Möglichen steigerte (vgl. Abb. 120).

119 TINTORETTO. Tempelgang Mariä. Um 1550. Chiesa della Madonna dell'Orto, Venedig. Tintoretto, der bedeutendste venezianische Manierist, soll gesagt haben, er wolle die Zeichnung Michelangelos mit der Farbe Tizians verbinden. Uns fällt jedoch vor allem die merkwürdige Erregtheit auf, in der sich seine kraftvolle Persönlichkeit spiegelt.

120 EL GRECO. Himmelfahrt Mariä. 1577. Art Institute, Chicago. Dieses Bild läßt noch viel von der venezianischen Schule El Grecos erkennen, aber die ekstatischen Gebärden, die zusammengepreßte Räumlichkeit und auch die brüchigen, wie aus Blech gestanzten Faltenwürfe weisen auf seine späteren manieristischen Werke.

121 EL GRECO. Kardinal Nino de Guevara. 1596–1601. Metropolitan Museum, New York. Das Porträt, das einzige, welches El Greco in Lebensgröße malte, erschreckt uns; trotz des kühlen, berechnenden Blickes erscheint der mächtige Großinquisitor verkrampft und unsicher.

In Venedig setzte sich der Manierismus nicht so rasch durch, aber um die Jahrhundertmitte finden wir ihn im Werk Tintorettos, des nach Tizian bedeutendsten venezianischen Meisters. Sein *Tempelgang Mariä* (Abb. 119) ist weniger ›anti-klassisch‹ als die *Kreuzabnahme* Rossos. Die lebhafte Haltung mancher Figuren erinnert uns an Michelangelo, den Tintoretto sehr bewunderte. Aber daneben spüren wir die manieristische Auffassung in der eigenartigen perspektivischen Schau, in der unruhigen Beleuchtung mit den überraschend aufblitzenden Lichtern und den tiefdunklen Schatten, ebenso in den aufgeregten Gesten der Gestalten, welche die zwölfjährige Maria bei ihrem Gang über die Tempeltreppe beobachten. Tintoretto ging es nicht darum, nur eine einfache und schlichte Legende aus dem Leben der Maria zu erzählen, sondern das Geschehen als ein spannendes, erschütterndes Drama zu gestalten.

Dieser Stil entsprach einer neuen Richtung in der katholischen Lehre. Im Kampf gegen die Reformation ging die Kirche dazu über, die mystischen und übernatürlichen Seiten des religiösen Erlebens besonders zu betonen. Die Gegenreformation wurde in Spanien am eifrigsten verfochten, und dort finden wir auch den letzten und zugleich bedeutendsten der manieristischen Maler. Er wurde unter dem Namen El Greco, der Grieche, bekannt, da er von der Insel Kreta nach Italien kam. Sein Stil hat sich in Venedig unter dem Einfluß von Tintoretto und anderen Meistern entwickelt. Als ausgereifter Künstler ging er nach Spanien und ließ sich in Toledo nieder, wo ihm die *Himmelfahrt Mariä* von 1577 (Abb. 120) seinen ersten großen Erfolg einbrachte. Sie zeigt die nach ihrem Tode im Beisein der Apostel in den Himmel aufsteigende Gottesmutter. Die überraschend aufblitzenden Lichter und die merkwürdig unwirklichen Farben erinnern uns an Tintoretto, aber in der Auffassung scheint das Werk der *Kreuzabnahme* des Rosso (Abb. 118) näherzustehen. Auch hier finden wir den scharfkantigen, gleichsam erstarrten Faltenwurf, die abrupten, übersteigerten Gesten und die überlängten Glieder. El Greco behandelt den Raum noch eigenwilliger als Rosso; er wendet Verkürzungen an, ohne auf die Perspektive Rücksicht zu nehmen, so daß wir den Standpunkt des Betrachters nicht eindeutig bestimmen können. Darüber hinaus wirken die Gestalten – obgleich sie körperhaft-plastisch geformt sind – wie Scherenschnitte, die ohne Zwischenraum übereinandergeordnet sind. Deshalb ist es uns bei El Greco fast unmöglich, Wirkliches und Unwirkliches, die Welt der Gefühle und die sichtbare, greifbare Welt voneinander zu scheiden.

Der Triumph des Lichtes

Es ist nicht einfach, das Wesen der Kunst im 17. Jahrhundert, die gewöhnlich als das Barock bezeichnet wird, zu erklären. Niemand scheint sich ganz im klaren zu sein, was mit dem Begriff Barock eigentlich gemeint ist oder was er heißen soll. Die unterschiedliche Interpretation des Wortes ist mit dem Schicksal des Wortes Gotik vergleichbar, das ursprünglich nur zum Ausdruck bringen wollte, daß die spätmittelalterliche Kunst armselig war; erst später wurde daraus ein Begriff, welcher der Bedeutung dieses Stils entsprach. Auch Barock war anfänglich ein Schimpfwort für gewisse Erscheinungen in der Kunst des 17. Jahrhunderts. Da es erst in jüngster Zeit allgemein gebräuchlich wurde, haftet ihm bis heute etwas Negatives an. So gibt es noch immer Menschen, die es für richtig halten, nur die Werke einiger Künstler des 17. Jahrhunderts als barock zu bezeichnen. Wir wenden in diesem Buch den Begriff ›Barock‹ auf die Zeitspanne an, die nach Frührenaissance, Hochrenaissance und Manierismus die Renaissanceepoche abschloß, so wie mit ›Gotik‹ die letzte Phase der mittelalterlichen Kunst bezeichnet wird. Nur durch diese Auslegung versteht man, weshalb die Kunst des 17. Jahrhunderts so reichhaltig und verschiedenartig sein konnte und dennoch einen ganz eigenen Charakter aufweist.

In vieler Hinsicht ist das Zeitalter des Barocks eine Zusammenfassung der verschiedenen Bestrebungen, die seit dem frühen 15. Jahrhundert zutage traten. Die Menschen wurden nicht mehr durch die zahlreichen neuen Ideen und Entdeckungen, welche die mittelalterliche Welt zu Grabe trugen, verwirrt; sie hatten gelernt, diese für das

122 ANNIBALE CARRACCI. Detail von einer Deckenmalerei 1597–1601. Palazzo Farnese, Rom. Kurz vor 1600 treten in Rom zwei bedeutende anti-manieristische Maler hervor: der revolutionäre Realist Caravaggio und der behutsamere Reformator Annibale Carracci. Beiden ging es um eine getreuere Wiedergabe. Carracci schulte sich daher an der Antike und an klassischen Malern der Hoch- und Spätrenaissance.

Leben zu nutzen und mit ihnen umzugehen. Früher waren kühne Forscher wie Kolumbus ausgezogen, um mit den Schätzen unbekannter Länder wieder heimzukehren. Ihnen folgten nun Kolonisten, wie die Pilgerväter, die sich 1620 an der Ostküste Nordamerikas niederließen. Alle Länder an der europäischen Atlantikküste – England, Holland und Spanien – hatten sich wichtige überseeische Gebiete angeeignet und waren reicher und mächtiger geworden als je zuvor, während Deutschland und Italien an Bedeutung verloren. Es gab keine Universalgenies mehr, die wie Leonardo und Dürer die verschiedenartigsten neuen Wissensbereiche gleichzeitig erschlossen. Statt dessen erforschten Spezialisten methodisch das Wirken der Natur. Nun tauchen Männer wie Galilei und Newton auf, welche die grundlegenden Gesetze der Bewegung aufstellten, die überall gültig waren, für das Kreisen der Erde um die Sonne ebenso wie für den Fall eines Apfels vom Baum. Diese bedeutenden Wissenschaftler des Barockzeitalters legten die Fundamente für die technischen Wunder unserer Zeit.

Die Auseinandersetzungen zwischen der Reformationsbewegung und den Verfechtern des alten Glaubens hatten an Heftigkeit verloren. Die katholische Kirche, deren Kraft sich durch die Gegenreformation erneuert hatte, fühlte sich innerlich gefestigt, und Rom wurde wiederum zum Ziel vieler Künstler aus allen Teilen Europas. In erster Linie kamen sie, um die Meisterwerke der Antike und der Hochrenaissance zu studieren, aber sie lernten auch von den zeitgenössischen italienischen Künstlern (Abb. 122), und diese andererseits wurden von ihnen angeregt. Das Rom des 17. Jahrhunderts war ein Schmelztiegel der Stile, in dem Norden und Süden, Vergangenheit und Gegenwart in einem endlosen, verwirrenden Strom zusammenflossen. Jeder Besucher verließ die Stadt mit unterschiedlichen Eindrücken, und doch gab das Erlebnis ihnen allen etwas Gemeinsames – auf jeden Fall so viel, daß das Barock uns als ein internationaler Stil erscheint, auch wenn er sich lokal verschieden äußerte.

Italien und Flandern

Die fremden Künstler, die um das Jahr 1600 nach Rom kamen, fanden die Ewige Stadt in Aufregung über einen jungen, norditalienischen Maler namens Caravaggio, der wenige Jahre früher dorthin gekommen war. Ein Blick auf seine *Falschspieler* (Abb. 123) zeigt uns, wie wenig sein Stil mit der Kunst der Manieristen gemein hat. Caravaggio übernahm zwar manches von der venezianischen Hochrenaissance (vgl. Abb. 92, 93), aber seine Auffassung war naturalistisch, er wollte die Welt so zeigen, wie sie ihm im täglichen Leben begegnete. Auf unserem Bild schildert er einige Soldaten, wie man sie in jeder römischen Schenke antreffen konnte, bei einem betrügerischen Kartenspiel: der junge Gauner rechts hält hinter seinem Rücken ge-

123 CARAVAGGIO. Die Falschspieler. Um 1593. Privatbesitz. Caravaggio malte dieses Bild kurz nach seiner Ankunft in Rom. Man war dort von der Leuchtkraft seiner Farben überrascht; sein Gemälde wurde als eine Malerei ›in der Art des Giorgione‹ bezeichnet.

zinkte Karten verborgen, bereit, sie auf einen Wink des älteren Mannes gegen sein Opfer auszuspielen. Ob das gut geht oder eine Schlägerei zur Folge haben wird, darüber schweigt sich Caravaggio aus; ihm geht es nur um die spannende Ungewißheit. Eine moralische Lektion wollte er sicher nicht erteilen. Zunächst waren die Menschen über ein solches Thema schockiert, denn es war ihnen zu nebensächlich und unerfreulich, um ein großes Gemälde zu füllen. Dennoch mußten sie die Art und Weise bewundern, in der Caravaggio die Gruppe zum Leben brachte. Zwei Dinge beeindruckten sie besonders: Caravaggios Beobachtungsgabe, mit der er seine Charaktere gerade im richtigen Augenblick festhielt, und sein dramati-

124 CARAVAGGIO. Berufung des Matthäus. Um 1597–1598. San Luigi dei Francesi, Rom. Trotz des ausgeprägten Realismus zeigt die Szene ein tiefes religiöses Gefühl. Im Gegensatz zu der reich kostümierten Gruppe erscheint Christus als einfacher Mann aus dem Volke. Seine strenge Geste ist der ›Erschaffung Adams‹ von Michelangelo (Abb. 87) entlehnt.

scher Gebrauch von Hell und Dunkel. Er war der erste Maler, der seine Bilder wie ein Regisseur ausleuchtete, indem er strahlende Lichter gegen scharf umrissene, tiefe Schatten stellte, um dadurch jedes Gesicht, jede Geste so ausdrucksvoll wie nur möglich zu gestalten.

In der *Berufung des Matthäus* (Abb. 124) unternahm Caravaggio ein noch kühneres Wagnis: Er malte ein Ereignis aus dem Leben Christi so, als wenn es sich zu seiner Zeit in einer römischen Straße abgespielt hätte. Die vor einem einfachen, düsteren Wirtshaus um einen Tisch hockenden Männer gehören zu der gleichen zwielichtigen Sorte von Soldaten wie die *Falschspieler.* Matthäus, inmitten dieser Gruppe, deutet fragend auf sich, als der Heiland mit einem seiner Jünger sich von rechts nähert. Beide erscheinen als arme, anspruchslose Menschen, gehen barfuß, und ihre schlichten Kleider stehen in scharfem Gegensatz zu den farbenprächtigen Gewändern der anderen. Christus hat seinen Arm gebietend erhoben; ein goldener Sonnenstrahl gibt seine Aufforderung an Matthäus weiter. Es ist ein ganz natürliches Licht, aber die Art, wie es auf Matthäus fällt und die Hand und das Gesicht Christi überraschend aus dem Dunkel

125 ADAM ELSHEIMER. Landschaft mit Tempel. Um 1608. Nationalgalerie, Prag. Als Deutscher in Italien verband Elsheimer Deutsches, Flämisches, Venezianisches und die klassische Haltung des Carracci. (Vgl. auch den ›Judenfriedhof‹ von Jacob van Ruisdael, Abb. 137.)

auftauchen läßt, verleiht ihm etwas Überirdisches. Dieser Lichtstrahl ist das Wichtigste am ganzen Bild. Wenn wir ihn wegdenken, schwindet mit ihm die ganze magische Ausdruckskraft, die es Caravaggio ermöglichte, eine inhaltsschwere biblische Erzählung in die Alltäglichkeit seiner eigenen Welt zu übersetzen und sie dennoch mit tiefem religiösem Gefühl zu erfüllen: durch die Entdeckung des Lichtes als einer eigenständigen Kraft gelang es ihm, eine Wirtshausszene im Sinne eines heiligen Geschehens zu verklären.

Der Naturalismus Caravaggios scheint auf die ausländischen Besucher weniger befremdend gewirkt zu haben als auf die Italiener, vielleicht, weil den nordeuropäischen Künstlern die mehr menschliche und alltägliche Auffassung religiöser Themen schon seit gotischer Zeit vertraut war. Wenn er auch in seiner Heimat nicht gerade ein ›verkannter Prophet‹ war, hat er doch seinen stärksten Widerhall in den Niederlanden, in Frankreich und Spanien gefunden. Seine Ideen beeinflußten alle bedeutenden Meister der Barockmalerei.

Der größte von ihnen, Peter Paul Rubens, stammte aus Flandern, dem südlichen Teil der Niederlande, der katholisch und unter spanischer Herrschaft geblieben war, als Holland, die nördliche Hälfte, seine Unabhängigkeit erreicht hatte. Als junger Mensch verbrachte er acht Jahre in Italien, um die Werke der großen Meister von der Hochrenaissance bis zu seiner Zeit zu studieren. Als er nach Antwerpen zurückkehrte, verstand er die italienische Kunst besser als jeder nordeuropäische Künstler vor ihm. Er vollendete das, was Dürer vor mehr als hundert Jahren begonnen hatte: eine Synthese zwischen der Kunst des Nordens und der des Südens zu schaffen. Die großartige *Kreuzigung* (Abb. 126) beweist, wieviel Rubens den Italienern verdankt: Wir begegnen der kraftvollen Körperlichkeit von Michelange-

126 PETER PAUL RUBENS. Kreuzigung. 1620. Koninklijk Museum voor Schone Kunsten, Antwerpen. Das Barock stellte die Dramatik der Kreuzigung überzeugend dar. Rubens schildert den Höhepunkt der Passion, da Christus ausgelitten hat, während der Schächer zur Rechten sich in Todesangst aufbäumt. Als der Hauptmann Christus die Lanze in die Brust stößt, bricht der Himmel auf. Die Menschen erkennen: »Wahrlich, dieser war Gottes Sohn«.

127 PETER PAUL RUBENS. Ankunft der Maria de Medici in Marseille. Um 1622. Alte Pinakothek, München. Kleine Ölskizzen zu großen Bildern sind oft besonders eindrucksvoll.

lo und Raffael, den glühenden Farben des Tizian, dem Schwung von Correggio, dem Naturalismus, der Dramatik und dem blendenden Licht Caravaggios, verbunden mit einer Ausdruckskraft, die an Grünewald erinnert. Die größte Leistung des genialen Künstlers aber war es, alle diese verschiedenartigen Anregungen so innig miteinander zu verschmelzen, daß sie nur dann zu erkennen sind, wenn man sie kunstwissenschaftlich analysiert. Wenn Rubens sich der ›Worte‹ anderer Künstler bediente, verlieh er ihnen einen neuen Klang und einen neuen Sinn, so daß sie Teil seiner eigenen, ganz persönlichen ›Sprache‹ wurden. Bei Rubens gibt es keine Ruhe, alle seine Formen sind mit einer flutenden, wirbelnden Bewegtheit erfüllt. Eine Komposition von ihm ist nie in sich abgeschlossen, sondern greift nach allen Seiten über die Grenzen der Leinwand hinaus, was bei einem Vergleich seiner *Kreuzigung* mit der des Mantegna (Abb. 73) deutlich wird. Der Gedanke, ein Bild auf diese Weise zu komponieren, stammt schon von Correggio, aber Rubens hat ihn weit übertroffen. »In der Welt«, so scheint er sagen zu wollen, »gibt es keine Grenzen für Raum und Zeit; das Leben, so wie wir es kennen, ist Wechsel, Bewegung und Handlung. Warum also soll es in der Kunst anders sein?« Dies alles wird uns durch die Abb. 127 noch deutlicher. Sie zeigt eine kleine Studie für ein großformatiges Bild aus einem Zyklus von Gemälden, den Rubens für die Königin von Frankreich geschaffen hat. Er schildert ihre Ankunft in Marseille (sie war Italienerin und kam mit dem Schiff nach Frankreich). Das Thema ist nicht sehr dramatisch, aber Rubens hat aus ihm ein prachtvolles Schauspiel gestaltet. Während die Königin über den Landungssteg hinunterschreitet, stößt der über ihrem Haupt schwebende Ruhmesengel in seine Trompete, und Neptun, der Gott des Meeres, steigt mit seinem fischschwänzigen Gefolge aus der Tiefe. Sie bewachten das Schiff der Königin auf der Überfahrt und jubeln nun über ihre glückliche Ankunft. In dieser festlich gestimmten Szene fließt alles ineinander über: Himmel und Erde, Phantasie und Wirklichkeit, Bewegung und Gefühl, ja selbst Zeichnung und Malerei sind in diesem Entwurf eins geworden. Rubens konnte den Aufbau des Bildes nicht entwickeln, ohne schon beim Beginn an Licht und Farbe zu denken, denn auch in der Wirklichkeit sind Formen von Licht und Farbe abhängig. Diese Zusammenschau unterscheidet sein Werk und die barocke Kunst als solche von allen früheren Stilen. Rubens' begabtester Schüler was Anthonis van Dyck (Abb. 129).

128 PETER PAUL RUBENS. Helene Fourment. Um 1638. Kunsthistorisches Museum, Wien. Mit diesem Bild verherrlicht der alternde Künstler die Schönheit der jungen Frau, die er 1630 heiratete und die fortan sein bevorzugtes Modell war. Haltung nach einem Gemälde Tizians.

129 ANTHONIS VON DYCK. James Stuart, Herzog von Lennox. Um 1635. Metropolitan Museum, New York. Van Dyck war Rubens' begabtester Schüler. Dieses Bildnis, nach seiner Übersiedlung nach England geschaffen, zeichnet sich weniger durch menschliche Wärme als durch standesbewußte Eleganz aus.

Holland

Während Rubens zum berühmtesten Künstler der katholischen Länder Europas wurde, traten die ersten großen Maler der protestantischen Welt in Holland hervor. Als eine wohlhabende Nation von Kaufleuten und Seefahrern und stolz auf ihre hart erkämpfte Freiheit, war bei den Holländern der Wunsch nach Bildern, auf denen sie selbst oder ihr tägliches Leben dargestellt wurden, so groß, daß ihre Künstler auch ohne kirchliche Aufträge ausreichend zu tun hatten. Im Holland des 17. Jahrhunderts gab es wahrscheinlich mehr Maler und Kunstsammler als in jedem anderen Land. Bilder waren ebenso beliebt wie heutzutage Filme oder Sportveranstaltun-

130 HENDRICK TERBRUGGHEN. *Die Berufung des Matthäus.* 1621. *Centraal Museum, Utrecht. Obwohl das Bild eindeutig auf Caravaggio zurückgreift, enthält es auch Erinnerungen an Marinus van Roymerswaele. Der Kopf des Alten rechts ähnelt Gesichtern von Hieronymus Bosch.*

131 FRANS HALS. Junker Ramp und seine Liebste. 1623. Metropolitan Museum, New York. Die Erfassung des Unmittelbaren (vgl. Abb. 123) erreichte bei Frans Hals ihren Höhepunkt; die flüchtige Pinselführung erweckt den Eindruck, als sei die Hand rascher gewesen als das Auge.

gen, und viele Menschen ließen sich durch die Hoffnung auf Erfolg dazu verleiten, Maler zu werden, häufig, ohne sich durchsetzen zu können. Auch kam es gelegentlich vor, daß selbst die bedeutendsten holländischen Künstler plötzlich die Gunst des Publikums verloren und der Härte des Lebens ausgeliefert waren. Die Hochkonjunktur dauerte freilich nur ein halbes Jahrhundert, lange genug aber, diese Jahre zu einem der wichtigsten Kapitel in der Geschichte der Malerei werden zu lassen.

Nur einige holländische Maler besuchten Rom am Anfang des Jahrhunderts. Diese Künstler, die man nach ihrer Heimatstadt unter der Bezeichnung ›Schule von Utrecht‹ zusammenfaßt, wurden von dem Stil des Caravaggio so nachhaltig beeinflußt, daß man sie oft kaum von ihm unterscheiden kann. Die *Berufung des Matthäus* von Hendrik Terbrugghen (Abb. 130), des Begabtesten dieser Malergruppe, ist ein unmittelbares Echo auf die Darstellung des gleichen Themas von Caravaggio, auf seinen Naturalismus, seine Lichtgebung und Erfassung des Augenblicklichen (Abb. 124). Diese Elemente wurden von Terbrugghen und seinen Freunden nach Holland mitgebracht und den anderen Malern als Anregung vermittelt. So waren die ›Utrechter‹ das Bindeglied zwischen Caravaggio und den großen Meistern ihrer Heimat, welche es besser als sie selbst verstanden, die neuen italienischen Ideale zu verarbeiten. Dies gelang Frans Hals, dem bedeutendsten Maler von Haarlem, in dem wundervoll lebendigen Bildnis des *Junker Ramp und seiner Liebsten* (Abb. 131). Man kann sich den jungen Edelmann des Tizian oder den *Georg Gisze* von Holbein nur schwer in einer solchen Situation vorstellen, trinkend und bezecht. Offensichtlich schätzte der junge holländische Edelmann Ausgelassenheit mehr als Würde und ließ sich gern als Hauptfigur eines fröhlichen Gelages darstellen. Noch stärker als Caravaggio brachte Frans Hals diese überschäumende Lebenslust zum Ausdruck und stimmte alles auf den Augenblick ab: das Hochheben des Weinglases und – als Wichtigstes von allem – die Malweise. Frans Hals arbeitete mit breiten, flotten Pinselstrichen, ohne lange bei den Details zu verweilen, was dem Bild etwas von der Frische eines ersten Entwurfs gibt (vgl. Abb. 127). Wir sehen den Künstler förmlich vor

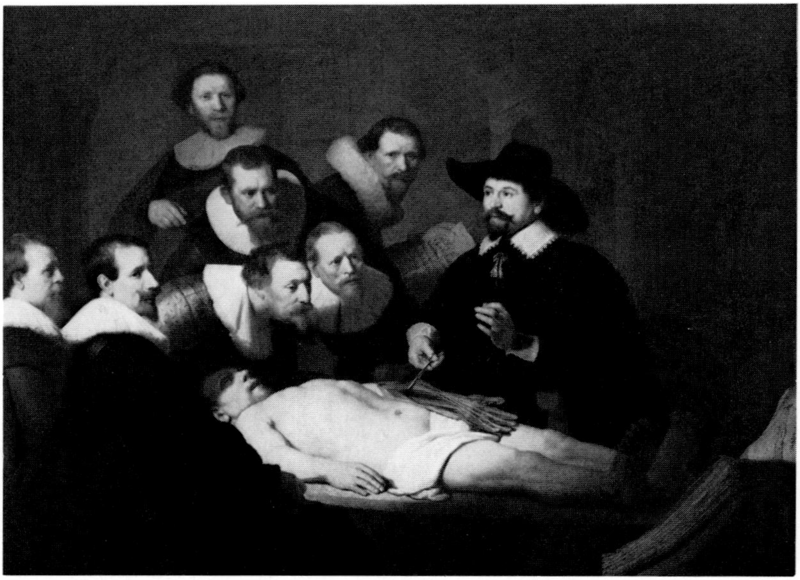

132 REMBRANDT. Die Anatomie des Dr. Tulp. 1632. Mauritshuis, Den Haag. Durch dieses erste monumentale Gruppenbildnis wurde Rembrandt in Amsterdam berühmt. Es zeigt eine Vorlesung des großen Anatomen vor den Mitgliedern der Amsterdamer Chirurgengilde; als Zeichen seiner Würde behält er den Hut auf. Zwei Hörer (oben und ganz links) wurden nachträglich hinzugefügt, was die ursprüngliche Komposition beeinträchtigt.

uns in seinem Kampf mit der Zeit, wie er mit jeder Sekunde rechnete. In Wirklichkeit brauchte Frans Hals natürlich nicht Minuten, sondern viele Stunden, um ein lebensgroßes Gemälde wie dieses zu schaffen. Aber es bleibt der Eindruck eines Augenblickswerkes, den er wollte.

Frans Hals zählte zu den erfolgreichsten Porträtmalern Hollands, aber als er älter wurde wandte sich das Publikum von ihm ab – er war außer Mode gekommen. Rembrandt, das größte Genie der holländischen Kunst, erfuhr ein ähnliches Schicksal. Abb. 133 zeigt eines seiner Frühwerke, das 1633, kurz nachdem er sich in Amsterdam niedergelassen hatte, entstanden ist. Für mehr als ein Jahrzehnt gehörte es bei der wohlhabenden Bürgerschaft dieser großen Handelsstadt zum guten Ton, sich von Rembrandt porträtieren zu lassen (Abb. 132). Er selbst dagegen interessierte sich mehr für religiöse Themen, von denen er zahlreiche Bilder schuf, freilich mei-

133 REMBRANDT. Der Sturm auf dem See Genezareth. 1633. Isabella Stewart Gardner Museum, Boston. Viele Werke Rembrandts vor 1650 zeigen kraftvolle Bewegtheit und dramatische Kontraste, die typischen Merkmale der Barockkunst.

134 REMBRANDT. Der polnische Reiter. Um 1655. Frick Collection, New York. Dieses reiche Werk besticht durch seine subtile Farbgebung und Komposition. Alles scheint hier in Fluß zu sein, das Licht, die Stimmung, ja selbst die Bewegung von Reiter und Pferd.

stens im Auftrag von Privatleuten und nicht für Kirchen. In dem Bild *Sturm auf dem See Genezareth* (Abb. 133) kommt Rembrandt nahe an Rubens heran. Die Gewalten von Wind und Wasser prallen so ungestüm zusammen, daß sie ineinander überzugehen und das Boot zwischen sich zu zermalmen scheinen. Für die Holländer, welche als Seeleute oder Deichbauern die Gefahren des Meeres häufig aus eigener Erfahrung kannten, hatte diese Szene einen ganz unmittelbaren Bezug zu ihrem eigenen täglichen Leben. Sie konnten sich selbst in diesem üblichen Fischerboot ihrer Zeit vorstellen, um so mehr, als die Jünger Christi die gleiche Furcht wie gewöhnliche Menschen an den Tag legen; einer von ihnen ist sogar seekrank. Das Wichtigste an diesem Bild aber ist das Licht, das aufflammend wie ein greller Blitz die Szene erhellt. Wieder ist die dramatische Unmittelbarkeit von Caravaggio zu spüren, die sich Rembrandt zu eigen gemacht und zu einer neuen Ausdrucksstärke gesteigert hat.

Je älter Rembrandt wurde, desto mehr schwand sein Interesse an bewegten Handlungen. Statt dessen gewann er eine tiefere Einsicht in das Drama des menschlichen Denkens und Fühlens. *Der polnische Reiter* (Abb. 134) ist etwa zwanzig Jahre nach dem Genezarethbild in diesem verinnerlichten Stil entstanden. Wir wissen nicht, ob der Reiter wirklich ein Pole ist (der Titel wurde erst später geprägt), sondern nur, daß er eine fremdartige, östlich anmutende Uniform trägt.

Von der Bedeutung, die Rembrandt in das Bild legte, können wir uns nur eine ungewisse Vorstellung machen. Er war wie Dürer Graphiker und schätzte wahrscheinlich dessen berühmten Kupferstich *Ritter, Tod und Teufel* (Abb. 106). Auch der *Polnische Reiter* ist ein christlicher Streiter, der tapfer durch die gefahrvolle Welt reitet. Aber die Abenteuer dieses Weges und sein Ziel werden nicht ausführlich geschildert wie auf dem Dürerschen Blatt, sondern bleiben unserer Phantasie vorbehalten. Die düster gestimmte Landschaft, die dunklen Farben und sein ernster, wachsamer Blick deuten auf unsichtbare Gefahren.

Wie *der Sturm auf dem See Genezareth* an Rubens, so erinnert der *Polnische Reiter* an Giorgione und Tizian. Auch Rembrandt wurde hier zu einem Poeten des Lichtes und der Farbe, die Stimmung verdrängt die Handlung. Giorgione (Abb. 92) beachtete die Grenzen seines Bildfeldes. Bei Rembrandt dagegen sprengt die Darstellung den Rahmen. Sein Reiter scheint ihn zu durchqueren und bald den Blicken zu entschwinden. Er folgt der Richtung des Lichtes, das ihm den Weg weist. Der Stil des späten Rembrandt hat gewisse Ähnlichkeit mit dem von Rubens, wenn er auch anderes damit ausdrückt.

135 REMBRANDT. David vor Saul. Um 1660. Mauritshuis, Den Haag. Die lebhafte Pinselführung erinnert an das Spätwerk von Tizian (Abb. 95). Daß Rembrandt Juden als Modell verwendete, entsprang seinem Wunsch nach Originaltreue. Er liebte dieses Volk, auf dessen Antlitz sich das geistige Erbe und die Tragödie seiner Vergangenheit abzeichnet.

Die magische Kraft des Lichtes spielt in den späten religiösen Werken Rembrandts, etwa in dem unvergeßlichen Bild *David vor Saul* (Abb. 135), eine noch bedeutsamere Rolle. Die Bibel berichtet, daß David nach seinem Sieg über Goliath in die königliche Familie aufgenommen wurde. Als das Volk den jungen Helden mehr pries als Saul, schleuderte dieser eines Tages plötzlich seinen Speer nach dem Knaben, während er die Harfe schlug. Was für ein reich bewegtes Bild hätte Rubens aus diesem Thema gemacht! Rembrandt dagegen schilderte nicht den eigentlichen dramatischen Vorgang, sondern seinen gedanklichen Hintergrund. Sein Saul ist nicht einfach das Opfer einer unbeherrschten Leidenschaft, sondern ein trauriger, einsamer Mensch, der, von seinen Gefühlen überwältigt, seine königliche Würde vergißt – an einem Vorhang wischt er sich die Tränen ab. Was mag ihn so tief bewegt haben? Hat das Spiel Davids in ihm Gewissensbisse seiner verbrecherischen Gedanken geweckt? Oder trauert er angesichts dieses neuen Helden der eigenen verlorenen Jugend nach? David erscheint demgegenüber unbeteiligt, ein junger Musikant, der in die Saiten greift. Rembrandts Interesse und Mitgefühl gelten nur dem unglücklichen König. Durch das wundervolle Spiel des Lichtes auf dessen Gesicht offenbart er uns allen, was er während seines Lebens von den verborgenen Wegen des menschlichen Geistes ergründen konnte.

Ein Gemälde wie dieses läßt sich nur durch eine nachdenkliche Betrachtung ganz erfassen. Für den Geschmack der meisten holländischen Kunstfreunde dieser Zeit war es zu hintergründig. Diese zogen Darstellungen von vertrauten Dingen und Erlebnissen vor, Bil-

136 JAN VAN GOYEN. Das Fort am Fluß. 1644. Museum of Fine Arts, Boston. Van Goyen entdeckte die Schönheit der holländischen Landschaft: dunstige Atmosphäre und den in Flüssen und Grachten sich spiegelnden grauen Himmel.

137 JACOB VAN RUISDAEL. Der Judenfriedhof. Um 1655. Gemäldegalerie, Dresden. Ruinenlandschaften als Allegorie des Zeitlichen sind bezeichnen für die Barockkunst. Elsheimers antike Ruinen (Abb. 112) beschwören das verlorene goldene Zeitalter von Griechenland und Rom; die mittelalterlichen Ruinen Ruisdaels in der gewitterschwülen, düsteren Landschaft sind ein mahnender Hinweis auf die Vergänglichkeit.

der, wie *Das Fort am Fluß* von Jan von Goyen (Abb. 136) mit seinem Ausblick auf eine ferne Stadt, seinen Segelbooten und Windmühlen. An diesem Motiv ist nichts Besonderes – man begegnet ihm überall an der holländischen Küste –, aber die Menschen schätzten es gerade, weil es ihnen so bekannt erschien. Van Goyen freilich war weniger an den Einzelheiten als an der charakteristischen Stimmung der tief gelegenen ›Niederlande‹ interessiert, die immer der Gnade von

Wind und Wasser ausgeliefert sind. Der weite graue Himmel unseres Bildes scheint ruhig, und doch liegt auch in ihm das Drohende jener Kräfte, deren entfesselte Wut wir in dem *Sturm* von Rembrandt sahen.

Van Goyen spezialisierte sich wie viele holländische Künstler des 17. Jahrhunderts auf einen bestimmten Themenkreis. Die meisten seiner Arbeiten zeigen Landschaften von der Art des eben betrachteten Bildes. Wir begegnen aber auch anderen Stimmungen und Motiven, wie dem *Judenfriedhof* von Jacob van Ruisdael, dem bedeutendsten Vertreter der holländischen Landschaftsmaler (Abb. 137). Auch hier bilden die Naturgewalten das eigentliche Thema, wobei die Szenerie frei erfunden ist. Die über eine wilde, einsame Landschaft dahinziehenden Gewitterwolken, die Ruinen, der Sturzbach, der sich seinen Weg zwischen den Grabsteinen hindurchbahnt, schaffen

138 WILLEM CLAESZ. HEDA. Stilleben. 1634. Museum Boymans-Van Beuningen, Rotterdam. Die Vorläufer dieser Stilleben, die man auch als ›Frühstückstafeln‹ bezeichnet, sind Bilder wie die ›Familie‹ von Heemskerk.

139 JAN STEEN. Der Nikolausabend. 1660–1665. Rijksmuseum, Amsterdam. Keiner der holländischen Genremaler beobachtete seine Umgebung so scharf und mit so viel Humor wie Jan Steen.

eine düster-schwermütige Stimmung. Ruisdael will uns sagen, daß nichts auf Erden Bestand hat; Zeit, Wind und Wasser werden alles zu Staub zerbröckeln, nicht nur die Werke des Menschen, sondern auch die Bäume und Felsen. In diesem Sinne muß er auch sein eigenes Leben gewertet haben, denn er hat seinen Namen auf den vordersten Grabstein geschrieben.

Eine andere Gruppe von Malern bevorzugte das Stilleben. Abb. 138 gibt ein schönes Beispiel, das Willem Claesz. Heda 1634 gemalt hat. Schon frühere Meister bekundeten ihr Interesse am Gegenstand als solchem (vgl. den *Georg Gisze* von Holbein, Abb. 113), aber nur in Verbindung mit der Darstellung von Menschen. Warum haben die Maler der Barockzeit dem Stilleben eine solche Bedeutung zugemes-

140 JAN VERMEER VAN DELFT. Der Brief. Um 1666. Rijksmuseum, Amsterdam. Vielleicht das ›modernste‹ Bild Vermeers. Das Ineinandergreifen der Formen ist so exakt und gleichzeitig so gewagt, daß man Vergleichbares nur im 20. Jahrhundert findet.

141 JAN VERMEER VAN DELFT. Im Atelier. Um 1665–1670. Kunsthistorisches Museum, Wien. Vermeers Liebe galt einer Kunst der Stille und Ordnung, der durch Bewegung des Lichtes zum Leben gebrachten schönen Formen und Farben. Er erscheint uns unter seinen holländischen Zeitgenossen als der ›modernste‹.

sen und nach welchen Gesichtspunkten stellen sie derartige Bilder zusammen? In unserem Beispiel sind die silberne Schale und der große Glaspokal als besonders schöne und kostbare Exemplare an sich reizvoll; die Austern gehören zum Wein im Pokal, und die Zitrone zu den Austern. Obwohl die Silberschale umgefallen und eine Auster aufgebrochen ist, haben wir nicht den Eindruck, als wenn dieses köstliche Mahl wirklich zum Essen gedacht wäre; die ganze Anordnung ist viel zu gewählt und ausgewogen. Dagegen verdeutlicht es die Liebe des Künstlers für das Licht und seine Spiegelungen auf diesen mannigfaltigen Oberflächen. Gerade dies stempelt unser Stilleben nicht nur zu einem Bild des Barocks, sondern zu einem Werk holländischer Malerei zwischen 1630 und 1640. Wenn wir es neben Rembrandts *Sturm auf dem See Genezareth* von 1633 betrachten (Abb. 133), vermutet man nicht, bei diesen so verschiedenartigen Bildern auf etwas Gemeinsames zu stoßen; und doch finden wir bei beiden den gleichen silbrigen Ton: das ›Lichtempfinden‹ ist dasselbe.

Bevor wir Holland verlassen, wollen wir noch einen kurzen Blick auf die Genremaler werfen, die Künstler, welche das tägliche Leben schildern. Der *Nikolausabend* von Jan Steen (Abb. 139) zeigt uns eine Familie zur Weihnachtszeit. Der Nikolaus hat eben unter die Kinder Spielzeug, Süßigkeiten und den traditionellen holländischen Honigkuchen verteilt. Jeder freut sich, bis auf den bösen Jungen, der zur Strafe eine Haselrute in seine Schuhe bekam. Jan Steen hat diese Geschichte sehr reizvoll erzählt und sie mit der Vielfalt warmer, menschlicher Gefühle und mit prachtvollen Details bereichert. Nur wenige Künstler konnten uns die Freuden und Nöte einer Familienfeier, wie sie sich jedes Jahr auch heute noch abspielt, in allen Einzelheiten so nahebringen.

Nach dem fröhlichen Getobe auf dem Nikolausbild Jan Steens wirken die Ruhe und Ordnung des Bildes *Im Atelier* von Jan Vermeer van Delft (Abb. 141) beinahe befremdend. Beide Werke sind ungefähr zur selben Zeit entstanden – in den sechziger Jahren – aber gerade deshalb ist ihre grundsätzliche Verschiedenheit besonders hervorzuheben. Steen, der Erzähler, hatte den lebendigen Sinn für das Un-

142 PIETER DE HOOCH. Die junge Mutter. Um 1660. Staatliche Museen zu Berlin – Preußischer Kulturbesitz, Gemäldegalerie. Die besten der Interieurs von de Hooch zeigen das gleiche kühle Licht und manches von Vermeers geometrischem Sinn für Ordnung; doch ist der beschreibende und emotionale Charakter bei ihm stärker.

mittelbare, den wir von Frans Hals her kennen. Vermeer dagegen schildert uns eine zeitlose Welt, die wie ein Stilleben wirkt und in der sich nichts bewegt, nicht einmal die Menschen.

Und doch erscheint sie merkwürdigerweise nicht wie erstarrt. Der Raum und alles in ihm erstrahlt in milder Ruhe wie verzaubert. Das kühle, klare Tageslicht, das von links einströmt, verleiht allem Leben, indem es den hellblauen Umhang des Modells aufleuchten läßt, den Kandelaber zum Glühen bringt oder sich wie Tau auf dem Vorhang im Vordergrund niederschlägt. Nun begreifen wir das Geheimnis des Zaubers: er läßt uns das Wunder des Sehens erleben. In jungen Jahren hat Vermeer viel von den Malern der Utrechter Schule gelernt und durch sie verdankt er manches Caravaggio. Aber die stille Gelassenheit seines Stiles erinnert uns noch an andere – an die van Eyck, die ersten großen ›Entdecker der Wirklichkeit‹. In gewissem Sinne vollendete Vermeer das, was sie begannen, doch war er selbst auch ein bedeutender Neuerer. Fast bis in unsere Tage verkannt, mutet er uns in seiner Auffassung moderner an als jeder andere holländische Maler seiner Zeit.

Spanien und Frankreich

In der gesamten Kunst des 17. Jahrhunderts hat sich nur noch ein Maler wie Vermeer dem Wunder des Sehens ganz hingegeben: Diego Velázquez, der größte Meister des spanischen Barock. Auch er war von Caravaggio beeinflußt. Zum Hofmaler des Königs von Spanien ernannt, lernte er Rubens kennen und studierte die Werke Tizians. Sein reifer Stil ist jedoch keinem von diesen verwandt und ebensowenig ›erklärbar‹ wie der des Vermeer. Die meisten Werke von Velázquez waren Porträts nach Mitgliedern der königlichen Familie und hatten feststehenden Formeln zu folgen (Abb. 143), aber gelegentlich schuf er auch Bilder ganz nach seinem eigenen Gefühl, wie etwa *Las Meninas*, die Hofdamen (Abb. 144). Man könnte es auch ›Der Künstler in seinem Atelier‹ nennen, denn es zeigt uns Velázquez bei der Arbeit an einer riesigen Leinwand – vermutlich beim Malen des Bildes, welches wir hier vor uns sehen. In der Mitte befindet sich die kleine Prinzessin Margarita mit ihren Spielgefährtinnen und Hofdamen. Ihre Eltern, der König und die Königin, sind gerade in den Raum getreten; ihre Gesichter tauchen in dem Spiegel an der Rückwand auf. Sie haben diese Szene also genauso gesehen wie wir. Mit anderen Worten, Velázquez malte einen ›königlichen Blick‹ in sein Atelier. Aber sah das Königspaar wirklich alles, was uns so begeistert? Zum Beispiel das Spiel des im Vordergrund flutenden Sonnenlichts? Die Pinselführung von Velázquez mag uns auf den ersten Blick an Frans

143 DIEGO VELAZQUEZ. Infant Carlos. Um 1625. Prado, Madrid. Kurz nach der Übersiedlung des Velázquez nach Madrid entstand dieses Porträt. Klare Umrisse, scharfe Sonderung von Licht und Schatten und feierliche Würde waren schon für die Schaffensperiode in Sevilla bezeichnend.

Hals erinnern, aber bei genauer Betrachtung erweist sie sich als viel abwechslungsreicher und subtiler, denn nicht die Bewegungen der Gestalten werden hier eingefangen, sondern die des Lichts auf den Figuren. Da für Velázquez Farbe und Form aus dem Licht kamen, verwendet er dieses in seinem Bild so unterschiedlich; er will zeigen, wie es die Dinge verändern kann, wie unter seinem Einfluß die Farben eines Kleides von warm in kalt wechseln und ein knittriges Gewebe sich zu einem weichfließenden Stoff verwandelt. Wenn wir nur ein einziges Werk auswählen dürften, um mit diesem die ›Sprache‹ des Barock zu charakterisieren, dann könnten wir schwerlich ein geeigneteres finden als dieses.

144 DIEGO VELAZQUEZ. Las Meninas. 1656. Prado, Madrid. In diesem Meisterwerk seiner Spätzeit verband Velázquez glänzende Porträtkunst mit poetischer Licht- und Schattenmalerei, die ihn unmittelbar neben die besten holländischen Genremaler stellt (vgl. Abb. 141, 142).

145 ESTEBAN MURILLO. Zwei Frauen am Fenster. Um 1665–1675. National Gallery, Washington (Widener Collection). Die Tradition der Genremalerei von Sevilla lebt in Murillo weiter. Dieses bezaubernde Bild regte Goya wahrscheinlich zu einem seiner Gemälde an (vgl. Abb. 164).

Wenn wir von Spanien nach Frankreich kommen, treffen wir am Königshof in Paris auf einen ganz anderen Geschmack. König Ludwig XIV. ließ sich ›Sonnenkönig‹ nennen, weil er zu verstehen geben wollte, daß alles in Frankreich von seinem Willen genauso abhängig war, wie das irdische Leben von der Sonne. Selbst auf den Stil der französischen Malerei wollte er Einfluß ausüben, und er tat dies mit Hilfe der Académie Royale, einer offiziellen Schule für Maler und Bildhauer. Früher hatten die jungen Künstler in der Werkstatt eines älteren Meisters ihre Ausbildung erhalten. Auch während der Barockzeit war das noch üblich. Da aber seit der Renaissance, wie wir gesehen haben, die handwerkliche Fertigkeit und Erfahrung für den Künstler allein nicht mehr ausreichte und er vieles aus dem Bereich der Wissenschaft und Theorie lernen mußte, gründeten einige Meister private Akademien, in welchen sie die jungen Künstler diese Dinge lehrten. An der Académie Royale Ludwigs XIV. wurden Theorie und Praxis in einem umfassenden Lehrplan vereinigt mit dem Ziel, den Studierenden festgelegte Richtlinien für Stil und Schönheit zu vermitteln.

146 NICOLAS POUSSIN. *Landschaft mit dem Begräbnis des Phokion. 1648. Louvre, Paris. Die herbe Schönheit geht zurück auf die ›klassischen‹ Landschaften Carraccis. Poussins Auffassung von der Beziehung des Menschen zur Natur entsprang der Sehnsucht nach Harmonie und Ewigkeit. Im Gegensatz dazu steht der ›Judenfriedhof‹ von Ruisdael (Abb. 137).*

147 NICOLAS POUSSIN. Raub der Sabinerinnen. 1635–1537 Metropolitan Museum, New York. Poussin, in Italien heimischer als in Frankreich, war im Barock der bedeutendste Vertreter der klassischen Kunst, die über Guido Reni zu Raffael und der römischen Antike zurückreicht.

Dieses Programm wurde zum Vorbild für alle späteren Akademien, und seine Auswirkung ist noch in den Kunstschulen unserer Tage zu spüren. Es bewährte sich aber nicht sehr; denn das Entscheidende für die Kunst bleibt am Ende doch die schöpferische Phantasie, und diese läßt sich nicht in Regeln pressen. Künstler sind von Natur aus ›regellos‹, und die besten von ihnen haben sich auch gewöhnlich von den Akademien ferngehalten. Selbst der Mann, auf dessen Werk der ›ideale Stil‹ der Académie Royale basierte, zog es vor, in sicherer Entfernung vom höfischen Zwang, in Rom zu leben. Es war Nicolas Poussin, der bedeutendste französische Maler des 17. Jahrhunderts. Der *Raub der Sabinerinnen* (Abb. 147) läßt uns erkennen, warum die Académie gerade ihn als leuchtendes Beispiel für ihre Schüler betrachtet hat. Das Thema behandelt eine bekannte Legende aus den ersten Tagen Roms. Dort herrschte anfänglich ein großer Frauenmangel, denn die Stadt war von einer Schar von Abenteurern gegründet worden. Der Versuch der Römer, von ihren Nachbarn, den Sabinern, Frauen zu erhalten, schlug fehl. Deshalb griffen sie zu einer List: Sie luden alle Sabiner zu einem friedlichen Fest in ihre Stadt ein, fielen dann plötzlich bewaffnet über sie her und entführten die Frauen mit Gewalt. Die Darstellung dieses Geschehens war für Poussin natürlich durch seinen Reichtum an Bewegungen und Gefühlen besonders reizvoll. Er suchte diesen Vorgang möglichst prächtig darzustellen. So bildete er seine Figuren nach dem Vorbild klassischer Statuen und der Meister der römischen Hochrenaissance (vgl. Abb. 90). Doch war Poussin weit davon entfernt, sich dem Stil seiner eigenen Zeit zu verschließen. Die flutende Bewegung in seinem Bild erinnert uns an Rubens, und das Licht hat viel von der Schärfe des Caravaggio. Zeichnung und Plastizität waren Poussin offensichtlich wichtiger als das Malerische – er betrachtete die Form als etwas von Licht und Farbe Unabhängiges –, und doch zeigt sich im *Raub der Sabinerinnen* ein feines Farbempfinden, und der sanfte, stimmungsvolle Landschaftshintergrund mutet fast venezianisch an. Das ganze Bild offenbart einen Künstler, der wußte, was er wollte. Poussins Stil war nicht zufällig, er ist das Ergebnis wohlüberlegter Bemühungen. Sein Ziel war, so scheint es, eine Kunst des ›goldenen Mittelweges‹, in welcher Form und Farbe, Denken und Fühlen, Wahrheit und Schönheit, Ideal und Realität sich harmonisch miteinander verbanden. Da dies alles viel Zucht und Selbstkontrolle erforderte, wurde der Stil Poussins für ›lehrbarer‹ gehalten als der jedes anderen bedeutenden Meisters. Poussin selbst schrieb in seinen Briefen an Freunde und Gönner viel über sein Werk, zuweilen sprach er nur von einem einzelnen Bild und führte dabei bis ins Detail aus, was er getan hatte und warum; oder er versuchte Theorien und Gedanken über die Malerei im allgemeinen niederzulegen, immer davon überzeugt, daß man Kunst genauso erklären könne, wie jeden anderen Gegenstand. Die Lehrer an der Akademie verfolgten die gleiche Methode, indem sie ein Bild so betrachteten, als wenn es irgendein komplizierter Mechanismus wäre. Einer von ihnen hat sogar eine Wertungstabelle für die großen Maler aller Zeiten angelegt, in welcher jedem von ihnen Noten für Komposition, Zeichnung, Farbe und Ausdruck gegeben wurden – im letzten Punkt erhielt Caravaggio eine Null, also die schlechteste Note! Dies alles brachte natürlich keinen zweiten Poussin hervor, aber trotzdem achten wir seine Ideen. Vor allem jedoch bewundern wir sein Werk.

Die Zeit der Revolution

Wenn wir an das 18. Jahrhundert denken, erinnern wir uns vor allem der amerikanischen Revolution von 1776 und der französischen von 1789. Gleichzeitig sehen wir in diesem Jahrhundert die Zeit der Aufklärung und der großen Sozialreformer, die glaubten, daß alles menschliche Handeln durch Vernunft und gesunden Menschenverstand gesteuert werden sollte – eine geistige Revolution, die der politischen um viele Jahre vorausging. Diese Betrachtung gibt uns aber nur ein recht einseitiges Bild jener Zeit. Sie war ohne Zweifel eine Periode des Überganges, doch vollzogen sich die meisten Veränderungen nicht von heute auf morgen, sondern langsam, und bis in das ausgehende 18. Jahrhundert unterschied sich das Leben kaum von dem im 17.

Auch in der Kunst wurden die während der Barockzeit entwickelten Richtungen noch lange Zeit ohne gewaltsame Unterbrechung fortgeführt. Wir sahen schon früher, wie freizügig neue künstlerische Ideen von einem Land zum anderen vermittelt werden konnten, und deshalb überrascht es nicht, wenn wir dem Prachtaufwand des Rubens, dem Realismus der holländischen Meister und den strengen Idealen Poussins an verschiedensten Orten unter veränderten Umständen immer wieder begegnen.

Frankreich erlebte in den ersten Jahren des Jahrhunderts einen auffallenden Geschmackswandel. Während der Regierungszeit Lud-

148 ANTOINE WATTEAU. Mezzetin. Um 1715. Metropolitan Museum of Art, New York. Dieser für das Komödientheater der Rokokozeit typische Charakterdarsteller ist in einer fließenden, duftigen Manier gemalt, die auf Rubens zurüchweist.

149 FRANÇOIS BOUCHER. Schäfer und Schäferin. 1755. Louvre, Paris. In Boucher vereinen sich Vor- und Nachteile der Rokokomalerei; bestechend ist die überfeinerte Darstellungskunst, doch erscheint der Reiz seiner Bilder, die die menschliche Wärme von Watteau verloren haben, fast dekadent.

wigs XIV. hatte die Académie Royale das künstlerische Leben des Landes weithin überwacht und der ›Sonnenkönig‹ ein strenges Auge auf seine Höflinge geworfen. Als er 1715 starb, war es, als ob der ganze französische Hof aufatme. Die Adligen flohen aus dem königlichen Schloß in Versailles, in dem sie bisher leben mußten, und bauten sich prunkvolle Stadthäuser in Paris. Diese ließen sie von Künstlern ausschmücken, die mit der akademischen Tradition brachen und nicht mehr Poussin, sondern Rubens zum Vorbild nahmen, in dessen Werk sie alle die Dinge verkörpert fanden, welche die Académie verfemt hatte: Farbe, Licht, Bewegung und eine ungezwungene Lebensfreude. Der aus dem an Flandern grenzenden Norden Frankreichs stammende Antoine Watteau war der erste und bei weitem begabteste Maler dieser neuen Ära, die wir gewöhnlich als Rokoko bezeichnen. *Der Mezzetin* (Abb. 148) kennzeichnet das Lieblingsthema Watteaus – die Charaktere der zu dieser Zeit sehr beliebten Stegreifkomödie. Die lockere, leichtflüssige Malweise und die prachtvolle Farbigkeit lassen an dem Einfluß von Rubens keinen Zweifel aufkommen, auch wenn Watteau die schwungvolle Energie des großen Flamen fehlt. Dafür begegnen uns zarte und grazile Formen und eine halb fröhliche, halb schwermütige Stimmung, die ein wenig an das *Ländliche Konzert* von Giorgione (Abb. 92) erinnert. Freilich hat Watteau die Situation in seinem Bilde deutlicher charakterisiert: Mezzetin ist dazu verdammt, seiner Angebeteten ein Ständchen zu bringen, ohne jede Hoffnung, von ihr erhört zu werden – er ist einer jener tragischen Spaßmacher, die in volkstümlichen Erfolgsstücken

150 JEAN BAPTISTE GREUZE. Die Dorfbraut. 1761. Louvre, Paris. Greuze galt als Überwinder des ›dekadenten‹ Rokokostiles und als Apostel des ›Zurück zur Natur‹. Uns erscheinen seine Bilder theatralisch und gekünstelt.

wie zum Beispiel der Oper *Der Bajazzo* bis auf den heutigen Tag lebendig geblieben sind.

Die Liebe Watteaus zum Theater erschließt uns den Geist des Rokoko. Es war, wenigstens für die Oberschicht, eine Epoche des spielerischen Zeitvertreibs, der bewußten Selbsttäuschung, ihr Dasein wäre genauso unbeschwert wie das der Hirten und Schäferinnen des François Boucher (Abb. 149), die in einer Märchenwelt leben und ihre ganze Zeit dem Spiel der Liebe weihen können, da sich ihre Schafe nie verirren. Die letzte Königin von Frankreich, Marie Antoinette, ließ sich im Schloßpark von Versailles sogar einen Bauernhof errichten, wo sie und ihre Freunde sich als Milchmägde und Landarbeiter vergnügen konnten, wenn sie der Etikette des höfischen Lebens überdrüssig waren.

Die französische Malerei des 18. Jahrhunderts aber zeigte besonders während der dreißig Jahre, welche der Revolution unmittelbar vorausgingen, noch ein anderes Gesicht. In ihm spiegelt sich die wachsende Bedeutung des kleinen Mannes, der als der ›Bürger‹ von 1789 zum Herrscher Frankreichs werden sollte. Im Jahre 1761, als Boucher mit seinen gepuderten Hirten und Schäferinnen noch dem Geschmack des Adels frönte, schuf Jean-Baptiste Greuze seine *Dorfbraut* (Abb. 150), ein Motiv aus dem täglichen Leben des Volkes, das ihm das Lob aller namhaften Kritiker einbrachte. Zwar kam auch er stilistisch vom Rokoko her, doch thematisch ließ er sich von den realistischen Genremalern Hollands anregen. Die Beweggründe, die ihn zur Darstellung einer solchen Szene veranlaßten, waren aber ganz andere als die der holländischen Meister. Mutet uns Jan Steens *Nikolausabend* (Abb. 139) wie ein wirkliches, mit Humor und Mitgefühl beobachtetes Ereignis an, so erscheint die *Dorfbraut* wie ein gestelltes Schauspiel. Die Braut sieht zu verschämt aus, ihre Mutter zu verweint, der Großvater zu ehrwürdig, um überzeugen zu können. Wir spüren, daß Greuze uns um jeden Preis ans Herz rühren wollte – »schau doch, wie rührend, wie aufrichtig diese armen Leute sind!« scheint er zu sagen. Jede Einzelheit auf dem Bilde vermittelt dieses Anliegen, selbst so nebensächliche Details wie die Henne mit ihren Küken im Vordergrund: genau wie die Braut im Begriff, ihre Familie

151 JEAN-BAPTISTE SIMEON CHARDIN. Küchenstilleben. 1735. Museum of Fine Arts, Boston. Zweifellos durch holländische Stilleben (vgl. Abb. 138) angeregt, wählte Chardin einfache Haushaltsgegenstände.

zu verlassen. Es ist unverständlich, daß die *Dorfbraut* als ein Meisterwerk gefeiert und der lauteste Beifall gerade von den aufgeklärtesten Geistern gespendet wurde, von den Anhängern der Vernunft. Diesen Männern imponierte, daß alles in dem Bilde von Greuze etwas zu bedeuten hatte, und daß der Künstler unser moralisches Gewissen anzusprechen versuchte, statt wie die Maler des Rokoko eine nur erheiternde Schilderung zu geben. Sie übersahen, daß Moralpredigten, die obendrein überflüssig sind, allein nicht ausreichen, ein Bild zu einem Kunstwerk zu machen.

Wir können diese Feststellung an dem *Küchenstilleben* (Abb. 151) von Jean-Baptiste Siméon Chardin erhärten. Seine künstlerische Auf-

152 WILLIAM HOGARTH. Die Kinder der Familie Graham. 1742. Tate Gallery, London. Hogarths Humor und seine frische, genau beobachtende Sehweise erinnern an Jan Steen (Abb. 139) obwohl das Bild keine Genreszene, sondern ein rein formales Porträt ist.

fassung ist der von Greuze verwandt, aber Chardin vermittelt sie uns, ohne belehren zu wollen oder eine Handlung zu geben, viel eindringlicher. Auch er bewunderte die holländische Malerei; sein Bild geht von frühen Stilleben aus wie dem von Willem Claesz. Heda (Abb. 138). Doch an Stelle kostbarer Silberschalen und geschliffener Gläser verwendete er schlichte Küchentöpfe, Fleisch und Geflügel: Dinge aus dem Haushalt des einfachen Mannes. Chardin entdeckte in diesen alltäglichen Gegenständen so viel Schönheit und behandelte sie mit solchem Einfühlungsvermögen, daß sie zu bedeutsamen Symbolen einer bestimmten Lebensart wurden. Wir fühlen, daß dieses ruhige, anspruchslose Bild die Würde und Schlichtheit besitzt, die Greuze in seine *Dorfbraut* vergeblich hineinzulegen versuchte. Der Grund dafür ist, daß Chardin durch die Sprache des Malers, durch Farbe, Licht und Form uns anredet, statt sich der pathetischen Ausdrucksweise des Theaters zu bedienen.

In diesen Jahren bewunderten viele Franzosen die Engländer, welche im 17. Jahrhundert einen politischen Umbruch durchlebt und ihren König gezwungen hatten, den größten Teil seiner Machtbefugnis an das Parlament abzutreten, so daß der ›kleine Mann‹ in seinen eigenen Angelegenheiten ein wenn auch begrenztes Wort mitreden konnte. England zog damals den Neid der kontinentalen Mächte auf sich. Sein Wohlstand vermehrte sich rasch, die über-

153 THOMAS GAINSBOROUGH. Robert Andrews und seine Frau. Um 1750. National Gallery, London. Manches erinnert an Ruisdael; aber die Landschaft und die lässige, natürliche Haltung des Gutsbesitzers und seiner Frau sind ausgesprochen englisch. Gainsboroughs spätere Porträts spiegeln aristokratische Eleganz, die auf van Dyck zurückgeht (vgl. Abb. 129).

154 BENJAMIN WEST. Bildnis des Colonel Guy Johnson. Um 1775. National Gallery, Washington (Mellon Collection). Vor seiner Übersiedlung nach London studierte West in Rom die Klassiker. Es wird berichtet, daß er vor einer berühmten Apollo-Statue ausrief: »Wie ein indianischer Krieger!«

155 JOHN SINGLETON COPLEY. Mrs. Seymour Fort. Um 1776. Wadsworth Atheneum, Connecticut. Im Amerika der Kolonialzeit waren vor allem Bildnisse gefragt. Der junge Copley schuf einen ›kolonialen‹ Porträtstil, weniger elegant, aber auch weniger konventionell als der englische.

seeischen Kolonien blühten, und die englische Kriegs- und Handelsflotte beherrschte die Meere. Auch begannen die Engländer nun, auf dem Gebiet der Schönen Künste eine bedeutende Rolle zu spielen.

156 JACQUES LOUIS DAVID. Sokrates, den Giftbecher ergreifend. 1787. Metropolitan Museum, New York (Wolfe Fund). Am Vorabend der Französischen Revolution gemalt, ist das Bild eine Rückwendung zu den strengen Idealen von Poussin, ein Protest gegen die sinnenfreudige, gefällige Kunst des Rokoko.

Seit der Reformation gab es in England, abgesehen von der Porträtmalerei, fast keine selbständigen Leistungen; die führenden Künstler waren Ausländer: Holbein unter Heinrich VIII. und später Flamen und Holländer. Auch im 18. Jahrhundert, als englische Künstler wieder in den Vordergrund traten, konnten sie sich ihren Lebensunterhalt nur durch die Bildnismalerei sichern. Doch behandelten viele von ihnen nebenher auch andere Themen, die dann allmählich in England heimisch wurden. William Hogarth gehörte zu ihnen. Er wandte sein besonderes Interesse realistischen Schilderungen aus dem täglichen Leben zu, welche denen der holländischen Genremaler glichen. Aber er hat diesen Bildern eine beißende, satirische Note unterlegt und sie zu Serien zusammengefaßt, die eine ganze Geschichte erzählen. Sein Sinn für Humor und sein waches, scharf beobachtendes Auge geben sich in dem köstlichen Porträt der *Kinder der Familie Graham* (Abb. 152) zu erkennen. Es erinnert uns an Jan Steen, auch wenn die Farben Hogarths leuchtender, seine Pinselführung freizügiger sind und das Bild nicht als Genreszene gedacht ist. Nach den kostbaren Gewändern zu schließen, waren die Eltern dieser Kinder sehr begütert. Wahrscheinlich haben sie vom Künstler erwartet, daß er eines der üblichen Porträts male, in denen die Kinder die Haltung von Erwachsenen nachahmen. Hogarth tat das auch, aber es gelang ihm, die Steifheit einer solchen Gruppe zu lockern. Man spürt, mit welchem Vergnügen die beiden Mädchen ›Damen von Welt‹ spielten; auf der rechten Bildseite erzählt er eine kleine Geschichte – der Junge spielt auf seiner Drehorgel dem Vogel im Käfig vor, um ihn zum Singen zu ermuntern; eine große Katze ist auf die Stuhllehne gesprungen, vor deren starrem Blick der Vogel sich so fürchtet, daß er, statt zu zwitschern, nur mit den Flügeln schlägt und ängstlich piepst.

Der berühmteste englische Porträtmaler des 18. Jahrhunderts, Thomas Gainsborough, schuf auch wundervolle Landschaften. Auf seinem Bild des *Robert Andrews und seiner Frau* (Abb. 153) kommt der landschaftlichen Umgebung die gleiche Bedeutung zu wie den Dargestellten. Die wolkenverhangene Aussicht erinnert uns an holländische Landschaften, nur wirken die Naturgewalten weniger bedrohlich. Dieses Land gehört dem Gutsbesitzer und seiner Frau, und diese gehören zu ihm. Gainsborough hat hier den natürlichen Reiz des ländlichen Lebens eingefangen und nicht wie Boucher seiner Phantasie freien Lauf gelassen.

Die nordamerikanischen Kolonien hatten sich inzwischen so entwickelt, daß sie selbst einige ausgezeichnete Maler hervorbrachten.

157 GIOVANNI BATTISTA TIEPOLO. Deckenfresko. 1751. Erzbischöfliche Residenz, Würzburg. In den Würzburger Fresken, dem Hauptwerk Tiepolos, gipfelt die italienische Tradition der dekorativen Wandmalerei. Heiter, voller Leben Bewegung und von beschwingter Leichtigkeit verkörpern sie den letzten Triumph der barocken Vorstellungswelt. ▷

158 JACQUES LOUIS DAVID. Der Tod von Marat. 1793. Musées Royaux des Beaux-Arts, Brüssel. Das Gemälde sollte zur Rache für den Mord an Marat aufrufen. 1795 wurde es aus der Pariser Abgeordnetenkammer entfernt, da Porträts von Personen, die noch keine zehn Jahre tot waren, nicht mehr öffentlich gezeigt werden durften.

Die beiden begabtesten, Benjamin West, ein pennsylvanischer Quäker, und der aus Boston stammende John Singleton Copley kamen einige Jahre vor Ausbruch der amerikanischen Revolution nach London. Sie waren hier so erfolgreich, daß sie für immer blieben; West wurde Hofmaler König Georgs III. und Präsident der British Royal Academy of Painting. Diese Akademie basierte zwar auf den Prinzipien Poussins, aber ihre Ideale waren weniger streng auf das Klassische ausgerichtet und so weit gesteckt, daß sie auch die Kunst Rembrandts noch einschlossen. Das Porträt des *Colonel Guy Johnson* (Abb. 154) von West ist in ein Licht von rembrandtartiger Wärme getaucht, doch vermissen wir die Ausdruckskraft des holländischen Meisters. Andererseits hat die Haltung der Gestalten etwas von der selbstbewußten Überheblichkeit alter Römer, während die Kostüme und das ganze andere Beiwerk, ein Indianerlager, mit dem auf das Grenzerleben hingewiesen wird, bis in die letzte Einzelheit gewissenhaft wiedergegeben sind.

Die amerikanische Revolution hatte fast die gleichen Ursachen wie später die französische; ungerechte Abgaben waren den Menschen von einer Regierung aufgezwungen worden, in der sie selbst nichts zu sagen hatten. Es war eine Ironie des Schicksals, daß gerade der französische König den Freiheitskampf der Kolonisten unterstützte, weil er in ihm eine Gelegenheit sah, die Macht Englands zu schwächen, denn ihr Erfolg steigerte noch die politische Gärung in Frankreich und besiegelte durch die Revolution von 1789 das Schicksal des Königs. Kritik an der schwächlichen und korrupten Regierung und Angriffe gegen die Inhaber besonderer Privilegien waren in Frankreich schon seit langem immer lauter geworden. Wir haben ihre Anzeichen in der *Dorfbraut* von Greuze gesehen, wo die Rechtschaffenheit und Tugend der Armen den moralischen Verfall der Aristokraten brandmarken sollten. Andere Maler gingen noch einen Schritt weiter: Sie schilderten die Geschichte heldenhafter Verteidiger der Freiheit im antiken Athen oder Rom, um damit der Losung ›Freiheit oder Tod‹ Ausdruck zu verleihen (Abb. 156). Selbst der Stil dieser Bilder hatte eine moralische Sendung. Er basierte auf der schmucklosen, idealistischen Auffassung von Poussin und war ein Vorwurf gegen die dem Boucher verwandten Künstler, die sich an Rubens geschult hatten, und auf die man als Maler oberflächlicher Vergnügungen ohne tiefere Aussage herabsah.

In dieser Zeit schuf Giovanni Battista Tiepolo seine Fresken in der Erzbischöflichen Residenz von Würzburg (Abb. 157), in denen die italienische Tradition der dekorativen Wandmalerei gipfelt. In ihrer heiteren Beschwingtheit verkörpern sie den letzten Triumph der ba-

159 ANTOINE GROS. Napoleon in der Schlacht von Arcole. 1796. Louvre, Paris. Dieses prachtvolle heroisierende Porträt, auf dem der 25jährige Gros den 27jährigen Feldherrn darstellt, ist eine Rückwendung zur Farbe und Dramatik des Barock. Eine Welle nationaler Begeisterung hatte den Neoklassizismus von David weggespült.

rocken Vorstellungswelt. Allmählich aber kamen die Worte Barock und Rokoko als geringschätzige Begriffe auf. Die ›Anti-Rokoko-Maler‹ trieben ihre Bewunderung für die antike Kunst viel weiter als Poussin, so daß wir ihre Werke als klassizistisch bezeichnen. Wie die Künstler der Renaissance einer neuen Wissensära zum Leben verholfen haben, so trugen die des Klassizismus ihr Teil dazu bei, der neuen politischen Epoche, die mit der Französischen Revolution ihren Ausgang nahm, den Weg zu bereiten.

Ihr bedeutender Vertreter war Jacques Louis David, der sich aktiv an der Revolution beteiligte und ihr ›offizieller‹ Maler wurde. Sein *Tod von Marat* (Abb. 158) ist ein Denkmal für einen der Revolutionshelden. Davids künstlerische Kraft gestaltete ein Geschehen, das manchen anderen in Verlegenheit versetzt hätte (denn Marat wurde in seiner Badewanne ermordet) zu einem Meisterwerk. Hier pflegte er seine schriftlichen Arbeiten zu erledigen, wobei ihm ein Holzbrett als Schreibpult diente. Eines Tages stürzte eine junge Frau, Charlotte Corday, herein, übergab ihm eine persönliche Nachricht und stieß, während er las, ein Messer in seine Brust. Gleichgültig, was sie zu diesem Schritt veranlaßt haben mag, gleichgültig, wie verhaßt Marat vielen Menschen war – David erweckt in uns das Gefühl, daß hier kein gewöhnlicher Mord, sondern etwas geschah, das eher dem Tod eines Heiligen gleichkam, der das Leben für seinen Glauben gab – eines Heiligen aus Fleisch und Blut, wie jene des Caravaggio.

Das Zeitalter der Technik

Die Französische Revolution hatte den König durch eine republikanische Regierung ersetzt. Jedoch dauerte die Republik nur ein Jahrzehnt. Noch ehe das Jahrhundert zu Ende ging, bekam Frankreich wieder einen Alleinherrscher. Napoleon Bonaparte hatte als Führer der republikanischen Armee die Macht an sich gerissen, als die französische Nation sich durch ihre Nachbarn bedroht sah, die befürchteten, daß der Schlachtruf der Revolution – Freiheit, Gleichheit und

Brüderlichkeit – bald auch bei ihnen laut würde. Das militärische Genie Napoleon zwang sie alle – bis auf England – nieder. Dann erhob er sich selbst zum Kaiser. Aber schon nach zehn Jahren, 1814, wurde seine Armee von den vereinigten Heeren Englands, Deutschlands und Rußlands geschlagen und er selbst verbannt.

Die Erscheinung Napoleons ist eine jener Launen des Schicksals, an denen die Weltgeschichte so reich ist. Um ihn zu stürzen, mußten die anderen Länder viele der revolutionären Gedanken übernehmen, vor denen sie sich so gefürchtet hatten. Denn Napoleon hat die Errungenschaften der Revolution nicht einfach vernichtet, er machte sie nur seinen eigenen Absichten dienstbar. Er schuf die erste moderne Armee – ein Massenheer von Bürgersoldaten, das von dem Gefühl patriotischer Pflichterfüllung beflügelt wurde. Seine Gegner, die ihm anfänglich nur mit Söldnern entgegengetreten waren, sahen sich gezwungen, seinem Beispiel zu folgen. Nachdem sie einmal dieses Opfer von der Gemeinschaft verlangt hatten, fiel es ihnen immer schwerer, den Forderungen des Volkes nach größeren Rechten zu widerstehen. Unter Napoleon wurde man seinen Leistungen entsprechend befördert und nicht nach dem Stand der Familie. Auch darin setzte der Kaiser ein Beispiel jenen Ländern, in denen die persönliche Fähigkeit bis dahin nur wenig zählte. Kein Wunder also, daß nach den Napoleonischen Kriegen der kleine Mann seinen Anspruch auf die hart erkämpften Rechte verteidigte, deren sich die Amerikaner schon seit 1776 erfreuten.

Napoleon betrachtete sich als Nachfolger der alten römischen Kaiser. Die Maler, die vor und während der Revolution die heroischen Tugenden der antiken Republikaner verherrlicht hatten, nahmen sich nun Eleganz und Pracht der römischen Kaiserkunst zum Vorbild. David selbst wurde einer der ersten und glühendsten Be-

160 FRANCISCO GOYA. Der dritte Mai 1808. 1814/15. Prado, Madrid. Als Goya dieses Massaker unter Madrider Bürgern, die sich gegen die Truppen Napoleons gestellt hatten, malte, stattete er es mit der ganzen expressiven Kraft eines religiösen Martyriums aus.

wunderer Napoleons, aber er spielte nicht mehr die gleiche beherrschende Rolle wie vordem. Einige jüngere Künstler, die mit der Revolution groß geworden waren, übernahmen nun die Führung. Zu ihnen zählte Davids Meisterschüler, Jean Auguste Dominique Ingres, dessen wundervolles Porträt der *Madame Rivière* unsere Abb. 162 zeigt. Interessant ist die Veränderung der Damenmode – statt der rauschenden Reifröcke aus den Tagen des Barock und des Rokoko (vgl. Abb. 153) trägt Madame ein schlichtes ›klassisches‹ Gewand, das sich den natürlichen Formen des Körpers anschmiegt. Wenn es auch dem Kostüm der römischen Matrone auf dem Wandgemälde aus Boscoreale (Abb. 23) nicht genau entspricht, erinnert es uns wenigstens daran. Diese Vergleiche sind noch in anderer Hinsicht lehrreich. Als ergebener Schüler der klassischen Theorien Davids hat Ingres sich selbst vor allem als Zeichner und Entwerfer betrachtet.

Da er Farbe und Licht für weniger wichtig hielt als die Form, vermied er sorgfältig den freizügigen, flüssigen Pinselstrich der Barock-

161 J. A. D. INGRES. Odaliske. 1814. Louvre, Paris. Der Orient, der den Westen immer fasziniert hatte, erschien nach dem Ägypten-Feldzug Napoleons besonders anziehend. Von dieser Odaliske strahlt der Zauber von ›Tausendundeiner Nacht‹ aus.

162 JEAN-AUGUSTE DOMINIQUE INGRES. Madame Rivière. 1805. Louvre, Paris. Bei Ingres verlor der Klassizismus den revolutionären Anstrich. Sein Werk wurde zum gültigen Vorbild für eine konservativ eingestellte ›offiziöse‹ Malerei, doch erreichen seine Nachahmer die meisterhafte Formklarheit und subtile Farbigkeit nie.

meister. Und doch war er sehr viel mehr Maler, als er selber glaubte. In seiner *Madame Rivière* sind die Farben von einer außergewöhnlichen Schönheit. Die Oberflächen besitzen einen zarten, perlenartigen Schmelz, und die poetische Stimmung ist für den Zusammenhalt des Bildes genauso wichtig wie der sorgfältig ausgewogene Entwurf. Verglichen mit der Matrone von Boscoreale mutet unser Porträt in der exakten Wiedergabe jeden Details fast photographisch getreu an. Dieser Stil von Ingres, der auch auf David zurückgeht – wir sind ihm im *Tod von Marat* begegnet –, konnte in einer weniger berufenen Hand leicht zu einer Gefahr werden. Das für diese Zeit typische Verlangen nach größtmöglicher Ähnlichkeit führte schließlich zur Erfindung der Photographie, die zwischen 1820 und 1840 gelang, als Ingres auf der Höhe seines Ruhmes stand.

Währenddessen war der Stil des Barock und des Rokoko, der das Imaginäre der Wirklichkeit und Farbe und Licht der Form vorzog, keineswegs verlorengegangen. Es gab zu Napoleons Zeiten zahlreiche Künstler, die klassizistische Ideale in einer barocken Manier malten, während andere wieder die neuklassische ›Sprache‹ auf frei erfundene, ja sogar phantastische Themen anwendeten. Ein sehr bedeutender Maler, der Spanier Francisco Goya, verstand es sogar, den

Barockstil ins ›Moderne‹ zu übersetzen, ohne von der klassizistischen Richtung überhaupt berührt zu werden. Wie Velázquez, dessen Kunst er sehr bewunderte, war Goya Hofmaler des spanischen Königs, aber er schuf neben den höfischen Porträts noch eine große Anzahl anderer Bilder. Seine vielleicht eindrucksvollsten Werke waren dem Freiheitskampf des spanischen Volkes gegen die Heere Napoleons gewidmet, der das Land zwar besetzt, nie aber wirklich erobert hatte. *Der dritte Mai* 1808 (Abb. 160) zeigt die Erschießung einer Gruppe von Madrider Bürgern, die sich gegen die fremden Eindringlinge zur Wehr gesetzt hatten. Die flammende Farbigkeit, die freizügige ›Handschrift‹ der Malerei und die dramatische Lichtgebung erinnern uns an das Barock. Wir fühlen aber unmittelbar, daß das Bild in seiner geistigen Haltung dem frühen 19. Jahrhundert zugehört, denn schon das Thema an sich ist neu und gewagt, und die Art, in der Goya es behandelt hat, ist es noch mehr. Davids *Marat* ließ uns an religiöse Malerei denken; auch *Der dritte Mai* erfüllt alle Voraussetzungen religiöser Kunst – Goya war vom Werk Rembrandts nachhal-

163 FRANCISCO GOYA. Der Hexensabbat. 1819–1823. Prado, Madrid. Der Teufel im Widdergewand predigt vor einer Horde von Hexen. Ein Alptraum, der die düstere Stimmung des Künstlers während seiner letzten Jahre in Spanien unter der Gewaltherrschaft Ferdinands VII. beschwört.

tig beeindruckt worden –, auch hier sterben Menschen, freilich nicht für das Himmelreich, sondern für die Freiheit. Für Goya selbst lag die Tragik dieses Ereignisses darin, daß die Erschießung ausgerechnet durch die Franzosen erfolgte. Wie so viele andere hatte auch er zunächst gehofft, daß die Armeen Napoleons die freiheitlichen Ideale der Revolution in sein rückständiges Heimatland bringen würden. *Der dritte Mai 1808* ist ein Denkmal zerschlagener Hoffnungen – ein Denkmal auch für die Ungezählten, die in den kommenden Zeiten dieses Schicksal erleiden sollten. Die gleiche Szene hat sich seit den Tagen Goyas so häufig in allen Ländern der Erde wiederholt, daß sie zum abschreckenden Symbol unseres ›Zeitalters der Revolution‹ wurde.

Die Romantik

Bei der Betrachtung des berittenen *Gardejägeroffiziers* (Abb. 165) sehen wir, was einen jungen französischen Maler an der napoleonischen Zeit noch interessierte. Dieses lebensgroße, idealisierte Porträt des napoleonischen Soldaten an sich wurde 1812 von dem erst einundzwanzigjährigen, außerordentlich begabten Théodore Géricault geschaffen.

Über vierzig Jahre jünger als David und Goya, nahm er einen völlig anderen Standpunkt ein als diese beiden. Für ihn hatte das politische Geschehen nicht mehr die Anziehungskraft eines Glaubens; alles, was ihn an den militärischen Unternehmungen des Kaisers fesselte, waren die Farbigkeit und das Erregende heftiger Bewegung. Natürlich konnten gerade diese nicht mit den Mitteln des Klassizismus ausgedrückt werden, so daß der Künstler bis auf Rubens zurückgreifen mußte, um sich Anregungen zu holen (vgl. dessen dramatische *Kreuzigung*, Abb. 126). Goya war noch direkt mit der Tradition der barocken Kunst verbunden. Géricault erweckte sie zu neuem Leben, da sie als Stil seiner Veranlagung am stärksten entsprach. In ihm stoßen wir auf einen neuen Malertyp und auf eine neue Richtung in der Kunst, die sogenannte Romantik.

Dieser Begriff wurde aus der Literatur übernommen, in der Erzählungen von seltsamen und abenteuerlichen Begebenheiten zu dieser Zeit sehr beliebt waren. Er bezeichnet also mehr eine geistige Haltung als eine bestimmte Stilform in der Malerei. Nur wenige romantische Maler sind der Üppigkeit des Barocks so nahe gekommen wie Géricault mit seinem *Gardejägeroffizier*, aber alle teilen sie die gleiche Auffassung. Kunst war für sie kein festumrissenes Ideal wie

164 FRANCISCO GOYA. Mayas auf dem Balkon. Um 1810–1815. Metropolitan Museum, New York. Mit diesem Thema greift der Künstler auf seine Jugendzeit zurück, aber die rokokohafte Unbeschwertheit ist aufgegeben zugunsten eines dramatischen Gegensatzes zwischen den verführerischen Frauen und den finsteren, verhüllten Männern.

165 THÉODORE GÉRICAULT. Gardejägeroffizier. 1812. Louvre, Paris. Eine Art Idealbild des napoleonischen Soldaten in der Erregtheit heftiger Bewegung, das Werk eines der frühesten Romantiker.

für die klassizistischen Maler. Kein Stil galt ihnen als der einzig wahre. Wichtiger für Kunst und Leben war nicht die Art eines Erlebnisses, sondern die Tiefe, mit der man es erlebte. Man ist fast versucht, zu sagen, daß die Romantiker das Gefühl um des Gefühls willen gesucht haben. Sie schätzten ein gefahrvolles oder doch zum mindesten aufregendes, manchmal theatralisches Leben. Géricault zum Beispiel war ein verwegener Reiter; er starb, erst einunddreißigjährig, nach einem schweren Sturz vom Pferd. Als eingefleischte Gegner jeder Art von Regel oder Wertsetzung heiligten die Romantiker nur

166 EUGÈNE DELACROIX. *Araber, von einem Löwen angegriffen. Um 1850. Art Institute, Chicago. Von Marokko brachte Delacroix nicht nur eine Fülle arabischer Motive mit, sondern auch eine neue Leuchtkraft der Farben.*

der Unabhängigkeit des Individuums, und da sie keinem anderen Standpunkt als ihrem eigenen Ausdruck verleihen konnten, blieben sie den Menschen häufig unverständlich. Die Romantiker waren zu ihrer Zeit Außenseiter der Gesellschaft. Damals begann sich jene Kluft zwischen dem Künstler und dem Publikum zu öffnen, die auch heute noch nicht geschlossen ist.

Kurz vor dem Tode Géricaults erschien in Paris ein anderer hervorragender romantischer Maler auf der Bildfläche: Eugène Delacroix. Er und Ingres sollten bis etwa zur Jahrhundertmitte die beiden entgegengesetzten Pole der französischen Malerei verkörpern. Zunächst fielen Ingres, dem großen Konservativen, alle Ehrungen und Preise zu, aber als die Menschen sich mit der romantischen Bewegung befreundet hatten, kam auch Delacroix zu Ansehen. Sein *Von einem Löwen angefallener Araber* (Abb. 166) um 1850, hat noch vieles mit dem *Gardejägeroffizier* Géricaults gemein.

Auch hier finden wir die Kraft der Bewegung von Rubens, die großzügige, flüssige Pinselarbeit, den Schauer einer erregenden Handlung. Da die glanzvollen Tage Napoleons und seines Kaiserreiches aber nur noch eine blasse Erinnerung waren, mußte Delacroix entweder auf die Literatur und Geschichte zurückgreifen oder wie in diesem Fall in ferne Zonen abschweifen, um sich Inspirationen für ein solches Thema zu holen. Zwar hat er die arabische Welt Nordafrikas wirklich einmal besucht, aber unsere Szene ist ohne ein wirkliches Erlebnis frei erfunden.

Schon früh wurden Géricault und Delacroix nachhaltig von der englischen Malerei beeindruckt. England, von wo die romantische Literatur ihren Ausgang nahm, brachte zu Beginn des 19. Jahrhunderts eine Gruppe von bedeutsamen Landschaftsmalern hervor, die alle romantisch empfanden. Was Rubens für die französischen Romantiker, das waren die Landschafter des holländischen Barock für diese Engländer. Bei ihnen fanden sie ein ähnlich starkes Gefühl für die Gewalt der Natur und für die Verlassenheit und Bedeutungslosigkeit des Menschen ihr gegenüber. Sie haben ihre Vorbilder nicht einfach nachgeahmt, wenigstens nicht mehr als die Franzosen Rubens. Wir können das an *Hampstead Heath* (Abb. 167) von John Con-

167 JOHN CONSTABLE. Hampsteader Heide (Ölstudie). 1821. City Art Galleries, Manchester, England. Die Landschaften Constables, 1824 zum erstenmal in Paris gezeigt, machten durch ihre frische und pulsierende Farbigkeit auf Delacroix tiefen Eindruck.

stable erkennen. Das Bild ist eine der zahllosen kleinen Studien, von denen kaum eine größer ist als zwei Buchseiten und die Constable in dieser Gegend, einem heutigen Vorort von London, malte. Sie wurden im Freien nach der Natur flott hingeworfen, ein zu dieser Zeit völlig neues und ungewöhnliches Vorgehen. Deshalb erscheint unser Bild auch so anders als ein Ruisdael oder ein van Goyen (Abb. 136). Die Barockmeister malten ihre Landschaften niemals unter freiem Himmel, selbst wenn sie die Absicht hatten, einen ganz bestimmten Ort zu schildern. Sie zeichneten nur Skizzen, die sie dann im Atelier in aller Ruhe ausarbeiten konnten. Constable dagegen fühlte sich von den sich ständig verändernden Stimmungen in der Natur so angezogen, daß diese Schwankungen ihm viel wichtiger

168 WILLIAM TURNER. Die letzte Fahrt der Téméraire. 1838. National Gallery, London. Im Gegensatz zu Constable, dem Dichter des Jetzt und Hier, geht es Turner nie um einen bestimmten Naturausschnitt. Präzise Beobachtung war ihm nur Hilfsmittel bei der Verwirklichung seiner prachtvollen, aus der Phantasie kommenden Bildideen.

wurden als das für einen bestimmten Landschaftsausschnitt Charakteristische. In unserer Studie hat er einen ganz besonderen Augenblick festgehalten – ein großartiges Naturschauspiel von Wind, Sonnenlicht und Wolken über einer weiten Landschaft. Die Details auf der Erde sind für ihn fast nebensächlich, so daß er sie nur schwach andeutet.

Bei William Turner, dem anderen großen englischen Landschaftsmaler der Constable-Zeit empfinden wir manches als nicht mehr so echt. In seiner *Letzten Fahrt der Téméraire* (Abb. 168) zeigt er uns, wie ein berühmtes altes Kriegsschiff, das einst der Stolz der englischen Flotte war, vor dem Licht eines prachtvollen Sonnenunterganges zu seinem letzten Ankerplatz geschleppt wird. Dieses Feuerwerk am Himmel erscheint wie ein letzter Salut am Grabe eines toten Helden, der strahlend untergegangen ist wie die Sonne selbst. Auch der Gegensatz zwischen dem gedrungenen, gespensterhaften Schlepper und der silbrigen Majestät der *Téméraire* fällt auf. Bei diesem glänzenden Schauspiel mag es manchem ein wenig unbehaglich werden. Wie ein übereifriger Organist hat Turner einige Register zuviel gezogen, so daß die Musik betäubend wirkt.

Die Landschaftsmalerei war vielleicht die bezeichnendste Seite der romantischen Bewegung, auf jeden Fall war sie die beliebteste. Costable und Turner, jeder auf seine Weise, haben uns die romanti-

169 CASPAR DAVID FRIEDRICH. *Die gescheiterte Hoffnung. 1821. Hamburger Kunsthalle. Das Bild gemahnt an ein bestimmtes Ereignis: Den Ausgang einer unglücklichen Expedition in die Beringstraße. Das Thema der Niederlage des Menschen vor der Gewalt der Natur zog den Romantiker Friedrich an.*

170 GEORGE CALEB BINGHAM. Pelzhändler auf dem Missouri. Um 1845. Metropolitan Museum, New York. Die Natur, allgegenwärtig und oftmals fruchtbar, spielte in Amerika eine ganz besondere Rolle.

sche Naturanschauung klarer vor Augen geführt als irgendein anderer, doch finden wir auch im ganzen übrigen Europa viele Maler, die sich bis über die Jahrhundertmitte hinaus mit ähnlichen Anliegen beschäftigten. Die wichtigsten deutschen Romantiker waren Philipp Otto Runge und Caspar David Friedrich; beide stammten aus Pommern. Abb. 169 zeigt eine der erregendsten Arbeiten Friedrichs, *Die gescheiterte Hoffnung*. Das Schiff eines Forschers, begraben unter Eisschollen, ist ein mahnendes Symbol des menschlichen Schicksals. Man wird von diesem Bild an Schellings Worte erinnert »Sinn der Landschaft ist es, die Dinge als eine Hülle zu gebrauchen, die eine höhere Art von Wahrscheinlichkeit durchscheinen läßt.«

Auch die Neue Welt hatte ihre romantischen Landschaftsmaler, obwohl die meisten Amerikaner bei der Erschließung des Kontinents der Natur viel zu nüchtern gegenübertreten mußten, um der Poesie ihrer Stimmungen noch große Aufmerksamkeit schenken zu können. Unter den Menschen, welche den Wilden Westen besiedelt haben, gab es nur wenige Maler. George Galeb Bingham ebenso wie Winslow Homer waren begabte Künstler, die ihre Ausbildung in den großen Städten des amerikanischen Ostens erhalten hatten. Fast unbekannt ist Edward Hicks, ein pennsylvanischer Prediger und Plakatmaler, der *Das Friedensreich* (Abb. 171) geschaffen hat. Hicks war ein Laienkünstler, ein Mann von einfachem Gemüt und unverbildetem Glauben, dem die Malerei nicht mehr bedeutete als eine handwerkliche Fertigkeit und die Bibel nichts als das reine Wort Gottes, so wie

171 EDWARD HICKS. Das Friedensreich. Um 1830. Worcester Art Museum, Massachusetts. Der fromme Quäker Hicks hielt die Malerei für »eine jener spielerischen, bedeutungslosen Künste, die niemals den Menschen wirkliche Vorteile brachte«.

172 CAMILLE COROT. Selbstbildnis. 1835. Uffizien, Florenz. Corot ist zugleich der Erbe von Poussin und Claude Lorrain; aber auch von den englischen Landschaftern. Sein Selbstbildnis, vermutlich als erstes im Freien gemalt, zeigt Klarheit, Unmittelbarkeit und scharfe Trennung von Licht und Schatten.

173 CAMILLE COROT. Die unterbrochene Lektüre. 1865–1870. Art Institute, Chicago. Zu den besten Spätwerken Corots gehören große Figurenstücke. Zarte, nachdenkliche Stimmung gesellt sich zu der klassischen Harmonie von Form und Farbe, die Matisse später anregte.

sie es für die Menschen im Mittelalter gewesen waren. Wie sie hatte auch Hicks eine bezwingende Vorstellungskraft. Sein Bild illustriert die Worte des Propheten Jesaja vom kommenden Friedensreich unter den Menschen: »Die Wölfe werden bei den Lämmern wohnen und die Parder bei den Böcken liegen... Kühe und Bären werden auf die Weide gehen, daß ihre Jungen beieinander liegen; und Löwen werden Stroh essen wie die Ochsen« (Jesaja 11, 6, 7).

Realismus und Impressionismus

Aus dieser fernen Welt kehren wir wieder in den Lärm und zu der Unrast um die Mitte des 19. Jahrhunderts zurück. In den Jahren, die seit der Französischen Revolution vergangen waren, hatte sich überall eine andere, noch entscheidendere Revolution vollzogen: die Industrialisierung. Maschinen gab es schon lange, aber ihre Anwendung war beschränkt, weil sie nur mit Hilfe des Windes oder durch Wasserkraft angetrieben werden konnten. Die Erfindung der Dampfmaschine im späten 18. Jahrhundert änderte dies. Nun konnten die Erkenntnisse, die sich die Naturwissenschaftler seit den Tagen der Renaissance angeeignet hatten, bei der Entwicklung von Maschinen

174 HONORÉ DAUMIER. Im Eisenbahnwagen dritter Klasse. Um 1860–1870. Metropolitan Museum, New York (Bequest of Mrs. H. O. Havemeyer). Die paradoxe Situation des modernen Großstadtlebens, in dem der Mensch auch im Getriebe der Masse einsam bleibt. Leidenschaftliches Mitgefühl wird deutlich, das an Rembrandt erinnert.

175 GUSTAVE COURBET. Steinklopfer. 1849. Ehemals Dresdner Gemäldegalerie. Courbets Werke entfachten einen Sturm der Kritik in den späten 50er Jahren des vorigen Jahrhunderts. Ungestüm und fortschrittlich liebte er es, die offizielle Kunstrichtung und die Hüter der Sittsamkeit herauszufordern.

für die verschiedenartigsten Verwendungszwecke ausgewertet werden. Dies wiederum führte zu neuen wissenschaftlichen Entdeckungen und zu immer neuen Erfindungen, als deren Ergebnisse wir die technischen Wunder unserer Zeit vor uns sehen.

Wir können uns heute nur noch schwer vorstellen, wie tiefgreifend das ganze Leben vor hundert Jahren durch Dampfschiffe, Eisenbahnen und Fabriken umgewandelt wurde. Die Menschen bewunderten zwar die Flut billiger und vielfältiger Waren, die man mit Hilfe der Maschinen herstellen oder transportieren konnte, aber diese gleichen Maschinen wurden auch die Ursache großen menschlichen Elends. Die erfahrenen Handwerker alter Prägung wurden verdrängt und ihre Plätze von einer Masse ungelernter, schlecht bezahlter und in ungesunden Elendsquartieren zusammengepferchter Fabrikarbeiter eingenommen. Kein Wunder also, daß die

Maschine von manchen als ein Segen begrüßt, von anderen aber als ein Unheil verflucht wurde. Der Aufstieg der modernen Industrie brachte unzählige Hoffnungen, Gewohnheiten und Einrichtungen zu Fall. Er schuf neue Spannungen und Konflikte, denn er machte die Menschen mehr voneinander abhängig als je zuvor.

176 GUSTAVE COURBET. Das Atelier des Künstlers. 1854–1855. Louvre, Paris. Courbet zeigte dieses gewaltige Bild in seinem privaten ›Pavillon der Realisten‹ auf der Pariser Ausstellung von 1855. Es trug den Titel: ›Eine wirkliche Allegorie, die 7 Jahre meines Lebens als Maler beschreibt‹. Neben Pariser Freunden ganz rechts Charles Baudelaire.

Welche Auswirkungen hatte das Maschinenzeitalter auf die Maler? Während die Romantiker noch die Freiheit des Gefühls und der Einbildungskraft über alles gestellt hatten, waren nun andere Künstler mit dieser Art, sich über die Realitäten der Zeit hinwegzusetzen, nicht mehr zufrieden. Sie glaubten, daß sich die Kunst in einer Epoche des wissenschaftlichen und industriellen Fortschrittes nur mit zeitnahen Themen befassen sollte. 1848, als eine Woge von Revolutionen über ganz Europa hinwegrollte, die von dem Verlan-

gen der unteren Klassen nach besseren Lebensbedingungen und einer demokratischeren Gesellschaftsordnung getragen war, begannen diese Realisten, das Leben der Arbeiter und Bauern auf sehr ernsthafte Art und Weise darzustellen. Ihr Anführer war Gustave Courbet, der mit den *Steinklopfern* (Abb. 175) einen ähnlichen Aufruhr verursachte wie Caravaggio zweieinhalb Jahrhunderte früher. Hier finden wir keine hochgespannten Ideale, keinen phantastischen Gedankenflug, sondern nur einen alten Mann, der mit der Unterstützung seines jungen Helfers Felsbrocken zerschlägt. Wir erfahren nur wenig über ihr persönliches Wesen, da sie ihre Gesichter von uns abkehren, doch empfinden wir eine unmittelbare Sympathie und Achtung für sie, weil sie so fest und sicher an der Arbeit sind. Courbet war der Meinung, daß der moderne Künstler mit beiden Füßen auf dem Boden des Alltages stehen müsse, daß er nur das malen dürfe, was er unmittelbar wahrnehme, nicht, was ihm vor seinem geistigen Auge erscheint, daß er versuchen solle, den alten Meistern ebenbürtig zu sein, ohne sie nachzuahmen.

Trotzdem erinnert uns manches in Courbets Malweise an das 17. Jahrhundert. Er war viel mehr an den Motiven als solchen interessiert als daran, neue Ausdrucksmöglichkeiten zu finden. Dies blieb einem anderen großen Franzosen vorbehalten, Edouard Manet. Er teilte die Anschauung Courbets über die Aufgabe des Malers, aber er hielt es für wichtig, zunächst alle Möglichkeiten der Ausdrucksweise kennenzulernen. Deshalb ergründete er alles, was er darüber in Erfahrung bringen konnte: er machte Kopien und Studien nach alten Meistern, und mehrere Jahre lang waren solche ›Bilder nach Bildern‹ seine Hauptbeschäftigung. Die von Manet selbst erarbeitete neue Sprache wird uns deutlich, wenn wir seinen *Pfeifer* (Abb. 177) mit den *Steinklopfern* vergleichen. Seitdem im späten Mittelalter die Bilder zum erstenmal zu ›Ausblicken‹ geworden waren, bemühten

177 EDOUARD MANET. Der Pfeifer. 1866. Louvre, Paris. Manet steigert die flächenhafte Wirkung des den Knaben umrahmenden grauen Hintergrundes, indem er mit leuchtenden Farben arbeitete.

sich die Maler, ihren Formen durch Modellierung und Schattengebung ein plastisches und körperhaftes Aussehen zu geben und die umliegende Fläche tief und räumlich erscheinen zu lassen. Auch Courbet malte noch in diesem Sinne. Manet dagegen war überzeugt, daß man dies nur durch die Differenzierung der Farbe erreichen könne, statt durch Abstufungen von Licht und Schatten. Im *Pfeifer* fällt das Licht so auf die Formen, daß wir praktisch keine Schatten und keine Schattierungen finden können. Das Bild ist aus Farbflächen aufgebaut, die nebeneinander auf die Leinwand aufgetragen sind. Jede Farbfläche hat eine klar umrissene Form, ob sie nun einen Gegenstand, etwa einen Teil der Uniform des Jungen wiedergibt, oder, wie der hellgraue Grund um die Figur, bloß einen leeren Raum. Das bedeutet, daß das Bild als solches für Manet wichtiger geworden ist als die Gegenstände, die es darstellt. Er entdeckte, daß die engbegrenzte Welt der Leinwand ihre eigenen ›Naturgesetze‹ hat, deren oberstes sagt, daß jedem Pinselstrich, jedem Farbflecken dieselbe Bedeutung zukomme, gleichgültig was er darstellt.

Das Bild *Im Boot* (Abb. 178) zeigt uns die nächste Etappe der von Manet ausgelösten Revolution. Angeregt durch jüngere Künstler (Claude Monet und andere), die seine Ideen in ihren Bildern weiterentwickelt hatten, wandte sich Manet Freilichtszenen wie dieser zu, die von einem so strahlenden Sonnenlicht überflutet werden, daß alle früheren Gemälde daneben düster erscheinen. Überall ist Farbe, sogar in den Schatten (wenn man sie überhaupt noch so nennen darf!). Es ist ein Genrebild, aber Manet gibt uns nur eine unbestimmte, flüchtige Andeutung von den beiden Menschen und dem, was sie tun. Seine Pinselführung ist so rasch und spritzig geworden wie die von Frans Hals oder Constable, so daß die ganze Szene in Bewegung zu sein scheint. Deshalb tauften die konservativ eingestellten Kritiker diesen neuen Stil Impressionismus. Für sie waren solche Bilder bestenfalls flüchtige Impressionen, unvollendete Studien, die keiner

178 EDOUARD MANET. Im Boot. 1874. Metropolitan Museum, New York (Schenkung Mrs. H. O. Havemeyer). Die Szene scheint an uns vorüberzugleiten.

179 CLAUDE MONET. Die Seine bei Argenteuil. 1868. Art Institute, Chicago. Das Bild verdeutlicht Monets neuartige Auffassung von der Freiluftmalerei. Es ist aus Flächen reiner Farbe aufgebaut; die Spiegelungen im Wasser, für die Monet eine besondere Vorliebe hatte, sind in dem Farbenmosaik genauso ›wirklich‹ wie alles andere.

ernsthaften Beachtung wert waren. Darüber hinaus beschwerten sie sich, daß die Farbe so schreiend sei, daß ihre Augen schmerzten. Einem der jüngeren Impressionisten, Auguste Renoir, gelang es besonders gut, mit der neuen Technik das Treiben in den Pariser Straßen einzufangen. Sein *Pont Neuf* (Abb. 180) zeigt uns eine der Seinebrükken in der glühenden Sonne des Hochsommers; wieder sind es die Fülle und die Leuchtkraft der Farben, welche dem Bild Zauber und Heiterkeit verleihen. In der Luft zittert die vom Pflaster zurückstrahlende Hitze, aber der Schatten hat etwas von erfrischender Kühle.

180 AUGUSTE RENOIR. Pont Neuf. 1872. National Gallery, Washington. Die Impressionisten entdeckten auch dort Farben, wo die früheren Maler nur eine neutrale Dunkelheit gesehen hatten. Für Renoir sind die reichen blauen, violetten und grünen Tönungen der Schatten ebenso wichtig wie die blendende Helle der besonnten Flächen.

Es ist unbegreiflich, daß sich nicht jeder damals an der wundervollen Frische dieses Bildes erfreute. Tatsächlich galt aber Adolphe W. Bouguereau während dieser Jahre für die meisten Menschen als der größte lebende Maler. Seine Bilder wurden zu Preisen gehandelt, wie man sie für die seltensten der alten Meister bezahlte. Abb. 181 zeigt uns eines seiner Werke, die *Jugend.* Wir sehen eine junge Frau in klassischem Gewand, die sich an die Einfassung eines alten römischen Brunnens lehnt und von zwei flatternden Cupidofiguren, den Stimmen der Liebe, bedrängt wird. Die Bildidee als solche mag uns nicht befremden – auch die *Geburt der Venus* von Botticelli (Abb. 79) war ein poetisches Thema von ähnlichem Charakter. Im Gegensatz zu der Venus des Botticelli und dem *Pont Neuf* Renoirs bedeutet uns das Bild Bonguereaus überhaupt nichts mehr, weil dieser keinen Sinn für die Schönheit gemalter Formen und Farben hatte. Er begnügte sich damit, sein Modell einfach ›photographisch‹ getreu wiederzugeben. Vielleicht haben die Menschen sein Werk gerade deshalb so geschätzt: sie hatten zu ihm das gleiche Vertrauen wie zu der Kamera, die angeblich keiner Lüge fähig ist, und waren geneigt, dort einen schöpferischen Geist zu sehen, wo wir heute nur noch Fleiß und billige Gefühlsseligkeit entdecken können.

Bouguereau zeigt uns den Stil der Kunstakademien von der schlechtesten Seite. Er betrachtete sich selbst als den Erben von In-

181 ADOLPHE WILLIAM BOUGUEREAU. Jugend. Um 1875. Das Gemälde des damals hochgeschätzten Malers soll im Vergleich zu Renoirs Bild den Wechsel im Geschmack zeigen.

182 AUGUSTE RENOIR. Studie für ›Grandes Baigneuses‹. Um 1885. Fogg Art Museum, Cambridge, Massachusetts. Die festen klaren Umrißlinien und die kräftig modellierten Formen entstanden, als Renoir auf einer Italienreise die klassische Tradition von Raffael und Ingres wiederentdeckte.

183 EDGAR DEGAS. Manet (Bleistiftzeichnung). Um 1865. Metropolitan Museum, New York. Die Verwendung des nüchternen Bleistifts, der Genauigkeit fordert, weist auf die Hochschätzung, die Degas für Ingres empfand.

gres und David (und, durch sie, als den von Poussin und Raffael), aber er hat ihre Lehren nicht verstanden. Doch war die akademische Methode, von der er herkam, nicht von Grund auf schlecht; ein junger und wirklich begabter Künstler konnte von ihr trotz der offenkundigen Schwächen etwas profitieren. Einer der bedeutendsten Vertreter des Impressionismus, Edgar Degas, ist durch ihre Schule gegangen. Er lernte bei einem Nachfolger von Ingres die Achtung vor der Linie und vor der Komposition, die ihm während seines ganzen Lebens nützlich blieb. Die prachtvolle Porträtzeichnung, die Degas von seinem Freunde Manet kurz nach ihrer ersten Begegnung machte (Abb. 183), ist dem Geist von Ingres viel näher gekommen als alles, was Bouguereau je geschaffen hat. Die Haltung erscheint so zufällig und lässig, als hätte Degas sein Modell unbemerkt beobachtet, doch ist die Figur sorgfältig durchkomponiert, und die Linien sind so graziös, die Formen so klar, daß wir uns nicht zu scheuen brauchen, diese Zeichnung mit der *Madame Rivière* (Abb. 162) von Ingres zu vergleichen.

Im Gegensatz zu den übrigen Mitgliedern der Gruppe um Manet malte Degas fast nie im Freien. Zu den bevorzugten Themen dieses

185 JAMES WHISTHLER. Nocturno in Blau und Silber: Old Battersea Bridge. Um 1870. Tate Gallery, London. Das Werk Whistlers ist nur ein schwacher Abglanz des Impressionismus, aber in England und Amerika galt er als dessen Repräsentant.

184 EDGAR DEGAS. Im Konzert-Café Les Ambassadeurs (Pastell). 1876–1877. Musée des Beaux-Arts, Lyon. Für Degas, den größten Zeichner unter den Impressionisten, waren die Pastellstifte ein willkommener Ersatz für die Ölfarbe; mit ihnen konnte er gleichzeitig malen und zeichnen.

›Alterlier- und Kunstlicht-Impressionisten‹ zählen Theater- und Varietészenen von der Art des *Konzert-Cafés* (Abb. 184). Hier sind die leuchtenden Farben der Kostüme, die dramatische Beleuchtung, der Kontrast zwischen der ›Scheinwelt‹ der Bühne und der ›wirklichen‹ Welt der Zuschauer zu einer wunderbar reichen und lebensvollen Darstellung verwoben. Sie erscheint uns wie ein zufälliger Blick, als wenn der Künstler sie in den wenigen Minuten skizziert hätte, in denen er durch die überfüllte Halle ging. Tatsächlich aber verbirgt sich hinter diesem scheinbar zwanglosen Seitenblick sehr viel sorgfältige Überlegung. Man achte zum Beispiel darauf, wie die Reihe der Laternen links neben der rotgekleideten Sängerin unsere Aufmerksamkeit auf deren ausgestreckten Arm lenkt oder wie der aus der versenkten Orchesterbühne aufsteigende Baßgeigenhals uns die Kluft zwischen dem Vorder- und Hintergrund deutlich macht. Die Art, in der das Bild zusammengesetzt ist, zeigt die ganze Sorgfalt eines ›alten‹ Meisters mit einem durch und durch modernen Sinn.

In England und Amerika galt vor allem James Whistler als Repräsentant des Impressionismus (Abb. 185).

Die ›Nach-Impressionisten‹

Zu den frühesten Bewunderern Manets zählte ein etwas mürrischer junger Mann aus Südfrankreich mit dem Namen Paul Cézanne. Er übernahm den Stil von Bildern wie *Der Pfeifer* (Abb. 177) und machte ihn zur Grundlage seines eigenen Schaffens. In den frühen siebziger Jahren begann Cézanne strahlend leuchtende Motive im Freien zu malen, die dem *Boot* von Manet und dem *Pont Neuf* von Renoir ähneln, aber er teilte das Interesse seiner Freunde an der ›Flüchtigkeit des Augenblickes‹, an der Bewegung und am Wechsel nicht. Gegen 1880 hatte er den Impressionismus überwunden und wurde zum ersten Nach-Impressionisten. Dies ist keine sehr treffende Bezeichnung für den reifen Cézanne oder für die Künstler, die mit seinen Bestrebungen übereinstimmten, aber damit ist letztlich nur ge-

186 PAUL CÉZANNE. *Stilleben mit Obstschale. 1879–1882. Museum of Modern Art, New York. Bei diesem Stilleben vereint der Künstler einen klaren, wohlüberlegten Aufbau mit den subtilsten Farbabstufungen. Das Spiel von Licht und Schatten auf den verschiedenen Oberflächen ist in eine reiche Skala von warmen und kalten Tönen übersetzt.*

187 PAUL CÉZANNE. Haus in der Provence. 1885–1886. The Indianapolis Museum of Art. Hier sind das Nahe und das Ferne, Menschenwerk und Natur ebenso gegeneinandergestellt wie harmonisch in Einklang gebracht.

meint, daß sie keine ›Gegen-Impressionisten‹ waren. Diese Männer wußten alle sehr genau, wieviel sie der von Manet angebahnten Revolution verdankten, und sie wollten diese sicher nicht ungeschehen machen. Im Gegenteil! Sie wollten sie weiterführen, so daß der Nach-Impressionismus in Wirklichkeit nur ein späteres, freilich sehr bedeutsames Stadium dieser grundlegenden Umwälzung war.

Der Nach-Impressionismus von Cézanne wird in seinem *Stilleben mit Fruchtschale, Weinglas und Äpfeln* (Abb. 186) deutlich, welches die farbige Frische und die freizügige Pinselführung eines impressionistischen Bildes hat, aber bei längerer Betrachtung manches Verwirrende zeigt. So sind die meisten Formen mit dunklen Linien umrandet, und die Gegenstände gegenüber der Natur selbst vereinfacht.

Die Tischplatte scheint nach oben geneigt, und die Verkürzungen der Schale und des Glases sind willkürlich. Auch scheinen die Farben einem Schema zu folgen, das den Kontrast zwischen kalten und warmen Tönen unterstreicht, und die Pinselstriche bildeten eine Art Muster, das sich über die ganze Leinwand ausbreitet und ihr einen flimmernden Effekt verleiht. Geschah das alles absichtlich oder konnte Cézanne es nicht besser? Je länger wir uns in das Bild vertiefen, desto deutlicher empfinden wir, daß die Gegenstände in bezug

188 PAUL CÉZANNE. Der Mont Sainte-Victoire. Um 1898–1900. Baltimore Museum of Art (Cone Collection). Die Bilder aus der Spätzeit Cézannes haben eine neue innere Kraft und Gefühlstiefe. Der mächtige Berggipfel in der Nähe von Aix-en-Provence ruht majestätisch über Felsen und Bäumen. Der Mensch, Häuser und Straßen, die in Cézannes früheren Kompositionen eine bedeutsame Rolle spielten, sind gänzlich ausgeschaltet.

auf das Bildganze richtig erscheinen, obwohl sie so wenig mit der Natur übereinstimmen. Genau diese Empfindung wollte Cézanne in uns wecken. Ihm bedeutete noch mehr als Manet die umrahmte Leinwand eine selbständige Welt mit eigenen Gesetzen, die ihm wichtiger waren als diejenigen der Natur. Er konnte nichts aus der Natur übernehmen und in ein Bild umsetzen, ohne es so zu verändern, daß es diesen Gesetzen entsprach. »Schalen, Gläser und Früchte«, scheint er uns sagen zu wollen, »sind an sich überhaupt nicht interessant. Sie werden es allein durch das, was ich aus ihnen in meinem Bilde mache. Das ist meine Aufgabe, meine Pflicht als Künstler.« Aber Cézanne hat die Natur nicht einfach als ein Rohmaterial betrachtet, mit dem er umspringen konnte, wie es ihm gefiel. Er brachte ihr größte Achtung entgegen und hat sie nicht stärker verändert als ihm unbedingt erforderlich schien. In seiner *Fruchtschale* und vielleicht noch deutlicher in dem nur wenig später entstandenen *Haus in der Provence* (Abb. 187) erkennen wir, wie feinfühlend er seine Kunst gegenüber der Natur ausgewogen hat: Die Formen sind nach der Tiefe gestaffelt, und doch gleichen sie sich auch der Bildfläche an; sie sind einfacher und klarer als in der Natur, weil die Welt der Malerei ihre Grenzen und ihre Ordnung hat und nicht aus Atomen, sondern aus Farbflecken aufgebaut ist. Die Formen sind sorgfältig aufeinander und auf die Größe der Leinwand bezogen, doch bleiben sie immer ein Teil jener größeren Welt, die sich nicht durch den Bildrahmen abgrenzen läßt.

Cézanne äußerte einmal, daß es sein Ziel sei, »Poussin zu wiederholen, aber nach der Natur«. Das sollte heißen, daß er sich um eine

189 GEORGES SEURAT. Ein Sonntagnachmittag auf der Grand Jatte. 1884–1886. Art Institute, Chicago. Neben dem bedächtig und geduldig arbeitenden Systematiker Seurat mutet Cézanne geradezu leidenschaftlidh und impulsiv an. Das Bild ist aus gleichförmigen Farbtupfen wie ein Mosaik zusammengesetzt. Merkwürdig, wie die Gestalten, obwohl ganz bewegungslos, dennoch entspannt und fröhlich gestimmt erscheinen. Jede hat etwas ganz Persönliches, was mit Humor und Genauigkeit festgehalten ist.

Kunst bemühte, die genauso echt und monumental war wie die der alten Meister, ohne die Errungenschaften der Impressionisten aufzugeben. Das gleiche ist von Georges Seurat zu sagen, einem anderen bedeutenden Nachimpressionisten. Seine Laufbahn war genauso kurz wie die von Masaccio, Giorgione und Géricault – er starb 1891 im Alter von nur zweiunddreißig Jahren –, und was er erreicht hat, ist ebenso erstaunlich. Sein künstlerisches Anliegen fand seinen Niederschlag in einigen wenigen großen Gemälden, an denen er jeweils ein ganzes Jahr oder länger arbeitete. Ein Grund dafür war seine Überzeugung, daß Kunst auf Prinzipien begründet sein müsse. Wie Degas hatte er bei einem Nachfolger von Ingres gelernt. Aber wie bei allen genialen Künstlern dienen auch bei Seurat die Theorien nicht dazu, seine Bilder verständlich zu machen, sondern die Bilder erklären seine Theorien.

Mit dem *Sonntagnachmittag auf der Grande Jatte* (Abb. 189) hat Seurat ein bei den Impressionisten sehr beliebtes Thema aufgegriffen – eine fröhliche Menschenmenge genießt einen Sommertag auf einer Insel nahe bei Paris. Die Farben haben die gleiche regenbogenhafte Buntheit wie der *Pont Neuf* von Renoir, aber sonst ist das Bild das genaue Gegenteil einer flüchtigen ›Impression‹. Noch mehr als Cézanne war Seurat bemüht, der Malerei Ruhe und Monumentalität zurückzugewinnen, und er wußte, daß dies nur möglich war, wenn er das verwirrende und wechselvolle Geschehen einer strengen Ordnung unterwarf und alles an seinen richtigen Platz stellte und dort verankerte. Die *Grande Jatte* ist sicher eines der am gründlichsten durchdachten Bilder aller Zeiten und genauso vollendet durchkomponiert wie ein Wandbild von Piero della Francesca (Abb. 69). Es hat eine zeitlose Würde, die an die altägyptische Kunst erinnert. Diese Leidenschaft für Ordnung läßt sich selbst in der Pinselarbeit erkennen. Die Pinselstriche Cézannes verraten, abgesehen von ihrem rhythmischen, regelmäßigen Charakter noch eine ausgesprochen persönliche Note; bei Seurat aber ist jeder Strich zu einem begrenzten kleinen Tupfer reiner Farbe geworden, ein winziger, unpersönlicher ›Baustein‹ in der Konstruktion des Bildes (diese Technik ist als Pointillismus bekannt).

190 VINCENT VAN GOGH. Bauer aus der Camargue (Federzeichnung). 1888. Fogg Art Museum, Harvard Univ., Cambridge, Massachusetts. Auch wenn keines der Gemälde von van Gogh erhalten wäre, reichten seine kraftvollen Zeichnungen aus, ihm einen Platz unter den bedeutendsten modernen Meistern zu sichern.

191 VINCENT VAN GOGH. Dr. Gachet. 1890. Privatbesitz. In den letzten Monaten seines Lebens begab sich van Gogh in die Behandlung von Dr. Gachet, dessen geistige Haltung der des Künstlers weitgehend entsprach.

Während Cézanne und Seurat den impressionistischen Stil zu einer strengeren, klassischen Kunst gewandelt haben, lenkte Vincent van Gogh seinen Weg in eine andere Richtung. Er glaubte, daß der Impressionismus dem Künstler nicht genügend Freiheit ließe, seine Gefühle auszudrücken. Und da dies sein Hauptanliegen war, wird er manchmal als Expressionist bezeichnet. Auch van Gogh wollte die alten Meister nach der Natur erneuern, aber seine Vorbilder waren Rembrandt und Delacroix und nicht Poussin und Ingres. Obwohl er der erste große holländische Maler nach dem 17. Jahrhundert wurde, hat van Gogh seine Laufbahn nicht als Künstler begonnen. Seine frühesten Neigungen galten der Literatur und der Religion, und eine Zeitlang wirkte er sogar als Laienprediger unter den Armen.

192 VINCENT VAN GOGH. *Straße mit Zypressen. 1889. Rijksmuseum Kröller-Müller, Otterlo. Die gleiche südfranzösische Landschaft, in der Cézanne Ruhe und Ordnung fand, beflügelte van Goghs leidenschaftliche Vorstellung von der Einheit der Natur.*

Erst 1880, im Alter von siebenundzwanzig Jahren, wandte er sich der Kunst zu, und da er schon zehn Jahre später starb, war seine Laufbahn noch kürzer als die von Seurat. Fast alle seine bedeutenderen Arbeiten gehören in seine letzten drei Lebensjahre, die er zumeist in Südfrankreich verbrachte. Gegen Ende seines Lebens hatte er unter Anfällen von geistiger Umnachtung zu leiden, die ihm das Malen immer schwerer machten. An der Heilung verzweifelnd, beschloß er schließlich, Hand an sich selbst zu legen, weil er zutiefst empfand, daß es nur die Kunst war, die ihm das Leben lebenswert machte.

Die Zeichnung *Bauer aus der Camargue* (Abb. 190) ist von dem gleichen Mitgefühl getragen, das van Gogh dazu bewegt hatte, eine religiöse Mission unter den Armen zu erfüllen. Das kräftig modellierte Gesicht tritt mit unglaublicher Stärke hervor, weil alles andere (der Hintergrund, der Hut, die Schultern) im Gegensatz dazu flächig gehalten ist. Auf diese Weise zwingt uns der Künstler, sein eigenes Erleben zu teilen, zu fühlen, was er fühlte: den Ausdruck innerer Qual in den Augen, die merkwürdige Gespanntheit um den Mund mit einem blassen, erstarrten Lächeln. Wie Cézanne und Seurat hat auch van Gogh die Natur umgeformt, aber aus ganz anderen Gründen. Jene hatten die typischen Eigenschaften der Dinge betont, er hat das Einmalige an ihnen herausgegriffen. Jene zielten darauf ab, hinter ihr Werk zurückzutreten; bei ihm enthüllt jede Form sein persönliches Empfinden. Wo sie Ausgewogenheit und Stabilität suchen, schafft er Bewegung. Man betrachte die Tupfen im Hintergrund seiner Zeichnung: sie spiegeln den Pointillismus von Seurat, scheinen aber in Fluß geraten zu sein. An anderen Stellen in der Zeichnung ist dieses Fließen der Federstriche noch kräftiger.

In der *Straße mit Zypressen* (Abb. 192) erscheint uns van Goghs ganz charakteristischer Pinselzug, denn jeder Strich ist genauso kühn, und seine leidenschaftliche Bewegtheit ist fast überwältigend. Die Straße ›fließt‹ an uns vorbei, die Bäume schlagen wie Flammen nach oben, und der Himmel ist erfüllt von dem wirbelnden Kreisen von Sonne, Mond und Sternen. Auch diese prachtvolle Vision von der Einheit allen Lebens drückt das religiöse Fühlen van Goghs aus – ein Fühlen, das ebenso tief und kraftvoll war wie der Glaube des Mittel-

193 PAUL GAUGUIN. Der Gelbe Christus. 1889. Albright-Knox Art Gallery, Buffalo. Gauguin erkannte, daß der Impressionismus die Bedeutung der schöpferischen Phantasie vernachlässigte. Er wollte die Natur nicht schildern, sondern ›von ihr träumen‹, um den schlichten und unverfälschten Glauben einfacher Menschen unmittelbar anzusprechen.

alters, obwohl es mehr auf einem Glauben an die schöpferischen Kräfte der Natur als auf dem Christentum der Bibel basierte.

Ebenso hat das Religiöse im Schaffen (wenn auch nicht im Leben) von Paul Gauguin eine bedeutsame Rolle gespielt. Dieser hatte sich noch später als van Gogh dazu entschlossen, Künstler zu werden. Bis zum Alter von fünfunddreißig Jahren war er ein erfolgreicher Geschäftsmann, der nebenher malte und moderne Bilder sammelte

194 PAUL GAUGUIN. Dankopfer (Holzschnitt). Um 1891–1893. Durch die starken Schwarzweiß-Kontraste und die Vereinfachung der Technik sind die Tahiti-Holzschnitte Gauguins überzeugender als seine Gemälde.

(ihm gehörte einst das *Stilleben mit Fruchtschale, Weinglas und Äpfeln* von Cézanne). 1889 aber schuf er eine neue Kunstrichtung, die er Symbolismus nannte. Dieser Stil hatte zwar eine weniger ausgeprägt persönliche Note als der van Goghs, war aber in vieler Hinsicht ein noch kühnerer Schritt über den Impressionismus hinaus. Gauguin empfand, daß die westliche Zivilisation aus den Fugen geraten war, daß durch die Industrialisierung die Menschen zu einer unwürdi-

195 EDVARD MUNCH. Der Schrei. 1893. Nasjonalgalleriet, Oslo. Munch schrieb einmal »Ich möchte Bilder malen, vor denen die Leute ihre Hüte in Ehrfurcht abnehmen, wie sie es in der Kirche tun.«

196 HENRI DE TOULOUSE-LAUTREC. Im Moulin Rouge. 1892. Art Institute, Chicago. Trotz scheinbarer Unbeschwertheit ist diese Szene freudlos. Die maskenhaften Gesichter, die gebrochenen Farben, die übersteigerte Perspektive schaffen eine bedrückende Atmosphäre.

gen Lebensform, zur Jagd nach dem Geld gezwungen waren, während ihre Gefühle vernachlässigt wurden. Um diese verborgene Welt der Gefühle für sich selbst wieder zu entdecken, lebte Gauguin unter den Bauern der Bretagne, im Westen Frankreichs. Ihn beeindruckte besonders die Tatsache, daß die Religion für diese Menschen noch Teil des täglichen Lebens war; mit seinem *Gelben Christus* (Abb. 193) versuchte er, deren schlichten, unverfälschten Glauben auszudrücken. Der Christus ist spätgotisch aufgefaßt, bleibt aber der Volkskunst verbunden, weil die drei im Vordergrund gezeigten Bäuerinnen ihm sich in dieser Weise vorstellten. Auch die anderen Formen sind vereinfacht und flächig gestaltet, als sollte damit betont werden, daß sie aus dem Gedanklichen kommen und nicht

nach der Natur beobachtet sind. Die leuchtenden Farben sind von der gleichen Naturferne. Der Symbolismus Gauguins hat vieles mit der mittelalterlichen Kunst gemein, doch unterscheidet er sich in einem Punkte wesentlich: weil Gauguin die religiöse Erlebnisfähigkeit der Bauern nicht teilte, konnte er nur Bilder *über* den Glauben, nicht aber solche malen, die *aus* dem Glauben kamen.

Zwei Jahre später wurde Gauguin von seiner Sehnsucht nach dem naturverbundenen, einfachen Leben noch weiter entführt. Er reiste in die Südsee, um von den Eingeborenen zu lernen. Gauguin hat fast zehn Jahre in dieser tropischen Umgebung zugebracht. Keines der hier von ihm gemalten Bilder ist so kühn wie der *Gelbe Christus*. Die interessantesten Arbeiten dieser Zeit sind seine Holzschnitte; in ihrem freizügigen ›Schnitt‹ und den starken Schwarzweiß-Wirkungen spüren wir den Einfluß der einheimischen Südseekunst. Das *Dankopfer* (Abb. 194) hat als Thema wieder eine religiöse Handlung, doch ist das Abbild einer lokalen Gottheit an die Stelle von Christus getreten.

Währenddessen wurden die Ideen Gauguins von anderen Künstlern aufgegriffen, zu denen auch der bedeutende norwegische Maler Edvard Munch zählte. In seinem *Schrei* (Abb. 195) macht uns Munch ein Gefühl ›sichtbar‹. Es ist ein Bild der Angst, jener schrecklichen, grundlosen Angst, die uns überfällt, wenn wir aus einem Alptraum erwachen. Die langgezogenen geschwungenen Linien scheinen das Echo des Schreies in jede Ecke des Bildes zu tragen – Erde und Himmel sind zu einem einzigen Widerhall der Angst geworden.

Auch über das in Abb. 196 gezeigte Bild breitet sich ein merkwürdig gespenstiges Fluidum, obwohl es das Innere eines bekannten Pariser Nachtlokals, des Moulin Rouge, zeigt. Henri de Toulouse-Lautrec, der dieses Bild gemalt hat, war ein großer Verehrer von Degas, aber er kannte auch van Gogh und Gauguin. Im *Moulin Rouge* hat vieles mit dem impressionistischen *Konzert-Café* (Abb. 184) von Degas gemein; wir sehen den gleichen plötzlichen Bruch zwischen Vorder- und Hintergrund, dieselbe kontrastreiche Lichtgebung, das gleiche Interesse für die Gesten und Posen der Schauspieler. Aber Toulouse-Lautrec hat hinter die oberflächliche Heiterkeit dieser Szene ge-

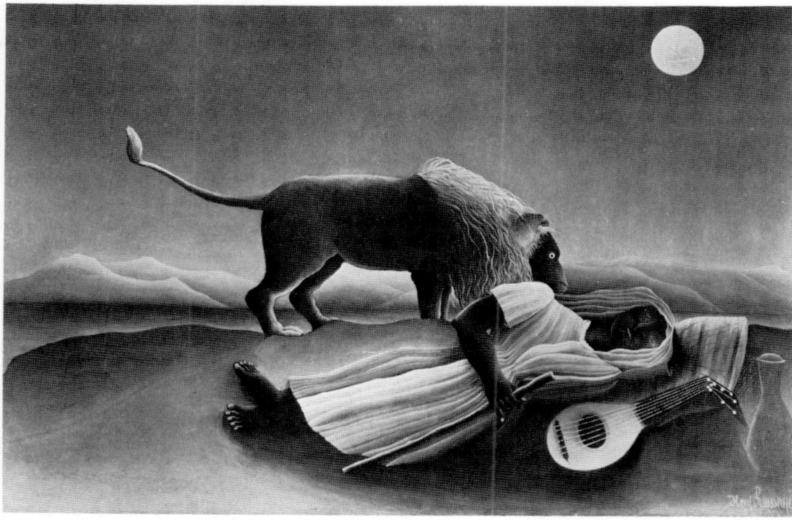

197 HENRI ROUSSEAU. Die schlafende Zigeunerin. 1897. The Museum of Modern Art, New York. Was Gauguin in seiner Kunst mühevoll erstrebte, fiel Rousseau zu, ohne daß er es merkte. Er hielt sich für einen ›Realisten‹ und bewunderte die Perfektion Bouguereaus. Glücklicherweise war seine Realität ein romantischer Traum.

schaut. Er betrachtet sie mit dem für Charaktere geschärften Auge eines Karikaturisten und schließt sich selbst in diese Betrachtung ein – er ist der kleine, bärtige Mann, der im Hintergrund der Raumes sichtbar wird. Die großen einheitlichen Farbflächen mit ihren dunklen, geschwungenen Konturen erinnern an Gauguin.

Im Jahre 1886 tauchten in einer Ausstellung von nachimpressionistischen Werken Bilder eines Malers auf, von dem zuvor niemand etwas gehört hatte. Er hieß Henri Rousseau und war ein pensionierter Zollbeamter, der, ohne jegliche Anleitung, erst mit vierzig Jahren zu malen begonnen hatte. Rousseau war ein Sonntagsmaler vom gleichen Schlage wie Edward Hicks, aber er war erstaunlicherweise auch ein Genie. Wie hätte er sonst ein Bild wie die *Schlafende Zigeunerin* (Abb. 197) schaffen können? Es fällt uns schwer, dem magischen

Zauber dieses gemalten Traumes zu entfliehen. Was sich in dieser schweigenden Wüstenlandschaft unter dem Licht des Vollmondes abspielt, bedarf keiner Erklärung, weil gar keine möglich ist, aber vielleicht erscheint gerade deshalb die ganze Szene uns so unglaublich wirklich. Hier begegnen uns die Einfalt und Gefühlsstärke, die Gauguin als so notwendig für das moderne Zeitalter betrachtete. Darum hat Rousseau mehr als irgendein anderer Anspruch, als der Vater der Malerei des 20. Jahrhunderts zu gelten.

198 JAMES ENSOR. Intrige. 1890. Koninklijk Museum voor Schoone Kunsten, Antwerpen. Wie van Gogh war dieser große belgische Maler über den selbstgefälligen Optimismus seiner Zeit tief beunruhigt. Auch er suchte mehr den Ausdruck als die formale Vollendung. Die finsteren, maskierten Geschöpfe seiner Phantasie bedrängen uns wie die gespenstigen Hexen Goyas (vgl. Abb. 163).

Die Malerei der klassischen Moderne

Bei unserer Betrachtung über die Malerei seit der industriellen Revolution haben wir eine ganze Anzahl von ›Ismen‹ erwähnt: Realismus, Impressionismus (und Nach-Impressionismus), Pointillismus, Symbolismus, Expressionismus. Im 20. Jahrhundert begegnen uns noch mehr, so daß keiner genau weiß, wie viele es gibt. Wir neigen dazu, diese Ismen als etwas Verwirrendes, ja sogar Abschreckendes zu betrachten. Damit geben viele den Versuch, die moderne Kunst zu verstehen, schon auf, ehe sie ihn überhaupt gewagt haben. Doch liegt dazu gar kein Grund vor. Ein Ismus ist nichts anderes ist als eine Vokabel, die uns hilft, gewisse Dinge an der ihnen zukommenden Stelle einzuordnen. Wenn er diese Funktion nicht erfüllt, sollten wir ihn zur Seite legen. Viele der auf die moderne Kunst bezogenen Ismen gehören dazu: manche der Stile oder Richtungen, die durch sie bezeichnet werden sollen, lassen sich gar nicht klar erkennen, während andere wieder so nebensächlich sind, daß sie nur für Spezialisten Geltung haben. Es ist viel leichter, sich einen neuen Begriff auszudenken als in der Kunst etwas zu schaffen, das einen besonderen Namen verdient.

Freilich kommen wir aus begreiflichen Gründen nicht ohne Ismen aus. Denken wir für einen Augenblick an die Renaissance zurück: Hier haben wir viele lokale ›Schulen‹ kennengelernt. Jedes Land, jede Landschaft jede wichtige Stadt hatte ihre ganz eigene Art, die Dinge darzustellen, so daß wir häufig schon nach dem ersten Blick sagen konnten, wo ein Bild dieser Zeit entstanden sein mußte. In der Barockzeit begegneten uns wieder solche Unterschiede, aber wir haben gleichzeitig einen immer stärkeren internationalen Austausch erkennen können, der seitdem schnell angewachsen ist. Das Maschinenzeitalter hat das Leben der ganzen westlichen Welt vereinheitlicht und uns alle vor dieselben Probleme gestellt. Heute sind wir so aufeinander angewiesen, daß kein Mensch und keine Nation sich noch als eine isolierte Insel betrachten kann. Daher begreifen wir, warum die lokalen oder nationalen ›Schulen‹ für die moderne

Kunst so wenig Bedeutung haben. An ihre Stelle sind Richtungen, Ismen, getreten, die sich über alle Grenzen hinweg ausbreiteten. In dieser verwirrenden Vielfalt sind drei Hauptströmungen zu erkennen, auf die wir unser Augenmerk richten wollen. Sie alle haben ihren Ausgang bei den Nach-Impressionisten, wurden aber in unserem Jahrhundert sehr viel weiter entwickelt. Der Expressionismus drückte die Empfindungen des Künstlers über sich selbst und die Welt aus. Die abstrakte Kunst beschäftigt sich mit den Ordnungsprinzipien der Formen innerhalb des Bildes. Und die dritte schließlich, die wir am besten als Kunst der Phantasie bezeichnen, versucht das Reich der Einbildungskraft zu ergründen. Es muß hier noch einmal darauf hingewiesen werden daß Empfindung, Ordnung und Phantasie in jedem Kunstwerk enthalten sein müssen: Ohne Phantasie wäre es tödlich langweilig; ohne Ordnung würden wir es für verworren halten: und wenn es kein Gefühl ausdrückte, würde es uns unberührt lassen. Ein Künstler kann eine dieser Komponenten stärker betonen als die anderen, und dementsprechend gehört er zu einer der drei Strömungen, von denen wir sprachen.

Der Expressionismus

Expressionismus ist uns nichts Neues mehr. Wir sind ihm bei van Gogh, bei Gauguin, ja selbst bei Toulouse-Lautrec begegnet. Sie waren die Künstler, die ein junger spanischer Maler am meisten bewunderte, der im Jahre 1900 nach Paris kam: Pablo Picasso. Später wurde er zum berühmtesten, aber auch umstrittensten aller zeitgenössischen Maler; in den ersten Jahren seiner Laufbahn war er unbekannt, arm und einsam. Seine damalige Gemütslage spiegelt sich

199 PABLO PICASSO. Der alte Gitarrenspieler. 1903. Art Institute, Chicago. Picasso malte dieses Bild in Barcelona, wohin er nach einem Elendswinter in Paris zurückgekehrt war. Anfang 1904 war er wieder in Paris und blieb fortan in Frankreich.

200 HENRI MATISSE. Stilleben: Goldfische und Plastik. 1911. The Museum of Modern Art, New York (Gift of Mr. and Mrs. John Hay Whitney).

deutlich in dem *Alten Gitarrenspieler* (Abb. 199), welcher die erste der zahlreichen Phasen verdeutlicht, die Picassos Kunst durchlaufen hat. Das Gemälde ist fast ganz in Blau gehalten, in der Farbe der Schwermut, nach französischer Auffassung. Dies verstärkt das Gefühl der Hoffnungslosigkeit und macht das Bild des ausgehungerten Musikanten noch erschütternder. Picasso muß sich selbst als ein solcher Ausgestoßener gefühlt haben, sonst hätte sich sein Herz für

201 AMEDEO MODIGLIANI. Mädchen mit Zöpfen. 1917. Sammlung Mr. u. Mrs. Ernest Kahn, Cambridge. Schlichte Linien und Farben verweisen auf Matisse, daneben wirkt das italienische Erbe: die Zartheit und Grazie Botticellis.

das stille Leid kaum erwärmen können, das über dem Bettler liegt. Doch spiegelt das Bild nicht bloß Resignation. Die Art, wie der alte Mann sein Schicksal trägt, erinnert an einen Heiligen. Und wenn wir zu Abb. 120 zurückkehren, finden wir bei den Aposteln der *Himmelfahrt* von El Greco ganz ähnliche Gesichter und Hände. *Der Gitarrenspieler* ist eine seltsame Mischung von Manierismus und teilweise der Malerei von Gauguin und Toulouse-Lautrec (man achte auf die sanft geschwungenen Konturen!), geboren aus der persönlichen Schwermut eines zweiundzwanzigjährigen Genies.

Um diese Zeit hat sich auch eine Gruppe junger französischer Maler dem Expressionismus zugewendet. Sie riefen in der Öffentlichkeit solche Entrüstung hervor, daß man sie als die Fauves, das heißt die wilden Bestien, bezeichnete. Sie selbst nahmen diesen Namen nicht einmal übel. Ihre führende Persönlichkeit war Henri Matisse, einer der ›Altmeister‹ der modernen Kunst (er starb 1954). Sein schönes Stilleben *Goldfische und Plastik* (Abb. 200) ist weniger wild als die ersten Bilder der Fauves, aber dennoch verdeutlicht es, warum diese einen solchen Aufruhr verursachten. In seiner extremen Ver-

203 ERNST LUDWIG KIRCHNER. Straßenszene. 1907. Metropolitan Museum, New York. Kirchner war führendes Mitglied der ›Brücke‹, einer Gruppe junger Maler, die vom revolutionären Geist der Fauves inspiriert waren. In diesem Frühwerk erkennen wir auch eine Bewunderung für Edvard Munch.

einfachung geht das Bild offensichtlich noch einen großen Schritt über van Gogh und Gauguin hinaus und weist in eine andere Richtung. Schon die flotte Malweise verrät die persönliche Unbeschwertheit im Gegensatz zu dem jungen Picasso; sie erzählt uns, daß das Hauptinteresse von Matisse nur einem einzigen Vorgang galt, dem des Malens selbst. Die Glasschale, die Vase und die Figur sind perspektivisch gesehen, und die *lebensvollen Fische* in dem durchsichtig grünen Wasser sind überraschend ›wirklich‹; dagegen ist der Raum zu einer zusammenhängend blauen Zone verflacht; ebenso sind

202 HENRI MATISSE. Kapuzinerkresse und ›Der Tanz‹. 1912. Puschkin-Museum, Moskau. Matisse äußerte: »Der Maler darf nie vergessen, daß er die Natur schildert – und selbst wenn er sich willentlich von ihrem Vorbild entfernt, muß er es in der Überzeugung tun, sie dadurch klarer zeigen zu können.«

204 EMIL NOLDE. Das Abendmahl, 1909. Statens Museum for Kunst, Kopenhagen. Als Bahnbrecher des Expressionismus war Nolde ein Einzelganger, ähnlich wie Rouault unter den Fauves.

auch der gelbe Vorhang und der Ausblick durch das Fenster flächig, und nirgendwo erscheint auch nur die Andeutung von einem Schatten – mit diesem reizvollen Gegensatz muß sich das Auge auseinandersetzen. Es ist, als wenn Matisse zu sich selbst gesagt hätte: »Ich will einmal sehen, ob ich nicht die Natur in ein dekoratives Muster umsetzen und dabei von ihr so viel wie möglich bestehen lassen kann.« Niemand brachte diese Einheit von Gegensätzen mit solcher Eleganz zustande wie er.

Die Aufregung über die Fauves zog eine große Zahl von ausländischen Künstlern nach Paris. Zu ihnen gehörte der italienische Maler Amedeo Modigliani, der das *Mädchen mit Zöpfen* (Abb. 201) geschaffen hat. Er ist jung gestorben, und seinem Leben war das Glück fremd.

Vielleicht erklärt sich daraus der sehnsüchtig-poetische Zauber dieses Bildes, welcher eine ähnliche Stimmung wach werden läßt wie *Der alte Gitarrenspieler* von Picasso. Der Stil dagegen scheint sich mit seinen vereinfachten, dunklen Umrissen und seinen großen Flächen lichter Farben enger an Matisse anzuschließen, obwohl Modigliani hier und da zarte Schattenfleckchen gibt, um den Kopf vom Hintergrund abzuheben.

205 OSKAR KOKOSCHKA. Selbstbildnis. 1913. Metropolitan Museum, New York. Wie viele andere Expressionisten stellte sich Kokoschka hier als visionärer Mensch dar, mit kritisch fragendem Blick um Selbsterkenntnis ringend.

206 MAX BECKMANN. Der Traum. 1921. Art Museum, St. Louis. Beckmanns ›Traum‹ verändert hintergründig fröhliches Treiben in die makabre Vision vom Widersinn und der Falschheit der Welt.

207 GEORGES ROUAULT. Der alte Clown. 1917. Ehem. Sammlung Stavros Niarchos. Der entsagungsvolle Ausdruck erinnert an den Bauern von van Gogh (Abb. 190), die dicken schwarzen Umrißlinien und die eigenartige Transparenz der Oberfläche an mittelalterliche Glasfenster.

Der Fauvismus fand vor allem in Deutschland ein starkes Echo, wo er auf gleichgerichtete Bewegungen stieß: ›Die Brücke‹, eine Künstlervereinigung in Dresden, deren bekannteste Mitglieder Ernst Ludwig Kirchner (Abb. 203), Erich Heckel, Karl Schmidt-Rottluff und Emil Nolde (Abb. 204) waren (Nolde zählte nur kurze Zeit zur Gruppe), und die andere Künstlergemeinschaft ›Der blaue Reiter‹ in München, zu der neben anderen Wassily Kandinsky, Franz Marc, August Macke und mittelbar auch Paul Klee gebörten (vgl. Abb. 219, 224, 228). Unabhängig von diesen Vereinigungen gab es noch eine ganze Reihe kraftvoller und origineller deutscher Expressionisten, von denen Oskar Kokoschka und Max Beckmann als bedeutendste Repräsentanten besonders zu nennen sind (Abb. 205, 206). Beckmann war durch seine Erlebnisse im Ersten Weltkrieg, die in ihm ein Gefühl der Verzweiflung über unsere kulturelle Situation hinterlassen hatten, zum Expressionismus gekommen. Wie Gauguin war auch er ein Künstler, der vieles zu sagen hatte und vor dem Problem stand, wie er es ausdrücken sollte. Um zu zeigen, was er hinter der Fassade des modernen Lebens sah, genügte es nicht, einfach diese selbst wiederzugeben. Er mußte mit Symbolen arbeiten, aber wo sollte er sie finden? Die althergebrachten hatten schon seit langem ihre Bedeutung verloren. Wie Gauguin erdachte er sich deshalb seine eigenen. Weil dies neue Symbole sind, dürfen wir sie nicht so ›lesen‹ wie die vergangener Zeiten. Vielleicht wußte Beckmann selbst über ihren Sinn nicht mehr als wir von den Dingen, die wir träumen. »Dies sind die Geschöpfe, die meine Vorstellungswelt beherrschen«, scheint er zu sagen. »Für mich haben sie die Kraft von Symbolen, die unsere alptraumhafte Zeit widerspiegeln. Sie zeigen den ungeschminkten Charakter des Menschen, zeigen, wie schwächlich, wie hilflos wir gegen uns selber sind in dieser stolzen Zeit des sogenannten ›Fortschritts‹.« Seine Phantasie erinnert uns an Hieronymus Bosch (Abb. 65), und es ist tatsächlich manches spätgotisch an Beckmanns bizarrer Bildwelt mit ihren eckigen, puppenhaften Gestalten. Er malte ein modernes ›Narrenschiff‹, das genauso wirkungsvoll und beunruhigend ist wie das von Bosch.

Nur noch Georges Rouault, der einst zusammen mit den Fauves ausgestellt hatte, gibt eine ähnlich ernsthafte Auseinandersetzung mit der geistigen Lage unserer Welt zu erkennen. Im Gegensatz zu Beckmann aber fand Rouault in seinem starken christlichen Glauben Rückhalt, und seine Bilder, etwa der *Alte Clown* (Abb. 207), sind eher von den Gefühlen der Sympathie und des Mitleids erfüllt als von dem der Verzweiflung. Auch sind seine Bildthemen weniger aggressiv und geläufiger. Der Clown, nach außen hin fröhlich, im Herzen traurig, ist den meisten von uns nicht fremd; unter den Händen von Rouault wurde er zu einem Symbol für die Leiden der ganzen Menschheit. Wir empfinden dies aus dem Stil, der vieles van Gogh und Gauguin, vielleicht aber noch mehr der gotischen Glasmalerei verdankt. Doch die Ausdruckskraft der Formen und Farben ist Rouaults Eigenart.

Die abstrakte Malerei

Die zweite Richtung der modernen Kunst bezeichnen wir als die abstrakte. Das Wort ›abstrahieren‹ von irgend etwas bedeutet ›etwas abziehen, absondern‹. Abstraktion ist in jedem Kunstwerk enthalten, ob es dem Künstler bewußt ist oder nicht. Der alte Ägypter, der die kleinen puppenartigen Figürchen der Abb. 5 gezeichnet hat, war sich ebensowenig darüber klar, daß sie abstrakt sind, wie der Grieche, der die geometrische Vase unserer Abb. 13 bemalte. In der Renaissance dagegen begannen die Künstler, bewußt zu abstrahieren. Sie hatten herausgefunden, daß die Formen der Natur vom Auge leichter erfaßt werden, wenn man sie in die einfachen Formen der Geometrie umsetzte (wie es Piero della Franccsca getan hat, vgl. Abb. 69, 70). Cézanne und Seurat haben diese Methode wieder entdeckt und weiter ausgearbeitet: nach Cézanne sind Zylinder, Kugel und Kegel die Grundformen der Natur. Vom Werk dieser beiden Männer hat die abstrakte Richtung in der modernen Kunst ihren Ausgang genommen.

Gegen 1906 wandte sich Picasso von seinem frühen Stil ab und begann in der Art von Cézanne zu malen. Auch sein Freund Georges Braque, bis dahin einer der Fauves, schloß sich ihm an. Sie gingen bald weit über Cézanne hinaus und riefen einen neuen Stil ins Leben, den Kubismus. Wir begreifen diesen Namen, wenn wir den *Weiblichen Akt* Picassos aus dem Jahre 1910 (Abb. 208) betrachten, der vorwiegend aus geraden Linien und Winkeln besteht. Die nackte Figur läßt sich auf den ersten Blick nicht entdecken. Es drängt sich die Frage auf, warum der Künstler überhaupt unter diesen Formen noch einen Akt verbarg? Würden die Winkel und Flächen nicht für sich allein eine schönere Komposition ergeben, wenn sie an nichts Gegenständliches gebunden wären? Manche der späteren Künstler waren dieser Ansicht, nicht aber Picasso. Für ihn, wie auch für Cézanne, bedeutete die Abstraktion das, »was man tun muß, um die Natur für das Bild verwendbar zu machen«; als Selbstzweck war die Abstraktion für ihn sinnlos. Er wendete viel straffere Ordnungsprinzipien an als Cézanne – Prinzipien, die ihn dazu zwangen, den

208 PABLO PICASSO. Weiblicher Akt (Kohlezeichnung). 1910. Sammlung Alfred Stieglitz, Estate. Die Heftigkeit früherer Werke ist zugunsten einer ruhigeren und methodischeren Anwendung der neuen konstruktiven Prinzipien aufgegeben.

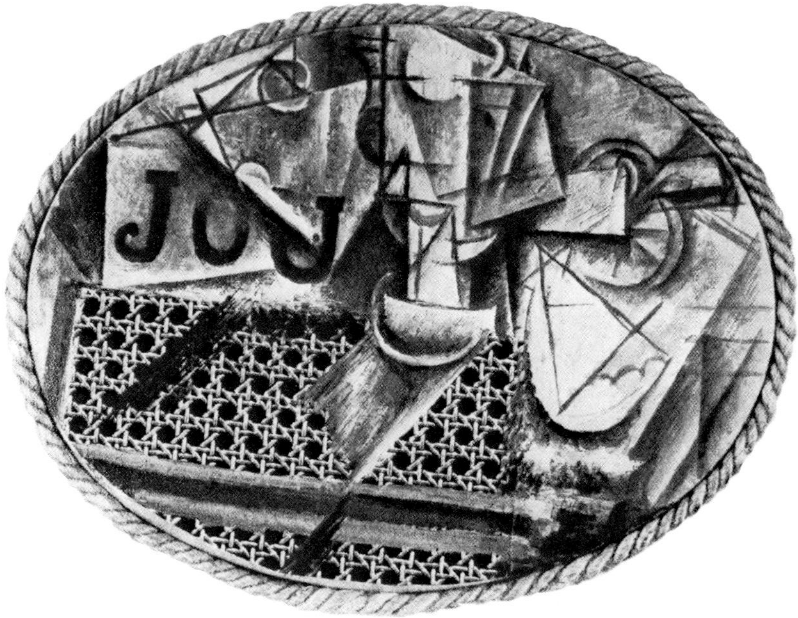

209 PABLO PICASSO. Stilleben mit geflochtenem Stuhl. 1912. Nachlaß Picasso. Dieses Bild gilt als das erste kubistische Werk, in den ein ›kunstfremder‹ Gegenstand eingefügt ist.

menschlichen Körper zu zerlegen –, aber die Natur brauchte er als Anregung; für ihn ist weder der Akt als solcher noch die Komposition die Hauptsache, sondern die Spannung zwischen beiden.

Bei dem Stilleben Abb. 209 hat Picasso die gleiche Methode angewendet. Alles ist in Winkel und Flächen zerlegt bis auf die drei Buchstaben, deren Form an sich schon abstrakt ist. Was bedeutet aber das Stück imitierten Stuhlgeflechts, welches in das Bild geklebt wurde? Warum ist die Bildform oval, warum ein Seil anstelle eines Rahmens? Picasso wollte offensichtlich die Leinwand wie ein Tablett erscheinen lassen, auf dem uns das Stilleben ›serviert‹ wird. Es war ein sehr geistreicher Einfall, die abstrakten ›Formen von Dingen‹

obendrein auf wirkliche Dinge (Leinwand, Stuhlgeflecht und Seil) zu setzen. Wahrscheinlich war sich Picasso selbst damals gar nicht bewußt, daß er damit zugleich die Grundlage für eine neue Ausdrucksform in der Malerei geschaffen hatte.

Das Stilleben *Le Courrier* von Braque (Abb. 210) verdeutlicht uns das nächste Stadium dieser neuen Formensprache. Hier ist das Gerüst der gesamten Komposition aus einzelnen Papierstückchen zusammengeklebt, eine Technik, die man nach dem französischen Wort für ›Aufkleben‹ als ›Collage‹ bezeichnet. Einige gezeichnete Striche und Schattenandeutungen vervollständigen das Ganze. Dadurch werden Wirkliches und Abstraktes so vollständig verwoben,

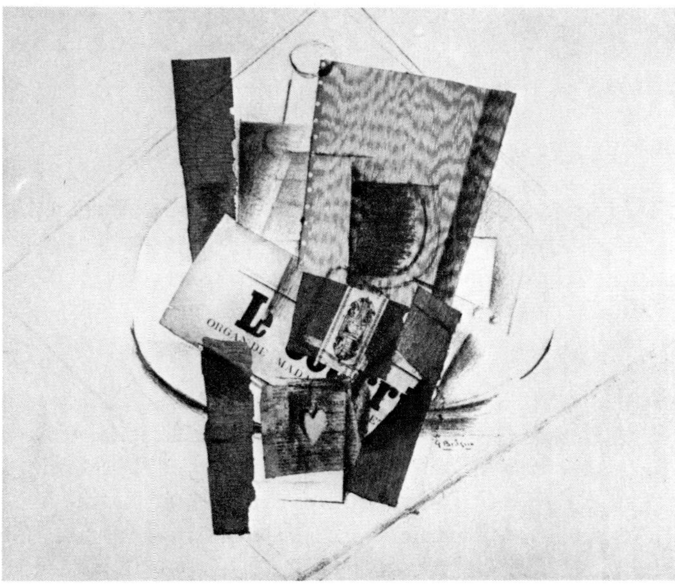

210 GEORGES BRAQUE. Le Courrier (Collage). 1913. Philadelphia Museum of Art (A. E. Gallatin Collection). Solche ›Aufklebearbeiten‹ von Braque und Picasso zwischen 1913 und 1914 vielfach geschaffen, sind eine Weiterführung der Idee des ›Servierens‹ in der Abb. 209.

211 JUAN GRIS. Das Schachbrett. 1917. Metropolitan Museum of Art, New York. Gris, einige Jahre jünger als Braque und Picasso, wandte sich 1912 dem Kubismus zu und entwickelte bald einen sehr persönlichen Stil. Das ›Schachbrett‹ ist von düsterer Harmonie und konstruktiver Festigkeit, die weder Braque noch Picasso übertrafen; bei aller Ausgewogenheit vermeidet die innere Spannung das rein Ornamentale.

daß wir nicht mehr fragen können: »Was soll dieses Bild eigentlich darstellen?« Mehr noch als zuvor wirkt das weiße Papier wie ein Tablett, aber es bleibt offen, ob ein ›Bild‹ von einem Stilleben auf ihm ›serviert‹ ist oder das Stilleben selbst. Das Gedankliche ist also wesentlich komplizierter als bei dem *Akt* von Picasso, aber die Mittel sind viel einfacher geworden.

Eine wirklich gelungene Collage wie diese ist etwas Seltenes; aus zufälligen Abfallstücken Gleichgewicht und Harmonie zu schaffen, ist ein Vorhaben, das sehr viel Können erfordert. Doch wurde diese Technik von Braque und Picasso nicht lange gepflegt. Schon bald vollzogen sie den letzten Schritt auf dem Wege zu der neuen Ausdrucksweise: sie fertigten Bilder, die wie eine Collage aussehen, aber mit dem Pinsel gemalt sind. Wir sehen das Ergebnis in den *Drei Musikanten* von Picasso (Abb. 213), einem der großen Meisterwerke der modernen Malerei. Dieses Bild hat sowohl die Maße als auch die monumentale Wirkung eines Wandgemäldes; seine exakt ›geschnittenen‹ Formen sind so fest zusammengefügt wie Bausteine, doch haben sie keinen Selbstzweck. Jede von ihnen hat eine bestimmte Bedeutung, und die drei sitzenden, maskierten Gestalten, die in diese neue Sprache übersetzt sind, werden immer klarer erkennbar, je

212 GEORGES BRAQUE. Stilleben mit Gitarre, Früchten und Krug. 1927. Sammlung Mr. u. Mrs. M. Lincoln Schuster, New York. Von den Begründern des Kubismus war Braque der poetischste, ein Meister des Stillebens, der die große Tradition von Chardin und Cézanne fortsetzt (vgl. Abb. 151, 186).

213 PABLO PICASSO. Drei Musikanten. 1921 Philadelphia Museum of Art, Philadelphia (Gallatin Collection). Die Gestalten des Komödientheaters sind in die Sprache des Collage-Kubismus übersetzt. Ihr Menschsein ist hinter dem Flickwerk der Kostüme und Masken nur leise und dunkel zu ahnen.

214 PABLO PICASSO. Mutterschaft. 1922. Sammlung Mr. u. Mrs. Alex L. Hillman, New York. Picassos wiedererwachtes Interesse an der ›natürlichen‹ Darstellung, die mit den Bleistiftzeichnungen von 1914 und 1915 begann, erreicht hier einen ›neoklassischen‹ Höhepunkt.

länger wir das Gemälde betrachten. Auch Raumtiefe ist da, wenn sie auch nicht von der Art ist, die wir von den ›Fensterausblicken‹ der Renaissance her kennen; statt *durch* die Leinwand hindurch in die Tiefe zu schauen, sehen wir einen Raum, der von den sich überschneidenden Formschichten *vor* der Leinwand gebildet wird. Aus diesem Grunde kann Picasso nun auf Schatten ganz verzichten, wäh-

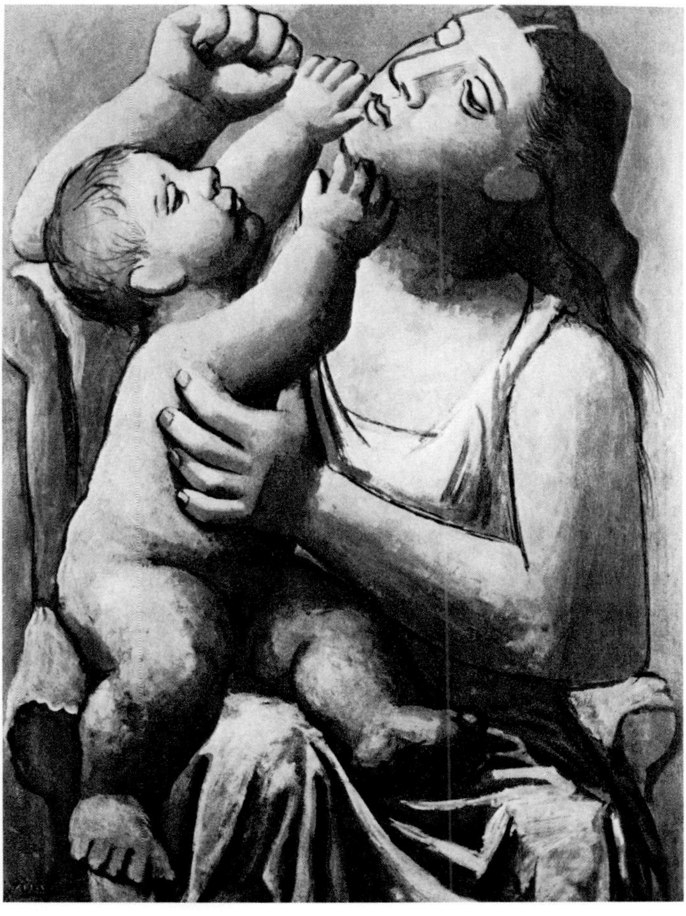

215 GEORGE GROSZ. Deutschland, ein Wintermärchen. 1918. Ehemals Sammlung v. Garvens, Hannover. In dieser bissigen Satire auf den deutschen Spießer, der das Chaos nach den Ersten Weltkrieg verkörpert, zeigt sich der Einfluß des Kubismus.

216 ROBERT DELAUNAY. Fenster-Bild. 1912. Hamburger Kunsthalle. Dieselbe faszinierende Formauflösung wie bei Picassos ›Akt‹ (vgl. Abb. 208) finden wir hier bei der Darstellung des Eiffelturms. Der Fensterrahmen dient als Bildrahmen und ist ein wesentlicher Bestandteil der Komposition.

rend er sie in den kubistischen Werken noch gebraucht hat. Kehren wir an dieser Stelle zu einem anderen Musikanten zurück der ungefähr fünfzig Jahre früher entstanden ist: zu Manets *Pfeifer* (Abb. 177). Es besteht eine direkte Verbindung zwischen ihm und dem Bild von Picasso, denn von jener Malweise ohne Schattengebung nahm die

›Revolution der Farbfläche‹ ihren Ausgang, die ihren letzten Triumph in den ›Collagen‹ des Kubismus feierte.

Für Picasso aber gab es keinen Stillstand. Sobald der Collage-Kubismus voll ausgearbeitet war, zeigte er wieder größeres Interesse für das Gegenständliche, und in der gleichen Zeit, in der die *Drei Musikanten* entstanden, malte er auch ›neoklassizistische‹ Bilder wie *Mutter und Kind* (Abb. 214). Auf diesem Gemälde erscheinen die Körper so voluminös und schwer, als wären sie aus Stein gehauen. Die monumentale Auffassung kettet diese beiden Bilder zusammen, so

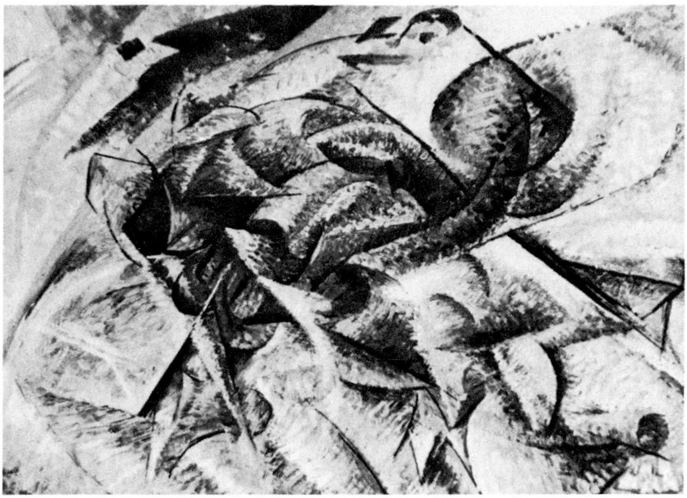

217 UMBERTO BOCCIONI. Dynamik eines Radfahrers. 1913. Sammlung Gianni Mattioli, Mailand. Als Bildhauer wie als Maler gehörte Boccioni der vom Kubismus beeinflußten italienischen futuristischen Bewegung an. Ähnlich wie Duchamp (vgl. Abb. 218) wollte er den Ablauf rascher Bewegung festhalten, aber es fehlt ihm die Leichtigkeit des Franzosen. Für Boccioni und seine Freunde ist das Maschinenzeitalter die Befreiung von der bedrückenden Vergangenheit.

218 MARCEL DUCHAMP. Akt, eine Treppe herabsteigend, Nr. 2. 1912. Philadelphia Museum of Art (Louise and Walter Arensberg Collection). Die transparenten, kubistischen Facetten stellen den Ablauf der Bewegung in verschiedenen aufeinanderfolgenden Phasen dar. Das Ergebnis gleicht einer mehrfach belichteten Photographie.

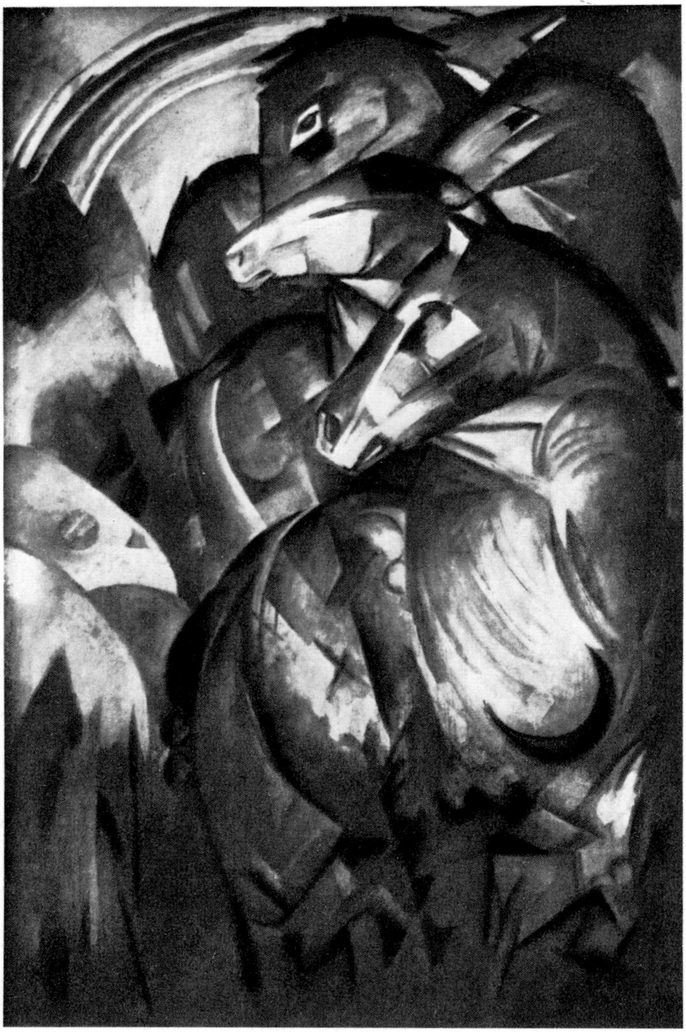

219 FRANZ MARC. *Turm der blauen Pferde. 1912–1913. Staatliche Museen zu Berlin – Preußischer Kulturbesitz, Nationalgalerie. Hier wurden die Mittel der fast wissenschaftlichen Bewegungsstudie von Duchamp zum Träger eines poetischen Mystizismus. Es sind Himmels-Tiere mit Monden und Sternen auf den Körpern.*

220 CHARLES DEMUTH. Mein Ägypten. Um 1927. Whitney Museum of American Art, New York. Wie andere begabte junge Künstler ging auch Demuth vor dem Ersten Weltkrieg nach Paris. Seine persönliche Auffassung vom Kubismus gewann erst einige Jahre später Gestalt.

verschieden sie auch in anderer Hinsicht sein mögen. Picasso war zu der warmen, menschlichen Welt seines Frühwerkes zurückgekehrt, wenn er ihr auch eine neue Formenstrenge auferlegte, die er seiner Erfahrung mit dem Kubismus verdankte.

Währenddessen hatte sich der Einfluß des Kubismus weithin verbreitet, nicht nur in der Malerei, sondern auch in der Plastik, im

221 FERNAND LÉGER. Die Stadt. 1919. Philadelphia Museum of Art (A. E. Gallatin Collection). Im Kubismus von Léger spiegelt sich seine Vorliebe für die klaren, geometrischen Formen moderner Maschinen und Konstruktionen.

Kunstgewerbe, ja selbst in der Architektur. Besonders deutlich zeigt sich dies in den Arbeiten des Bauhauses in Dessau, einer Kunstschule, die am weitesten fortgeschritten und der beherrschende künstlerische Mittepunkt der zwanziger Jahre war. Zu den Lehrern, die dort unterrichteten, gehörten Oskar Schlemmer und der Deutsch-Amerikaner Lyonel Feininger. Beide zeichnen sich durch ihre zarte Poesie des Raumes aus, die im Kubismus wurzelt. Zur gleichen Zeit erkannten zahlreiche andere Maler, daß der Kubismus als ein abstraktes ›Formensystem‹ vieles mit Wissenschaft und Technik gemein hat und daß er aus diesem Grunde der geeignetste Stil ist, die Industrielandschaft des Maschinenzeitalters auf die Leinwand zu bringen.

222 KURT SCHWITTERS. *Ja-was?-Bild. 1920. Privatsammlung, Chicago. Für Schwitters bedeutete die Collage nicht nur eine neue Technik, er verstand seine Merzbilder als Protest gegen einen traditionellen Kunstbegriff und als Antwort auf den Trümmerhaufen, in den Krieg und Revolution die Welt verwandelt hatten.*

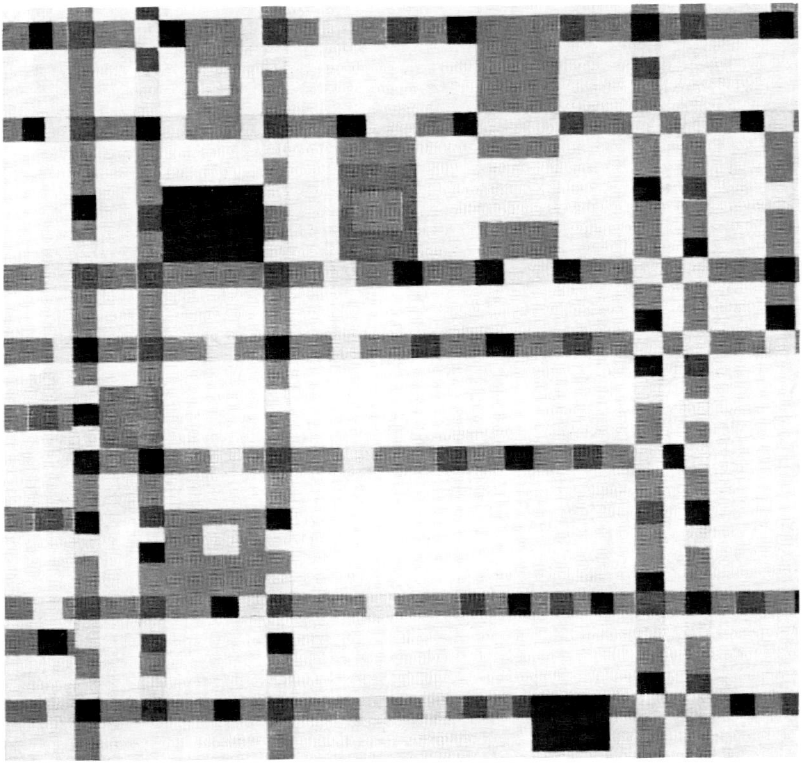

223 PIET MONDRIAN. Broadway Boogie-Woogie. 1941–1942. The Museum of Modern Art, New York. Trotz seiner auf ein Minimum beschränkten Formen und Farben ist dieses Bild von Mondrian voller Leben und Bewegung. Der Stakkato-Rhythmus der Komposition versucht die Eigenart des Boogie-Woogie zu visualisieren.

Das beweist zum Beispiel das Bild *Mein Ägypten* (Abb. 220), auf dem der Amerikaner Charles Demuth einige Fabrikgebäude ebenso behandelt, wie Picasso seinen *Akt* (Abb. 208). Aber da sein ›Modell‹ von Menschenhand und nicht von der Natur gebildet und deshalb von vornherein der Abstraktion zugänglicher war, brauchte er es nicht so stark abzuwandeln. In seinem Bild wirkt die verborgene Kraft und

224 WASSILY KANDINSKY. Improvisation 30. 1913. Art Institute, Chicago. Kandinsky ist der Vater der gegenstandslosen Malerei. Seine Bilder suchen durch die freie Verbindung erfundener, nicht mehr an Gegenständliches gebundener Formen und Farben ein Gefühl oder einen geistigen Zustand auszudrücken.

das Überwältigende dieser Industrielandschaft geradezu bedrohlich. Zugleich aber stellt Demuth die Frage: »Diese Pyramiden der modernen Zeit, diese Verkörperung unseres Anspruchs auf Größe, werden sie so lange Bestand haben wie die Denkmäler der Alten?«

Der *Broadway Boogie-Woogie* (Abb. 223), den der Holländer Piet Mondrian kurz vor seinem Tod in Amerika geschaffen hat, ist ein in vieler Hinsicht noch interessanteres Bild. Mondrian war der konsequenteste und am meisten ›architektonische‹ aller abstrakten Maler. Seine Bilder sind ausschließlich aus geschlossenen Farbquadraten oder -rechtecken zusammengesetzt, und alle Linien laufen entweder senkrecht oder waagerecht. Man wird einwenden, daß eine Formensprache mit einem solch beschränkten ›Wortschatz‹ nicht viel aussagen könne, aber unser Bild beweist das Gegenteil: es hat tatsächlich eine prickelnde Lebendigkeit, die mit keinem anderen Bild dieses Buches vergleichbar ist. Die Komposition wird von dem Pulsschlag der Großstadt in Bewegung gehalten, von ihrer aufblitzenden Neonreklame, ihrem nach genau festgelegten Regeln hin- und herflutendenden Verkehr. Es ist eine Charakterisierung des modernen Lebens, das sich der Mensch durch die Beherrschung der Naturkräfte schuf.

Malerei der Phantasie

Die dritte Richtung, die Malerei der Phantasie, verfolgt einen weniger klaren Kurs als die anderen beiden, da sie mehr von einer geistigen Haltung als von einer einheitlichen Stilrichtung bestimmt wird. Das einzige, was alle Maler der Phantasie gemeinsam haben, ist die Überzeugung, daß das ›Sehen mit dem inneren Auge‹ viel wichtiger ist als die Betrachtung der äußeren Welt; und da jeder Künstler seine ganz persönliche innere Welt besitzt, muß die Art, in der er uns davon berichtet, ebenso persönlich bleiben. Warum aber besteht überhaupt ein Verlangen, persönliche Gesichte und Alpträume auszubreiten? Und wie können sie uns irgend etwas bedeuten, wo doch unsere eigene Gedankenwelt sicher anders aussieht als die des Malers? In Wirklichkeit sind wir gar nicht so sehr voneinander verschieden, wie es scheinen mag. Unser aller Verstand arbeitet in der gleichen Weise, auch wenn wir ihn nicht alle mit dem gleichen Erfolg zu nutzen verstehen. Das gilt auch für die Einbildungskraft und das Gedächtnis. Sie gehören zu unserem Unterbewußtsein, das wir

225 GIORGIO DE CHIRICO. Melancholie und Mysterium einer Straße. 1914. Privatsammlung. De Chiricos ›pittura metafisica‹ ist wahrhaft ›bedrohlich‹. Jeder Gegenstand ist eine Vorahnung, der Vorbote einer unbekannten, beunruhigenden Zukunft.

mit Willen nicht steuern können. Hier werden alle unsere Erlebnisse aufgespeichert, ob wir uns an sie erinnern wollen oder nicht; bei Nacht oder wenn wir »nichts Besonderes im Sinn haben« steigen sie wieder in uns auf, und wir scheinen sie noch einmal zu erleben. Doch bringt das Unterbewußtsein unsere Erlebnisse gewöhnlich

226 MARC CHAGALL. Ich und das Dorf. 1911. Collection, The Museum of Modern Art, New York (Mrs. Simon Guggenheim Fund). In diesem Bild, das der junge russische Jude nach seiner Ankunft in Paris malte, gewinnen Träume und Erinnerungen Gestalt.

227 WILLI BAUMEISTER. Safer 5 mit schwarzem Fels I. 1953. Archiv Baumeister. An geheimnisvolle Ideogramme erinnern die Werke der Safer Serie, und wenn auch der Name frei erfunden ist, scheint er doch seinen Ursprung in einer uns unbekannten Sprache zu haben.

nicht in der gleichen Weise zurück, in der sie sich tatsächlich abgespielt haben, sondern verkleidet sie als ›Traumbilder‹, so daß sie uns weniger unmittelbar und wirklich erscheinen und wir mit unseren Erinnerungen leichter leben können.

228 PAUL KLEE. Bergbahn, 1939, 556 (CC 16). Privatsammlung. Trotz seines scherzhaften Themas – eine Spielzeuglokomotive glüht vor Anstrengung – ist dieses Bild in Komposition und Anliegen streng und ernst. Die Berge fordern den Menschen zur Eroberung heraus und vereiteln diese gleichzeitig.

230 JOAN MIRO. Karneval des Harlekins. 1924–1925. Albright-Knox Art Gallery, Buffalo. In diesem Miniaturzirkus sind die Gegenstände von der gleichen Lebendigkeit wie die Schauspieler: alles scheint in ständiger Verwandlung begriffen. Ballonartige Gebilde steigen auf und nieder, schweben und schlängeln sich.

Die Art, in der das Unterbewußtsein unsere Erlebnisse verarbeitet, ist bei uns allen ungefähr die gleiche, obwohl sie sich bei manchen Menschen nachhaltiger vollzieht als bei anderen. Wir sind immer nur dann ernstlich daran interessiert, etwas Imaginäres kennenzulernen, wenn die Person, die uns davon erzählt, es als wirklich erscheinen läßt. Das Geschehen in einem Märchen zum Beispiel bleibt sinnlos, wenn es in der nüchternen Sprache eines Zei-

◁ 229 PAUL KLEE. *Park bei Lu(zern), 1938, 129 (J 9). Paul-Klee-Stiftung, Bern. Diese scheinbar einfachen Formen, die wie schlichte Worte eines großen Dichters wirken, zeugen von reicher Erfahrung und tiefen Empfindungen. Das Heitere und Frische junger blühender Bäume erscheint in künstlichen gestutzten Formen eines Parkes.*

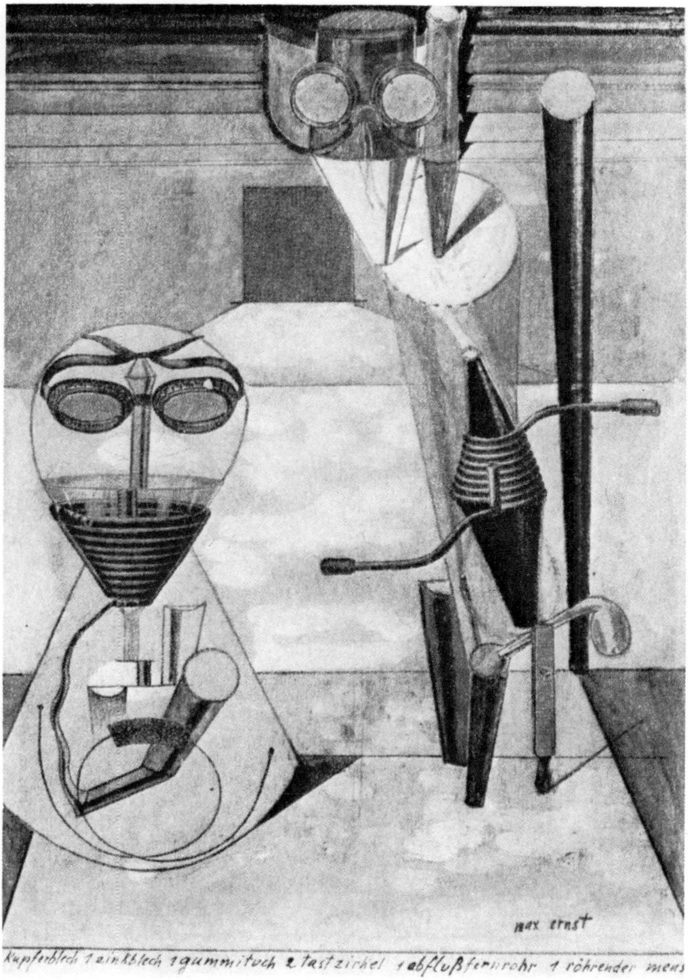

231 MAX ERNST. *Deux figures ambigues.* 1919/1920. *Ehemals Sammlung Hans Arp, Basel. Die spöttische Ironie dieser dadaistischen Erfindung kommt im Titel zum Ausdruck, den der Künstler ihr gegeben hat: ›1 kupferblech, 1 zinkblech, 1 gummituch, 2 tastzirkel, 1 abflußfernrohr, 1 röhrender mensch‹.*

232 YVES TANGUY. Das Mobiliar der Zeit. 1939. Sammlung James Thrall Soby, New Canaan.

233 ALBERTO GIACOMETTI. Pommes dans l'Atelier 1953. Der Schweizer Giacometti, ein hervorragender Zeichner, Maler und Bildhauer, starb 1966.

tungsberichts geschildert wird, aber wenn es jemand ›richtig‹ zu erzählen versteht, werden wir davon gepackt. Das gleiche gilt für Malerei. Wir sahen in der *Schlafenden Zigeunerin* von Henri Rousseau (Abb. 197) schon ein sehr schönes und eindrucksvolles ›Märchenbild‹; vielleicht finden einige der folgenden die gleiche Zustimmung.

Melancholie und Mysterium einer Straße (Abb. 225), ein Bild des Italieners Giorgio de Chirico, kommt nahe an die Traumwirklichkeit der *Schlafenden Zigeunerin* heran. Wir können zwar keinen der merkwürdigen Vorgänge, die sich hier abspielen, erklären, doch die unheimliche Wirkung des Ganzen sagt uns, daß es ein Traum ist, den wir hier betrachten. Aber Chirico, der kein Laienmaler war, ist sehr viel komplizierter veranlagt als Rousseau. Deshalb scheint seine Traumwelt im Gegensatz zu dem wundervollen inneren Frieden des früheren Bildes so beunruhigt durch verborgene Ängste. Marc Chagalls *Ich und das Dorf* (Farbt. 226) bezaubert uns dagegen durch seine Heiterkeit. In diesem ›kubistischen Märchen‹ haben sich traumhafte Erinnerungen an die russischen Volksmärchen und an die russische Dorfwelt zu einer in Farben glühenden Vision verflochten. Chagall hat hier seine Kindheitserlebnisse wieder zum Leben erweckt, Erlebnisse, die so bedeutsam für ihn waren, daß er sich bis zum heutigen Tag nicht von den Erinnerungen an sie hat lösen können und sie in seiner Bildwelt immer wieder Gestalt annehmen läßt.

Die ›Märchenwelt‹ von Paul Klee ist inhaltlich bedeutungsvoller und mehr durchdacht als jene von Chagall, selbst wenn sie uns zunächst viel kindhafter anmutet. Auch Klee war vom Kubismus beeinflußt, aber er verfeinerte ihn zu einer unglaublich präzisen eigenen Formensprache. Immer trachtete er danach, ›Zeichen‹ zu schaffen, die als Form einen Gedanken verbildlichen sollten, ähnlich wie die Form ›A‹ ein Bild für den Laut ›A‹ ist, wobei die Bildideen Klees natür-

234 SALVADOR DALI. Landschaft mit Figuren. (Tuschkleckse, Pinsel und Federzeichnung.) 1936. Privatbesitz. Dali verwendet die Zufallswirkungen der Technik, indem er sie zu einer imaginären Wirklichkeit erhebt. Der Reiz seiner Zeichnungen fehlt den Gemälden, in denen Dali die Spuren des Arbeitsvorganges verwischt, so daß der schöpferische Akt nicht nachvollziehbar ist.

235 WOLS. Komposition 4. 1950. Sammlung K. Gebhard, Wuppertal. Zu seinen Lebzeiten wenig bekannt, erhielt er nach seinem frühen Tod den Ruf eines der empfindsamsten und unwiderstehlichsten Maler unserer Zeit.

lich sehr viel anspruchsvoller waren als dieses Beispiel. In dem Bild *Gebirgsbahn* (Abb. 228) wird eine Maschine – eine Lokomotive – gezeigt, die sich wie ein Mensch gebärdet. Während sie den Berghang hinaufschnauft, läuft sie vor Anstrengung rot an, genau wie ein Bergsteiger, der das gleiche tut. In diesem Bild, das kurz vor seinem Tod entstand, ist die Vorstellungskraft Klees frisch und sein Sinn für das Wundersame so ausgeprägt wie je zuvor.

Der Spanier Joan Miró erinnert uns in manchem an Klee. Sein *Karneval des Harlekins* (Abb. 230) erscheint wie in einem Zauberspiegel gesehen, wie eine lebendige und farbenfreudige Miniaturbühne voll magischer Illusionen. Auch Miro war Kubist, ehe er zu seiner phantastischen Welt fand, und die mühelose heitere Stimmung unseres Bildes ist in Wirklichkeit das Ergebnis sorgfältigster Überlegungen beim Entwurf selbst des kleinsten Details.

Abb. 231 zeigt uns wieder ein anderes Produkt der Phantasie, das ebenso gespenstisch und beunruhigend wirkt wie die Träume von de Chirico. Das Bild ist eine Collage von Max Ernst, einem der Anführer der dadaistischen Bewegung am Ende des Ersten Weltkrieges. Die Dadaisten waren durch die Kriegsgreuel innerlich so aufgerüttelt worden, daß sie den völligen Bankrott der westlichen Kultur verkündeten. Sie meinten, ganz von vorne anfangen und nur ein Gesetz, das des Zufalls, und nur eine Wirklichkeit, die ihrer eigenen Einbildungskraft, achten zu müssen. Ihr Hauptanliegen war, die Menschen zu schockieren, was sie durch Ausstellungen ihrer Schöpfungen zu erreichen versuchten, deren Mehrzahl aus dem Augenblick heraus geborene Einfälle waren, die jeder Vernunft widersprachen. Unsere Collage ist ernsthafter gemeint – aber im Grunde genauso erschreckend. Sie ist aus Ausschnitten von Maschinenbildern und solchen von anderem technischen Gerät zusammengesetzt und ergibt zwei alptraumhafte Roboter. Sie starren uns blind durch ihre Schutzbrillen an und erheischen Antwort, ob wir in ihnen das Abbild des modernen Menschen erkannt haben, des Sklaven der Maschine, der in Wirklichkeit kaum mehr ist als sie selbst. Der Dadaismus hat den Malern dazu verholfen, die Wirkungen des Zufälligen wieder zu entdecken und sie dem künstlerischen Schöpfungsvor-

236 MARK TOBEY. ›1951‹. 1951. Privatsammlung. Die evokativen Zeichen zeigen eine Vorliebe für die chinesische Kalligraphie. Tobeys ›Zeichen‹ schweben im Raum, als wären sie Sternbilder am nächtlichen Himmel.

gang als ein Gegengewicht zu der zielbewußten Diszipliniertheit des Kubismus dienstbar zu machen. Die Künstler, die an das ›Zufällige‹ glaubten und ihrer Phantasie freien Lauf ließen, begründeten den Surrealismus; Max Ernst war einer ihrer führenden Köpfe. Er war es, der jene Technik eingeführt oder, besser, wiederbelebt hat, die in der Zeichnung von Salvador Dali (Abb. 234) mit so großem Geschick angewendet wurde. Die Grundformen in dieser *Landschaft mit Figuren,* die Felsen, der Strand und die Wolken, sind tatsächlich rein zufällige Tintenkleckse, genau wie der, den wir am Anfang dieses Buches abgebildet haben. Alles, was Dali zu tun hatte, war, in diese Kleckse ein Bild hineinzusehen und dann die fehlenden Linien einzusetzen, damit es auch für andere sichtbar wird. Dies bedeutet nicht, daß die Zeichnung kein Kunstwerk ist, weil Dali sich auf die ›Hilfe‹ von Tintenklecksen gestützt hat, sondern es zeigt, daß das Wirken unserer Einbildungskraft heute noch genau dasselbe ist wie in den Tagen des Höhlenmenschen, der in die Buckel auf der Höhlenwand Tiere hineingesehen hat. Nur die Dinge, die wir uns vorstellen, und die Art, in der wir sie in Bilder umsetzen, haben sich gewandelt. Und diese Wandlungen allein machen die Geschichte der Malerei aus.

Malerei nach dem Zweiten Weltkrieg

Die Begriffe ›Abstrakter Expressionismus‹ und ›Action Painting‹ bezeichnen eine Stilrichtung der Malerei, die nach dem zweiten Weltkrieg bis zum Ende der fünfziger Jahre in Amerika und Europa vorherrschend war. Dieser emotionale, dynamische Malstil war eine Reaktion auf die existentielle Bedrohung, die von der Atombombe und dem nachfolgenden ›Kalten Krieg‹ ausging. Für die Abstrakten Expressionisten oder Action Painter wurde Malen zum unmittelbaren Ausdruck des Lebens, zu einem vitalen Prozeß, in dessen Verlauf sich der Künstler ähnlichen Risiken, Problemen und Zwängen gegenübersah, die er in der in der direkten malerischen Aktion durch eine Folge von bewußten und unbewußten Entscheidungen zu lösen versuchte.

237 JEAN DUBUFFET. Schatten des Lebens. 1957. Privatsammlung. Unruhig, spontan, sehr dicht, mißachtet Dubuffet alle Regeln der herkömmlichen Maltechnik.

Mit dem abstrakten Expressionismus war die amerikanische Kunst sozusagen international mündig geworden. Die Bewegung hatte eine starke Wirkung auf die europäische Kunst, die in jenen Jahren nichts von ähnlich überzeugender Kraft zu bieten hatte. Es gab allerdings einen Künstler von so außergewöhnlicher Qualität, daß er gleichsam eine Bewegung für sich darstellt: Jean Dubuffet. Für ihn lag die wahre Quelle der Kunst in der Malerei von Kindern und Geisteskranken. Der Unterschied zwischen ›normal‹ und ›anormal‹ schien ihm nicht länger haltbar, ebensowenig der zwischen ›schön‹ und ›häßlich‹. Dubuffet wurde zum Verfechter einer künstlerischen Ausdrucksform, die sich an der rohen, spontanen, ursprünglichen Kraft der Laienkunst orientiert, und er nannte sie ›art brut‹ (rohe Kunst).

Art brut und Abstrakter Expressionismus waren die hauptsächlichen Inspirationsquellen der sich 1948 aus belgischen, niederländischen und dänischen Künstlern konstituierenden Gruppe COBRA, die ihren Namen aus den Anfangsbuchstaben der Städte COpenhagen, BRüssel und Amsterdam herleitete. Der Einfluß dieser Kunstrichtungen ist besonders im Werk des Niederländers Karel Appel zu erkennen, einem der Mitbegründer dieser Künstlergruppe. Appel, im Nachkriegseuropa der wichtigste Vertreter der reinen Malerei seiner Generation, bewahrte in seiner Kunst die Bedeutung des Gegenständlichen, das er aber im Stil des abstrakten Expressionismus behandelte. Darin wurde er zu einem Vorbild für viele andere europäische und auch amerikanische Maler, die sich ebenfalls mit dieser Problematik zu beschäftigen begannen. Appels Werk *Mensch, Tier, Erde* (Abb. 240) kehrt zur älteren gegenständlichen Tradition des europäischen Expressionismus zurück, verbunden allerdings mit einem spielerischen Element, das eher an Paul Klee erinnert als an die

238 ARSHILE GORKY. Das Tagebuch eines Verführers. 1945. Privatbesitz. Dieses Bild des 1948 verstorbenen Armeniers verbindet surrealistische Einflüsse mit abstraktem Expressionismus, der von Kandinsky herkommt.

239 JACKSON POLLOCK. Shimmering Substance. 1946. Museum of Modern Art, New York. Die Formen dieses Gemäldes von dem bekanntesten ›abstrakten Expressionisten‹ Amerikas kann man als ›Fährten‹ definieren – Fährten der rhythmischen Bewegungen des Künstlers bei der Gestaltung des Bildes. Das dichte Gewebe drückt spontane, aber kontrollierte Kräfte aus.

»Roheit« Dubuffets. Appels Palette jedoch ist reicher, seine Textur dichter und sein Raum komplexer – ein Resultat seiner Auseinandersetzung mit dem Action Painting. Sein Gemälde ist eine Explosion intensiver Farben, die er dank seiner brillanten Technik so einzusetzen versteht, daß die Figuren vollkommen in die Bildfläche integriert sind.

Viele der Künstler, die sich in den sechziger Jahren einen Namen machten, entdeckten eine alte Überzeugung wieder, die das große

240 KAREL APPEL. Mensch, Tier, Erde. 1952. Stedelijk Museum, Amsterdam. Appel kehrt hier zur älteren gegenständlichen Tradition des europäischen Expressionismus zurück, verbunden mit einem spielerischen Moment, das an Paul Klee erinnert.

241 ANDY WARHOL. Marilyn. 1967. Privatbesitz. Indem Warhol das Porträt Marilyn Monroes in einen blauen Hintergrund setzt, wird sie zu einer modernen Madonna.

Publikum, trotz aller Bemühungen, es eines Besseren zu belehren, stets für selbstverständlich gehalten hatte: daß nämlich ein Bild keineswegs, wie die meisten Maler seit dem späten 19. Jahrhundert behauptet hatten, »seinem Wesen nach eine ebene, mit Farben bedeckte Fläche« ist (wie Maurice Denis es ausdrückte), sondern ein zu erkennendes Abbild. Begreift man die Malerei aber als eine ihrem Wesen nach gegenständliche Kunst, dann mußte der von der modernen Malerei beschrittene Weg, von Manet bis Pollock, trotz ihrer beeindruckenden Leistungen als Irrweg erscheinen. Die Malerei, so schien es mit einem Mal, hatte sich in den letzten hundert Jahren einer Art freiwilliger Hungerkur unterzogen. Sie hatte von sich selbst gezehrt, statt sich von der uns umgebenden Welt zu nähren. Die Zeit war nun offenbar gekommen, dem Hunger nach Abbildern nachzugeben, der sich bei vielen aufgebaut hatte. Die breite Masse hatte diesen Hunger allerdings niemals gelitten, denn Fotografie und Werbung, Illustrierte und Comic strips hatten das Verlangen nach Bildern stets überreichlich gestillt.

Die Künstler, die so dachten, griffen daher auf die sich am populären Geschmack orientierende kommerzielle Kunst zurück. In ihr erkannten sie einen wichtigen Aspekt der visuellen Welt des 20. Jahrhunderts, den die Vertreter der »anspruchsvollen« Kultur bislang als vulgär und antiästhetisch völlig ignoriert hatten. Die allgegenwärtige Präsenz dieser Bilder schrie geradezu danach, untersucht und hinterfragt zu werden. Nur Marcel Duchamp und manche Dadaisten, mit ihrer Verachtung aller Meinungsorthodoxie, hatten gewagt, von solcher Kunst Gebrauch zu machen, und die Pop Art, wie die neue Bewegung bald genannt wurde, erkor sie zu ihren Vorbildern.

Andy Warhol, der als kommerzieller Künstler angefangen hatte, brachte mit seinen Arbeiten den Betrachter dazu, über die ästhetischen Qualitäten von Alltagsbildern (wie etwa einer Reklame für Suppendosen) nachzudenken, die man leicht übersieht. Er sah mit großer Klarheit, wie unsere Sicht von Menschen und Ereignissen durch die Medien geformt wird – wie die Medien ihre eigene Realität erzeugen und überlebensgroße Figuren erschaffen. Eben diese Macht der Medien nutzte Warhol, um ironische Kommentare über die moderne Gesellschaft abzugeben. Er verstand es auch meisterhaft, sich mit Hilfe der Medien als öffentliche Kultfigur darzustellen, deren wahre Persönlichkeit im Verborgenen blieb. Seine Arbeit *Marilyn* (Abb. 241) thematisiert beide Aspekte. Indem Warhol das Porträt Marilyn Monroes einen blauen Hintergrund setzt, wird sie zu einer modernen Madonna. Zugleich vermittelt der Künstler auch einen Eindruck von der tragischen Persönlichkeit, die sich hinter der glamourösen Fassade des berühmten Filmstars verbarg. Die grelle, bewußt Passerdifferenzen aufweisende Farbigkeit des im Siebdruckverfahren hergestellten Bildes läßt es wie die billige Reproduktion eines Fotos in einer Boulevardzeitung wirken. Es wird deutlich, daß Marilyn zur wohlfeilen Ware reduziert wurde. Das mechanische Herstellungsverfahren macht sie so unpersönlich wie die Jungfrau Maria, die uns tausendfach aus von unbedeutenden Künstlern geschaffenen Ikonen entgegen starrt. Was Warhol an der kommerziellen Kunst fasziniert – und was er uns zum ersten Mal ins Bewußtsein rückt –, sind ihre strengen Stilkonventionen: so unverrückbar festgeschrieben und so weit vom Leben entfernt wie die Konventionen etwa der byzantinischen Kunst. Genau diese strenge Konventionalität ist der Grund, warum Abbilder dieser Art so unmittelbar erkennbar sind und für Millionen von Menschen als so »real« erscheinen.

Die Pop Art wird manchmal auch als »Neuer Realismus« bezeichnet – ein Begriff, der auf die Arbeiten Warhols und der meisten Popkünstler viel weniger zutrifft, als auf eine Kunstrichtung, die wegen ihrer Fasziniertheit von Kamerabildern ›Fotorealismus‹ genannt wird, ein späterer Seitenzweig der Pop Art. Bereits im 19. Jahrhundert, kaum daß der »Zeichenstift der Natur«, wie Talbot die Fotografie genannt hatte, erfunden worden war, hatten die Maler diese neue Technik als Hilfsmittel zu nutzen begonnen, aber sie war ihnen nicht mehr als ein bequemer Ersatz für die Realität. Für die Fotorealisten jedoch wurde nun die Fotografie selbst zur Realität, auf der ihre Bilder aufbauen.

Der größte Meister des Fotorealismus ist Richard Estes. Seine Arbeiten zeichnen sich durch enorme technische Perfektion aus, aber im Grunde ist seine Kunstfertigkeit nicht größer als die eines kompetenten Illustrators. In dieser Hinsicht unterscheidet er sich nicht von den Künstlern früherer Tage, die Fotografien als Vorlagen zu ihren Gemälden benutzten. Der Schlüssel zu seinem Erfolg liegt vielmehr in der Wahl der Sujets und der Kompositionsweise. Estes hat eine Vorliebe für die Schaufenster- und Ladenfronten New Yorks, wie sie früher einmal waren – ein Anblick, der nostalgische Erinnerun-

242 RICHARD ESTES. Grand Luncheonette. 1969. Aquavella Gallery, New York. Im Unterschied zur Fotografie zeigt dieses Gemälde alle Details in einheitlicher Schärfe.

gen wachruft. Seine Bilder sind eine Art Archäologie der modernen urbanen Welt, und die besten von ihnen, wie *Grand Luncheonette* (Abb. 242), beweisen die einzigartige Fähigkeit des Künstlers, im Betrachter eine entsprechende Saite zum Klingen zu bringen. Je länger man dieses Bild betrachtet, um so klarer erkennt man, daß seine gitterartige Komposition von der gleichen subtilen Ausgewogenheit ist wie ein Gemälde Mondrians (vgl. Abb. 223). Im Unterschied zur Fotografie, auf der es basiert, zeigt dieses Gemälde alle Details in einheitlicher Schärfe, auch solche, die normalerweise im Schatten verschwinden, und die Farben sind kräftiger. Auf diese Weise überhöht Estes die Realität und erhebt die bescheidene Fensterfront eines Restaurants zu einer fesselnden visuellen Erfahrung, die unsere Aufmerksamkeit vollkommen verdient.

Auch wenn die bisher betrachtete Kunst nach 1945 durchaus ein charakteristisches Produkt der Nachkriegszeit ist, besteht doch eine so enge Verwandtschaft mit den Entwicklungen der Jahrzehnte zuvor, daß sie eindeutig ebenfalls zur Kategorie der modernen Kunst zu zählen ist. Aber die Malerei des 20. Jahrhunderts, zu der die seit den vierziger Jahren aufgekommenen Stilrichtungen, vom abstrakten Expressionismus bis zum Fotorealismus, allesamt noch einen wesentlichen Beitrag zu liefern vermocht hatten, begann schließlich doch ihre Vitalität zu verlieren. Das erste Anzeichen des Niedergangs war der in den frühen siebziger Jahren in Mode kommende Gebrauch der Vorsilbe »Neo-« zur Beschreibung der neuesten Trends, die in rascher Abfolge kamen und gingen und heute alle fast vergessen sind. Nur eine dieser Bewegungen leistete einen dauerhaften Beitrag: der Neoexpressionismus, der gegen Ende der siebziger Jahre aufkam und zur dominierenden Kunstrichtung des nächsten Jahrzehnts wurde. Gegenständlichkeit jeder Art beherrschte das Feld nun so vollkommen, daß die Abstraktion von den Kritikern schon fast für tot erklärt wurde. Nur ein schwacher Abklatsch von ihr lebte fort, ein Zeichen dafür, daß die moderne Kunst sich von ihrem Hauptimpuls abgewandt hatte. Und obwohl der Neoexpressionismus tief in der Moderne verwurzelt ist, markiert er zweifellos das Ende der Tradition, der wir in diesem Kapitel nachgegangen sind.

Der deutsche Künstler Anselm Kiefer griff unmittelbar auf die Tradition des nordeuropäischen Expressionismus zurück. Doch statt persönliche Stimmungen zu erforschen, setzte er sich mit den vom Zweiten Weltkrieg aufgeworfenen moralischen Fragen auseinander, ein Thema, das andere Nachkriegskünstler in Deutschland vermieden hatten. Kiefer versuchte, die von der Geschichte zerrissenen kulturellen Fäden neu zu knüpfen, indem er die Hauptthemen der deutschen Romantik aus moderner Perspektive kritisch betrachtete. Getragen von einer Sehnsucht nach einer mythischen Vergangenheit, hatte die deutsche Romantik ein Ideal entworfen, das die Nationalsozialisten ein Jahrhundert später für ihre Ideologie verfälscht und mißbraucht hatten. *Dein goldenes Haar, Margarethe* (Abb. 243) ist ein Bild aus einer Serie von Gemälden über das Thema von

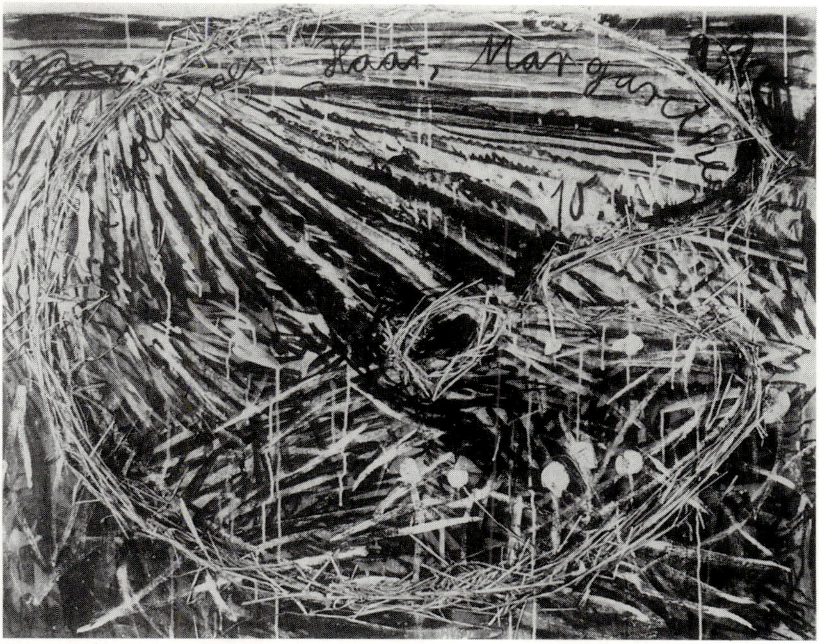

243 ANSELM KIEFER. Dein goldenes Haar Margarethe. 1981. Um die menschliche und kulturelle Katastrophe des Krieges auszudrücken, arbeitet Kiefer mit dicken, ungleichmäßigen Pinselstrichen und verwendet Erd- und Schwarztöne.

Margarete und Sulamith, inspiriert von der berühmten *Todesfuge*, einem Gedicht Paul Celans. Margarete verkörpert die mythische arische Frau, im Kontrast zur dunkelhaarigen Jüdin Sulamith, die ihr notwendiges Komplement ist. Als Gretchen in Goethes *Faust* ist sie zum festen Bestandteil der deutschen Kultur geworden. In Kiefers Bild wird sie von einem Bund gelben Strohs repräsentiert, Sulamith hingegen von dick aufgetragener schwarzer Farbe. Konzeptuell wie malerisch ist dieses Bild ein würdiger Nachfolger der Gemälde Caspar David Friedrichs. Um die menschliche und kulturelle Katastrophe des Krieges auszudrücken, arbeitet Kiefer mit dicken, ungleichmäßigen Pinselstrichen und verwendet hauptsächlich Erd- und Schwarztöne, um eine düstere Landschaft zu evozieren, die durch die ins Gemälde eingefügten Strohhalme greifbar real wird.

Wir leben im postmodernen Zeitalter. Wie ist das möglich, wenn mit dem ›Modernen‹ das gemeint ist, was immer gerade von heute ist? Dieser scheinbare Widerspruch verschwindet, wenn wir die Bedeutung des Begriffs differenzieren in Modernität als das gerade Aktuelle einerseits und Modernismus als historische Kategorie andererseits. Der Modernismus als das die Kultur des 20. Jahrhunderts prägende und definierende Ideal wird vom Postmodernismus abgelehnt. Der Postmodernismus wendet sich damit auch gegen die heute noch bestehende Weltordnung und gegen die Werte, denen sich diese Weltordnung verdankt. Vor mehr als einem Jahrhundert erlebte der Westen eine ähnliche Krise, aus der schließlich die moderne Kultur hervorging.

Die seit 1980 entstandene Kunst wird zwar häufig pauschal als »postmodern« bezeichnet, doch trägt sie dieses Etikett beileibe nicht durchweg zu Recht. Die heutigen Künstler haben aufgrund des reichen Erbes, aus dem sie schöpfen können, eine breite Vielfalt von Alternativen zur Verfügung. Die traditionell dem Künstler und seinem Gegenstand zugeschriebene Bedeutung erfährt im Postmodernismus eine Abwertung. Malerei und Skulptur spielen nur noch eine sekundäre Rolle, weil sie eng mit der heute von vielen Künstlern abgelehnten Tradition der Moderne identifiziert werden. Neue Formen wie Installationen und Performancekunst sind inzwischen in den Vordergrund getreten. Allmählich verschmelzen die künstlerischen Medien miteinander, so daß keine deutliche Abgrenzung mehr zwischen ihnen möglich ist.

Die Hauptmerkmale der neuen Kunst sind ein universeller Eklektizismus und eine verwirrende stilistische Vielfalt, die ein Spiegelbild unserer Zeit darstellt. Kennzeichen der postmodernen Kunst ist ihre Methode der Aneignung alter Kunstformen. Selbstbewußt imitiert sie frühere Stile und übernimmt spezifische Bildmotive und sogar ganze Bilder. Dabei nimmt sie sich die Freiheit, deren Bedeutung radikal zu ändern. Natürlich haben die Künstler schon immer Anleihen bei der Tradition gemacht, aber selten so systematisch wie jetzt. Eine solche Plünderung der überkommenen Bestände ist fast immer Symptom einer tiefen Krise der Kultur und kommt fast einer Bankrotterklärung gleich.

Die postmoderne Kunst ist hochgradig theorielastig, doch hinkt sie darin der Literatur, trotz einer ständig wachsenden Menge von kunsttheoretischen und kunstkritischen Texten, noch immer weit hinterher. Im Vergleich zum Medium der Sprache eignen sich die Bildenden Künste seit jeher eher schlecht zur Vermittlung von Ideologie. Trotz ihrer Betonung politischer und sozialer Ideen ist die Malerei im Laufe dieser Wendung zur Postmoderne seltsam inhaltsleer geworden. Wie konnte dies geschehen? Die traditionellen, im Grunde literarischen Formen zur Vermittlung solcher Inhalte, wie etwa mythische und allegorische Darstellungen, setzten eine gemeinsame Kultur voraus. Im postmodernen Zeitalter ist diese Basis jedoch nicht mehr gegeben.

Daß Deutschland heute eine führende Position in der Malerei einnimmt, hat es auch vielen Künstlern zu verdanken, die aus der DDR kamen. Zu den interessantesten unter ihnen gehört A.R. Penck. Der Name ist ein Pseudonym, das sich Ralf Winkler nach einem berühmten deutschen Geographen zulegte, dessen Spezialgebiet die Eiszeitforschung gewesen war. Penck erlebte die Zeit des Kalten Krieges, ein politisches »Eiszeitalter« eigener Art, in der DDR, bevor er 1980 in den Westen ging. Er ist fasziniert von der Kybernetik, der Wissenschaft der Informationssysteme. Für ihn ist ein Künstler eine Art Wissenschaftler, und er sieht nur wenig Unterschied zwischen beiden. Dementsprechend sind seine Werke codierte Botschaften, welche die Auswirkungen der Technologie auf die moderne Kultur zum Thema haben. Sie besitzen, wie man am Beispiel von *Standart 3 TM* (Abb. 244) sehen kann, eine trügerisch »primitive« und »kindliche« Qualität, die uns an Werke von Paul Klee erinnert (vgl. Abb. 228, 229). Obwohl weitgehend Autodidakt, erweist sich Pencks Technik als äußerst sensibles Ausdrucksmittel seiner Ideen. Auf den ersten Blick erscheint das an Höhlenmalerei erinnernde Bild sehr verwirrend, doch beim näheren Hinsehen erkennen wir, daß es möglich ist, seine Grundbedeutung

244 A. R. PENCK. TM-Serie. 1974. Privatbesitz. Auf den ersten Blick erscheint das an Höhlenmalerei erinnernde Bild sehr verwirrend. Doch beim näheren Hinsehen erkennen wir, daß es möglich ist, seine Grundbedeutung zu entschlüsseln.

zu entschlüsseln. Die auf gesichtslose Strichmännchen reduzierten Menschen sind gefangen zwischen einer Schlange und einem Adler, Sinnbildern der übermächtigen Institutionen, denen sie nicht entkommen können und über die sie keine Kontrolle besitzen. Pencks Werk ist ein Bild der von Ohnmacht und Entfremdung gekennzeichneten besonderen Lebensbedingungen des späten 20. Jahrhunderts.

Copyrightnachweis

Register